古陂的舞者

朝　颜◎著

中国文史出版社

图书在版编目（CIP）数据

古陂的舞者 / 朝颜著 . — 北京 : 中国文史出版社，
2023.6

ISBN 978-7-5205-4276-0

Ⅰ . ①古… Ⅱ . ①朝… Ⅲ . ①散文集－中国－当代
Ⅳ . ① I267

中国国家版本馆 CIP 数据核字（2023）第 170632 号

责任编辑：全秋生

出版发行：中国文史出版社
地　　址：北京市海淀区西八里庄路 69 号　　　邮编：100142
电　　话：010 － 81136602　　81136603　　81136606 （发行部）
传　　真：010 － 81136655
印　　装：廊坊市海涛印刷有限公司
经　　销：全国新华书店
开　　本：880 毫米 ×1230 毫米　　1/32
印　　张：9.25
字　　数：290 千字
版　　次：2024 年 1 月北京第 1 版
印　　次：2024 年 1 月第 1 次印刷
定　　价：58.00 元

前　言

我是带着永远的遗憾，开始国家级非遗项目定点深入生活的。

二〇一九年三月，兴国山歌国家级传承人——一百〇三岁的徐盛久去世；二〇一九年五月，蓆①狮、犁狮国家级传承人——八十三岁的谢达祥去世。距离我找上门去的时间，仅仅相差几个月。人间有许多事，都是失去后愈加感到珍贵或惋惜。我常常痛悔地想，如果我早一些深入这个领域，如果我早一些走进他们的生活，是不是可以挖掘出更多隐于时光深处的矿藏？

非遗，原本就是一项抢救性的事业。要将那些濒临消失的、悠久古老的民间文化打捞上来，要把它们重新擦亮，一寸一寸地连接上流淌的命脉，并不是一件容易的事情。在滚滚的时代潮流中，在高音喇叭式的你争我抢中，非遗文化发出的声音还显得微弱，显得小心翼翼，还需要放慢脚步才能谛听到。

---

① 蓆，席的异体字，见 2011 年（第三批）国家级非物质文化遗产代表性项目名录 108 号Ⅲ-5。

是一个斜阳夕照的黄昏，我行走在绵江河边，去一户人家做拆迁动员工作。从那一排排老旧的房子中间，忽然飘出了唱古文的声音。赣南客家方言的说唱，悲情、凄婉，一声一声地碎着人心。我想起儿时的麦菜岭，一位外地流浪而来的艺人，名叫老谢，在村庄里住下来，拍着梆筒，唱了几个月的古文，所得仅为三餐饭食、夜宿安寝。老人、妇女一天天围坐在他身旁，一边听，一边抹泪，似乎永远也听不完，听不厌。

这久违的古文。我拼命地寻找声音的源头处，走进那所光线暗淡的房子，却发现，只是一盒录播的旧磁带。真实的说唱艺人，却无踪可觅。三十年过去，古文几乎已在我的生活里绝迹，幼年时见过的老谢，只怕也已作古了吧。

世间多少事物，像这即将落山的夕阳，像这就要被拆除的旧房子。

我有些不甘心，又上网搜索，发现，客家古文在于都县还活着。并且，已经成功申报了国家级非物质文化遗产。由此我知道，当我们目睹着一些古老的文化慢慢走向消亡的时候，还有一小部分人，正带着哀愁与期冀坚守在某个孤独的阵地上。但是，这些人多半已经老了。岁月在他们身体里埋下了珍稀的宝藏，但是能探察其珍贵的人并不多。时间如此迫切，我怕会永远失去那些宝物。当然，其中不仅仅是古文。

生活从来不缺少写作的素材，而是太多的写作者缺乏深深扎进大地的决心。我把目光对准了江西省内的非物质文化遗产，这是我第一次申报中国作协定点深入生活项目，心里完全没有底。我甚至想过，即使选题没有通过，作为一名已经将写作视为生命常态的作家，我也将义无反顾地奔赴其中。幸运的是，中国作协给予了我大力扶持，还给江西省非遗中心开去了介绍信，这更加坚定了我将选题做好的信心。

徐盛久和谢达祥去世了，兴国山歌还在，蓆狮、犁狮还在，更多的非遗项目非遗人都还在。更重要的是，在国家花大力气实施非遗保护之后，所有的项目都有了相应的承继者，有了得以长久持续发展的必要条件。

要走的地方太多，四个月或六个月，于我而言其实远远不够。

我没有很多专业的采访装备，一个背包、一支录音笔、一本厚厚的笔记本，就上路了。我想，最重要的，我带上了一颗真挚的心，一双谛听的耳朵。起初我预感会有困难，我必须找到当地文化馆的人，才能找到那些散布在乡间僻壤的非遗传承人，才能在生活的源泉处获取传统文化的基因和密码。出乎意料的，我的前面一路绿灯。每次一个电话说明来意，当地的文化馆负责人都爽快地说："来吧，我们会尽力配合好。"

深入生活的过程中，我被太多围绕着非遗的人和事感动着。

在信丰县古陂镇，八十三岁的蓆狮传承人谢达光中风瘫痪在床，信丰县文化馆副馆长刘荣生熟门熟路地进入他家，替他穿好衣服，将他搬上轮椅，还为他点上一支烟。我知道，如果没有相互的了解和长久的扶持，他们之间不会有这样的默契。在采访之余，我和刘荣生聊了很多。他对于非遗以及整个民间文化脉络的理解，无论从横向还是纵向都大大地打开了我的视野和想象。还有他对待传承事业的理念与行为，为初涉非遗的我立下了一个标杆。我清楚记得，他有一个悲壮的称号——"孤独的非遗人"。

从会昌县文化馆的曾敏、兴国县文化馆的萧远明等人身上，我同样见证到了类似的情形。他们是即将消失的非遗项目的打捞者、保护者，站在非遗传承的背后，将一个一个的人，一段一段的历史串联起来，使那些沉于暗黑空间的宝藏重新浮出地表，重新获得新鲜的生命力。而我，恰恰是那个贪婪享受其劳动成果的人，一个猛子扎进他们经年累月经营的事业中，汲取到写作的养分。诚然，我不能将他们当成主角来写，但他们已然是我心中的幕后英雄。

客家匾额习俗的传承人萧天长，本身也是一个文化人。除了尽其所有地敞开自己的人生、命运和生活，他几乎参与了我的创作，在我离开他的家乡之后，还为我发来一段刻骨铭心的回忆：

> 我父亲是农历1972年12月27日离世的，三天后即是除夕，那一年春节，我一家在凄风苦雨中度过。26日我正在最后润色剧本《战鼓声声》，下午我突然觉得想回家，从电站走路到县城，但没有搭到便车（彼时没有班车），不知什么原因，却下决心走夜路回家，结果走了整整一个晚上，行程80华里，第二天拂晓接近家里时，突然下起鹅毛大雪，当我满身皆白出现在家里时，父亲刚刚咽气，父亲的胸口还暖着，却永远无法听见我的呼唤。

我知道，那是七十多岁的他，戴着老花镜，对着小屏幕的手机，含着泪一个字一个字划拉出来的。

兴国县的作协主席李凌云，不仅在我前往定点深入生活之前为我牵线搭桥，还将自己儿时记忆中的山歌毫无保留地提供给我：

哎呀嘞——

老妹子砍柴莫砍松树秧，

松树大了有松香，

松香点火蜡烛样，

心肝妹——

老妹子当得桂花香！

他说，原生态的兴国山歌蕴含着汹涌澎湃的生命激情。

是的，每一个非遗项目，都嫁接着一大批亲历者深刻的乡愁。

已故国家级非遗传承人徐盛久的儿子徐传青得知我要来，把居住在县城的二哥和居住在赣州的三哥都喊回了长冈乡的老家。我们一同爬上高高的山冈，看他们为父亲新修的坟墓，看他们为父亲建造的纪念亭，看莽莽的青山和溜溜的白云。他们的妻子，在柴火灶上生火做饭，将人间的烟火搅动得热气腾腾。他们留我在家吃饭，他们兄弟还即兴创编山歌，亮开嗓子为我唱起祝福的歌。

……

我无法一一描摹途中遇到的每一个人每一件事。这期间，我行过山路，跨过圳坎，被尽职的家狗和白鹅驱赶过，又被热情朴实的人们迎进屋。那些听不懂的方言，我都在他们唱出的歌声中领悟了；那些遗憾错过的人，我都在后人动情的描述中理解了。还有，那些厚重的历史过往、宽阔的地理文化、独特的民俗风情，无一不为我的生命敞开一道道大门。我走进去，徜徉其中，总是感觉，那些累累垂垂结满枝头的果实，任我用再多再大的口袋也装不完，装不下。

在广袤的中国大地上，非遗是小众的，但又可以是无比宽广无比浩大的。

定点深入生活的同时，我开始了这部长篇纪实散文的创作。我发现，在自己的笔下，想要呈现的东西远远超出了我的预想，每一个主题的散文，动辄一万多字。一个非遗项目的绵长脉络、古今迁延、传承人的生存困境、跌宕起伏的命运、荣耀背后的酸甜苦辣，还有与之相关的人性纷杂……这里面，包含着一个多么深刻多么宏观的世界。我深切体验着非遗人的悲欢离合，也试图用文字画出一幅独一无二的非遗地图。我发现，当一个作家在创造作品的同时，自身也在不停地被塑造，被成就着。

命运待我如此丰厚。除了继续写作，继续谛听灵魂内部的歌唱，我不知道还有什么更吸引我。

目 录
CONTENTS

黑夜的星空是被香火和舞者点燃的

古陵的舞者

一

黑夜苍茫如幕，黑夜是被香火和舞者点亮的。

举狮而舞的男子，手持香火的男子，形成了一条长龙，逶迤在丘陵之间，像燃烧的火焰，一路穿过圩镇和村落，经过田畴与河流，攀上那高高的青山，又返身向下，激越地冲向祖先的祠堂。数不清他们的人数，也看不清他们的脸庞，只看见被火光映照的红，像斑斓的花朵，热烈地盛开在天空之下、大地之上。

这是正月十五日元宵夜，热闹了三天的谢氏蓆狮队，正举行最后的"赶龙"仪式。锣鼓有节奏地喧响，爆竹不停歇地炸开，仿佛铁了心要在这个夜晚，喊醒天上的星辰、山间的草木、地里的虫豸、水中的游鱼。

那么多的人，那么多的香火，奔跑在双龙与蓆狮的后面，奋力地追撵着、晃动着、呐喊着、吆喝着，构成雄浑的、高声部的交响，声势直透苍穹。他们，要用最嘹亮的喊声，宣泄头年的苦、头年的累，喊出来年的盼望、来年的憧憬。

年复一年，这热烈而欢喜的仪式，成为照进信丰县古陂镇谢氏一脉生命里的亮光。

年复一年，舞狮的人来了又去，去了又添。他们说，天上的星星有多亮，地上的香火就有多旺。

其中有一个名叫谢达光的男子，先是长龙后面一条活蹦乱跳的小尾巴，后来是蓆狮舞中的狮尾、狮身、狮头，举着蓆狮粗犷起舞。再后来，他是一名熟练的乐队鼓手，指挥着小廻廻①为狮子洗脸、擦背……但是现在，他再也打不动那面鼓了。

从镇上去往谢达光的家，需要经过一条窄窄的巷道，然后是一块水泥大面积剥蚀的、长满铁马鞭草的空坪。除了几只母鸡在草地上啄食，四周阒寂无声。这挨挨挤挤的房子，这紧紧闭锁的大门，人都去了哪里？

不消说，村镇深巷中、空旷旧屋里留下来的，多是激不起欢声笑语和大风大浪的老弱病残了。

这是一幢附着在两层红砖屋旁的低矮水泥砖简易建筑，门楣上，钉着一块"光荣之家"的牌匾。推开一扇漆着蓝漆的空心铁门，屋子里静得一丝儿声音都没有，就像时间停止了游动，万物屏住了呼吸。

县文化馆副馆长刘荣生一边推动里屋的木门，一边不迭声地喊着。谢达光不吱应，连一声咳嗽或一句嗯哼都没有。黄昏的光线吝啬地铺在靠墙的一张矮床上，适应了很久，我才看清谢达光的那张脸。苍白，眼神空洞无物，眼仁茫然地对着爬满灰斑的天花板。

二〇一七年，谢达光中风瘫痪了，左半边的身体再也不听使唤。

---

① 廻廻（音译），是古陂当地方言对狮舞中引狮、逗狮角色的一种称呼。

从此，他每天每夜的大部分光阴，都与这张床连在一起。天气炎热，他身上搭着一条薄被单，仅穿着平角裤衩，大半条腿露在外面。行动不便，终日与枯寂的床为伍，作为男人的体面和尊严，已顾及不了太多。

我退出里屋。刘荣生与同行的几个男人在张罗着为谢达光穿戴。一边穿，一边大声地与他拉家常。原来，谢达光的耳朵，不是太灵光了。

穿上了衬衫、长裤和拖鞋的谢达光被抱到一张轮椅上，推到外屋，推到我的面前。刘荣生懂他，递上一支香烟，为他点燃。虽然他的嘴角略微歪斜、颤抖，但叼着烟的姿势仍旧有点帅气。从他坐着的高度和仍不失粗壮的胳膊望过去，可以想见他年轻时的样子，必定是魁梧高大、孔武有力的。

一提到蓆狮，谢达光就哭。用那只可以活动的手掩住面，嗷嗷地哭。肩头耸动，胸腔一起一伏，仿佛里面装着太多想倒又倒不掉的东西。

一九三六年九月出生的谢达光，在哭一九三六年六月出生的谢达祥。那是他的堂哥，此前全世界唯一一个蓆狮舞国家级传承人。二〇一九年五月的一个夜晚，谢达祥悄没声儿地去世了，连一句遗言都没有留下。离去时，身边没有一个人。在这之前，他一向行动自如，当年正月还组织和指导了每年如期举行的蓆狮舞活动。

他们是血浓于水的堂兄弟，也是共同见证并推动蓆狮舞一直走到今天的人。他们从小感情甚笃，堂哥曾同他一起奔跑在古陂的村道上，一同从一条小尾巴变成一名中坚的舞者。他们的屋子仅隔着小半块晒坪，日日声息相闻。他们一同老去，一同为族里的后生示范一个舞者该有的样子。现在，谢达祥的照片和事迹挂在墙上，微张的嘴，像有太多的话还没有说出。

岁月多么无情，岁月将太多没有活够的人封缄成一段历史。

与其说谢达光在哭堂哥，毋宁说他在哭自己，哭一去不复返的时间，哭一望而见的不远的未来。藏在一个耄耋老人胸腔里的，是一种覆顶而至的恐慌，像被一双无形之手扼住了命运的咽喉。

我来晚了。但是如果我现在不来，只会更晚。

二

我们的谈话时断时续。中风以后的谢达光，记忆力大为减退，像一张八十多年的大网被一阵风刮破，露出了大洞。有的丝线断裂了，有的被揉成了一团。很多事情，很多细节，他都想不真切了。

况且，谢达祥是他的禁区，不能提及，一提，又是遏止不住地哭。疾病摧毁了一个人的身体和大脑，也摧毁了一个人的刚强与意志。

我需要艰难地捋出一根一根的线条，将它们慢慢接驳在一起，以重新找到那个进入蓆狮舞的口子。

他还记得小时候的自己，那么顽皮，那么贪玩，跟着蓆狮队伍凑热闹、放鞭炮、捡爆竹、喊号子。玩着玩着，就玩出兴趣和热爱来了。十岁，谢达光和堂哥谢达祥一起，开始跟着叔叔谢德超学习蓆狮的制作和表演，从力量要求最低的尾龙开始舞起。缘分既起，便是一生。

在这个家族中，谢达光不是最开始舞狮的一个，也不会是最后的一个。他的六个儿子，每年都加入进来，孙子渐渐长大，也成为队伍中的一员。"这是古代的老辈人传下来的，要一代一代传下去。"

他反复地强调着同一句话。

他说的那个古代到底是哪一年？老辈人又是谁？以他现在的身体状况，自然是无法说清了。

只知道，几百年前，谢氏一脉便开始生存在信丰县古陵镇这片土地上。他们曾经是客，后来为主，许多的人和事都已消亡散佚，唯有祖先的香火和信仰，像粗壮有力的老树根，深深地扎进宗族的血脉里。

时间是一条不停流淌的河。时间怎样在无意义的流动中创造意义，进入几百年前的某一个节点，点燃了一群人头脑中灵光一现的火花，创造出全世界绝无仅有的蓆狮，还有独特的舞步、腾跃的节奏，及与之相关的一切内涵？

问村里的谢氏后人，没有人能准确无误地说出蓆狮产生的具体时间，只说是清康熙年间，笼统而概括。然而事件的缘由却在几百年的口耳相授中，指向完整而清晰。

那就是，庆祝谢氏宗祠的落成。

世界上，或许再没有一个族群比客家人更谙熟并铭记传承着宗祠的全部意义。他们从中原出发，或避祸，或逃难，或择水草丰茂处生存，扶老携幼寻至中国南方，看到高低起伏的丘陵，这里山水拥翠、物产富饶，堪称宝地，来了，便在此生根发芽、开枝散叶。这样艰难而漫长的迁徙，在中国历史上断断续续历经了一千多年之久。

一千多年啊，多少屋宇朽了烂了，但祖先和姓氏的源流从来没有被遗忘。他们携带着中原的火种和基因，以宗祠这样顽强的形式，在南方播下种子。他们在宗祠里祭祀祖先、延修族谱、庆祝节日、商议大事、操办族人的生老病死。他们以家族的庞大、人丁的兴旺为荣，更以族风的享誉和家声的广振为傲。

　　古陂，便是这样一个宗祠密布、姓氏和宗族文化根深叶茂的客家古镇。

　　江西南部，一条亘古悠长的桃江河将方圆两千八百多平方公里的信丰县一分为二。位于河东片区的古陂镇，其人类居住的痕迹可以上溯至三国时期。只是有史载的建圩和命名，则在清康熙年间。清代，应是古陂圩商贸最为发达的时期。这里是赣县、于都、兴国、信丰四县人去往广东的必经之路，这里的古陂河曾经营造过繁华的码头文化，这里大量盛产的竹、木、煤、豆等货物曾经被运往更远更大的城市，为当地带来了持续的经济繁荣。

　　在赣南，多年来流传着"头唐江、二营前、三古陂、四（筻）门岭"四大名镇的说法。山水之明秀、田畴之肥沃、物产之丰富、交通之便利，在赢得商业兴盛和经济发达的同时，孕育了崇文尚武、民淳俗厚的文化氛围，也孕育了国家级非物质文化遗产蓆狮、犁狮。

　　普天之下，再没有一种舞蹈，和姓氏关联如此紧密的了。

　　在蓆狮、犁狮的表演队伍中，我们看到两面大小和样式如此接近的旗帜。红色的绸布做底，黄色的隶书体大字"蓆"与"犁"分别在各自的地盘上张扬地舒展着筋骨。可以想见，他们都曾是古陂圩中掌握了政治、经济、文化话语权的旺族。因为，只有人丁旺盛、实力雄厚、精诚团结的姓氏，才能够在乡间亮出这样一面鲜明的旗帜。

　　的确，古陂镇的二百七十个自然村中，居住有六十多个姓氏的客家子民。其中，谢氏、黎氏为人口数量最多的两大姓氏。在古陂方言里，"蓆"与"谢"同音，"犁"与"黎"同音。那分明是他们姓氏中独有的文化符号，彰显着家族的底气。

　　直到今天，谢氏的后人，仍对祖先的荣光如数家珍。在《谢氏族谱》中，记载着这样一件事：生于明崇祯年间的谢国琦，曾"捐坪坝建圩、捐基建宗祠"。古陂史上曾有规模较小的老圩，他捐建的圩即为拓展意义上的古陂新圩。至清代同治年间，谢金璞再次捐地建圩，使古陂新圩得以扩大。也就是说，如今正在使用的古陂镇圩场，大部分由谢氏肇始。

一颗种子的落地，是一次生命的偶然。但土壤的肥沃、气候环境的适宜，却对一棵树的枝叶参天、根系发达构成了一种必然。

三

从谢达光老人的屋子出来，左拐，复前行十几步路，便是一个小型的谢氏祠堂（为谢氏宝树堂的一个厅）。隔着一块空坪，祠堂的正对面，就是已故传承人谢达祥的家。几十年的时间，这对血缘和感情都无比亲近的老哥俩，紧紧地倚靠在祠堂边上生活，守护着祖宗的香火，并与之共存共荣。

谢达光担任过广播站长，是个乡村文化人，但是如果要他完整地表述出香火的全部意义，也许并不是一件轻易的事。但他自有终身恪守的信仰和规矩，比如尊敬祖宗、抚育儿女、和睦家庭、延续血脉，还有对土地无法割舍的眷恋。

当兵退伍后，谢达光曾经在县民政局上过班，有转为商品粮户口的机会，但他拒绝了。六个儿子一个女儿的大家庭离不开他，那春夏秋冬季季都需要下大力气耕作的土地也离不开他。他索性调回到古陂电管站，守着自己的妻儿，挨着族里的祠堂过下半辈子。

祠堂大门的钥匙，就保存在谢达光家里。这时候，谢达光的妻子正好回来，攥着钥匙走在前面，为我们开门。她比谢达光还大一岁，今年虚岁八十五了，身体却比他硬朗，动作灵活，耳聪目明。中风的谢达光，多亏了她的悉心照顾。是的，重情重义、相扶相携，这也是客家人恪守的传统之一。她说，他们没有办过结婚证，一辈子倒也圆圆满满地过来了。对于蓆狮舞，她懂得的并不多。因为，那是男人们的事。许多年来，女人们只是远远地观望，并欣赏着自己的男人在香火中舞动的姿态。她们是男人身后永远的支持者，闻着香火和时间的气味，在祠堂里为舞狮归来的人摆好米果、烫皮等点心和酒水。

一股南方的幽闭潮湿气息扑面而来，整个厅堂空旷、冷寂。一只竹制的蓆狮头架子挂在墙上，看不到完整的狮身。按照习俗，表演过后，他们要把所有的龙身（草把）和蓆狮送到河边烧掉，寓意着"龙归大海""狮返大山"。看样子，从正月到现在，这只狮头已经孤单地沉寂了多时。

但是祠堂自有它热闹的时候。正月里，男人们终于赋闲下来，外出经商的回到了祖屋，耕田种菜的收起了农具，念书上进的放下了书包。他们齐齐聚拢在这里，捧来金黄干燥的稻草、结实耐燃的线香，在能工巧匠的带领下，扎制蓆狮，擦亮灯笼，抻平旗帜。他们身上冒出的热气与心灵弥散的热度，在春寒仍未消隐的时节，在祖先魂灵无处不在的场域里，聚成一团稍触即燃的火。

这里面，必然曾经有过谢达祥老人。他不仅是参与者，更是领头羊。当他发起号令，身边必围拢着一群族人，各司其职、井然有序。有的在帽子的竹片上裹紧稻草，有的在芋头或番薯上插好线香，有的为灯架蒙上一层粉红色的布……他像训练一群学生娃娃那样手把手地训练着他们，必要时亲身示范。有时候他顶着狮子，有时候他披上背板，有时候他举着香火，有时候他跳将起来，一招一式，有板有眼。他要把动作、节奏甚至眼神一一传递下去，就像当初谢德超老人教他时一样。

二〇一九年的春天，谢达祥屈指一算，自己已经虚岁八十有四了。客家人素有"七十三、八十四，阎王不叫自己去"的说法，意味着当老人们到达这个门槛时，有可能遭遇生命的大限。那个强烈的预感把谢达祥紧紧攫住了，时日无多，他对此深信不疑。

忙完这年正月的蓆狮活动后，一整个春天，谢达祥都在着急地寻找并确定一位新的传承人。找一个好的传承人其实并不是件容易的事，除了对蓆狮技艺的熟练操习，还需要为人处世圆融，协调能力超强，在族里有极高的威信。最好，经济实力也不弱。很多时候，传承人需要奉献的，不仅仅是精力，还有金钱。这个角色，极其类似于过去的族长。

留给谢达祥的时间如此紧迫，他把心中物色好的几个对象掂量了又掂量，比较了又比较，他和最贴心的堂弟谢达光商议了又商议。虽然谢达祥有好几个儿子，正当年富力强，但他并不看好他们，不愿意把这么重要的担子交给他们。他还请来县文化馆的刘荣生副馆长，召集氏族会议，家家户户投票。最后，他们选中了一九七〇年出生的谢达章。有很多年，谢达章都担任着蓆狮中的大廻廻角色，演技娴熟，值得信赖。而且，他在族里的号召力也是有口皆碑的。

完成了这桩最重要的事，谢达祥感到功德圆满，身体里那根绷着的弦松懈了下来。他离开的那天晚上，恰逢朝夕相处的儿子外出看病，留下他一人在家。没有人会想到，就在那个夜晚，不迟也不早，他突然在桌角一磕，歪倒在地上，再也没有醒来。

第二天，谢达祥的孙子过来喊他吃饭，没听见应声，闯进屋去，看见他躺在地上，安详而平静，仿佛一条龙，重新归于大海。

四

将时针往回拨至清康熙年间，我看到最初的舞者，其背影由模糊渐至清晰。为着谢氏宗祠的落成，他们舞着自己研制的香火狮，身披草荐，遍插香火，从下屋厅、四方厅，到老屋里厅、新屋厅，从正月十三到正月十五，大庆三天三夜，隆重而热烈。

其实，舞狮与香火龙在信丰县古已有之。是捐建祠堂的谢国琦领着谢姓的文人工匠们，将狮与龙聚合在一起，由单一到繁复，由小打小闹到盛大庄严，为一种古老的舞蹈赋予了新的意义和形式。

竹与木、薯或芋、稻草及香火，每一种材料，每一件道具，都与他们的生活息息相关。尤其是草荐（席）的加入，简直是神来之思。从生到死，从呱呱坠地被草荐托起的小小一团，到最后一口气息被一张草荐收走，每一个人，一辈子都离不开草荐的容纳与安抚。草荐，最贴近人的肉体、灵魂和梦境，最近距离地见证着人一生的幸福或孤单。

他们把荐喊成"qia"，把谢也念成"qia"，两个如今已无法用普通话翻译的入声字，一种在方言体系中如此一致的音色，接通了舞蹈和姓氏之间的文化内涵与外延，使得那星星点点的香火，每一枝都闪耀着家族的荣光。

有很多年，生活在古陂镇的黎姓村民，是作为观赏者的身份出现在荐狮舞现场的。在娱乐方式普遍稀缺的年代，谢氏每年春节的荐狮舞活动，不啻为一场极具吸引力的盛典。诱惑着全镇各姓人等，闻着锣声鼓声蜂拥而至，一路追随，观看热闹，并评头论足，津津乐道。

黎氏与谢氏在古陂同属旺姓。两姓隔河而居，又相互交融，村落毗邻交错，农田阡陌相接，男女婚姻互通，生活鸡犬相闻，构成了你中有我、我中有你，一派怡然的生活情境。

高处的政治和杀戮离南方总是遥远，乡村有乡村的生态，民间有民间的秩序。古陂河缓缓流淌，农耕文明与商贸文化缓缓流淌，人的世代接续也像这古陂河缓缓流淌。

然而在这平静的表象之下，内里其实不乏暗流涌动。无比看重家族势力的客家人，从来没有停止过姓氏之间的明争暗斗。经济实力、文化底蕴、名声地位、势力强弱、人丁多寡……无不是他们暗里较劲的因素。

假以时日，总有一些矛盾要从水底浮上水面，总有一些冲突要被导火索瞬间引燃。

那是清光绪年间的一个春节，蓆狮舞像往年一样如期上演，观看的人们也像往年一样纷至沓来。居住在李树下的黎声亮、黎有德等黎姓男子裹挟在人群之中。看热闹，人与人之间难免相互推搡，以争夺一个最佳的观看位置。口角不可避免地发生了，这一次，是和谢姓的男子。"就兴你看，不许我们看？""这是我们谢家的活动，有本事你们自己搞啊。"有时候，话会越说越难听，小小的摩擦可以升级为姓氏的争斗。

一场争吵，让黎声亮和黎有德窝了一肚子的不甘，也启发了他们创造的欲望和念头。极具巧合意味的是，这两个人恰好是黎姓中威望极高、活动能力极强者。黎声亮生于一八八四年前后，念过书，有文化，在黎姓中是个"地保"式的人物。黎有德生于一八八七年，打过屠，做过厨子，学过丧葬礼仪，经常一人自发为村里筑田坎、修水渠、办公益，积攒了很好的声誉和口碑。加之，二人都是舞龙能手，对这项民间艺术从内心深处怀抱兴趣和热情。

　　这时候，距离蓆狮的发明已经两百余年了。两百年的光阴，蓆狮已经深刻地渗入古陂人的生活之中。此时，要开拓，要创新，要获得村民的认可和欢迎，要形成一种势均力敌的局面，其实是一件很艰难的事情。

　　但是想法既已萌生，黎声亮和黎有德就攒足了劲，要创造一种和蓆狮截然不同的新狮。不约而同地，当他们将舌头顶住上腭，口腔里立即滑出祖辈相传的姓氏——黎。他们由此联想到了一种伴随一生的农具——犁。无论在普通话还是在客家方言中，"黎"与"犁"都拥有同一种读音。只不过，普通话中的"lí"，在当地人的口中，发出来的音是"lei"（阳平声）。

　　从小见多了"扮故事"的场景，他们灵感浮现：何不把犁搬上表演的舞台？一切由犁生发，延伸开去，便有了牛和犁田的人。他们扶了一辈子的犁，赶了一辈子的牛，对这些再熟悉不过了。牛，是农耕文明中最卖力的功臣，是农民与土地角力时最忠实的伙伴。有牛，就有红红火火的农业生产；有牛，就有年年月月的丰衣足食。

　　一样的竹与木、稻草和香火，这些乡村随处可见的事物，又一次作为原材料进入了舞蹈。一样的舞和逗、追与赶，他们设计的表演角色，编排的舞蹈动作和程式，与男人在农田里赶着牛犁田的场景何其相似。一个大廻廻在前面执草引牛，一个小廻廻在后面扶犁赶牛，一头大牛摇晃着脑袋负重前行，一头小乳牛追着大牛四处奔跑，企图喝上一口奶。那妙趣横生的动作，那诙谐幽默的场景，引得旁观者捧腹大笑。

　　整个的表演，其实就是一幅生动活泼的扶犁春耕图，乡土气息扑面而来。他们将这种全新发明的舞蹈命名为犁狮。那时候，他们只代表黎姓的一小部分力量，并没有太过庞大的野心，他们完全没有想到，犁狮舞会一代一代久远地传承下去，一直传到今天。

五

走进一家商店门面，就看见墙的正中央张贴着黎氏祖宗的牌位。大红纸做底，黑色的毛笔字墨痕依旧新鲜，上书："……列列之祖位。"牌位下方，蛇皮袋包装的粮食整齐地码成了小山。古老与现代，精神信仰和物质追求如此奇特又如此和谐地共居一室。

这是犁狮第六代传承人黎忠春的家。

再往里，有一间小的餐厅兼会客室，一个露天的小庭院，还有一排作厨房等用度的平房。镶有瓷砖的现代新式厨房里，砌的却是状貌笨拙而硕大的土灶。灶头上，专门设计有插香的炉台，香烛的梗茬仍在，上墙被熏出了黑黑的一片。显然，这是一户殷实小康之家。一九六七年出生的黎忠春，日常身份是一位农资生意人。种子、化肥、农药、粮食生意，一条龙地做，做得得心应手、顺风顺水。

泡茶、引座、寒暄、吩咐妻子端来水果和瓜子，黎忠春熟练而大方地做着这一切，正如他有条不紊地把握着整个黎明村的事务那样。如果把宗族、姓氏、村庄比作一艘大船，当它载着纷繁复杂的人和事向时间的深处驶去时，一位深谙风向与气候的高明舵手何其重要。

二〇一六年，八十多岁的犁狮传承人黎忠英老人去世。一副沉甸甸的担子落到了黎忠春的肩上。他是黎忠英的堂弟，黎忠英亲自物色的接班人，也是犁狮舞中最中坚的力量与核心技术的掌握者。从五六岁开始跟着队伍凑热闹，到十岁正式随堂哥学习犁狮舞，到现在已有四十余年光景了。

像割稻子一样，人也是一茬一茬地被光阴收割，又一茬一茬地长出新的来。

为村庄命名的黎姓祖上，心中想必是住着诗意和亮光的。黎明村，黎姓人世代居住繁衍的地方，将二者联系在一起，是如此贴切又如此暗含生机。现在，黎明村已成为拥有三千八百多人口的大村，数量居古陂镇之首。

谈到自己的姓氏，黎忠春脸上充满了骄傲的神色。他说："在过去，国民党和大地主都不敢欺负我们黎姓人。因为我们人多，在古陂势力大，而且非常团结，打起架来，基本没有吃亏的，就和电影《黄飞鸿》里演的差不多。"

人多，团结，这便构成了犁狮舞团队组建的基本要素。一场表演，少则三十几人，多则四五十人，通常是人数越多越好。在松散的乡村日常秩序中，若没有广泛的动员，光靠自觉和自愿，是无论如何也组织不起来的。

每年正月，犁狮舞一上演，黎明村几乎倾村而动，家家户户在期盼和激动中度过几乎无眠的三天三夜。他们先是挨家挨户发出拜帖，上书："恭喜发财，犁狮来拜年。"收到拜帖的人家便插好蜡烛，准备好鞭炮，迎接犁狮的到来。于他们而言，犁狮进门，便是吉祥、如意、财运、幸福、收成、平安等一切吉兆的进门。

在乡村，曾经是富裕之家才能拥有一头牛。黎忠春回忆起一九八二年分产到户时的情形，全生产队只有四五头牛，得七八户人家共用一头。轮不上的，只能用锄头挖地。养一头牛，是多数农民梦寐以求的理想。有牛，就意味着五谷丰登、丰衣足食。牛，是力量的象征，也是富贵的象征。

耕牛舞动，昭示着粗犷而原始的生命力，于春天破土而发。

古陂人的方言中，习惯将舞狮说成是"打"。敬拜过土地公之后，他们从河的下游出发，一路往河的上游"打"过去，从一个屋场"打"到另一个屋场，所到之处，无不鞭炮齐鸣、锣鼓喧天、人声鼎沸。

这便是古陂民俗意义上的"打上水龙"，向上、向好，向着更高处和洁净的源头处。然后，他们把狮身上扎过的稻草烧掉，将剩余的香火一抢而光，插到自家的土灶上，敬奉着他们的灶公公、灶奶奶、灶帕帕（祖爷爷、祖奶奶的意思）。

一年一年，这些于年代久远中悄然形成的古朴信仰和约定民俗，在黎姓男子的头脑中镌进了深刻的认同与信赖。需要外出打工的年轻人、奔赴异地求学的年轻人，总是千方百计在家待到正月十五，接受完一场犁狮的洗礼再踏上新的征途。他们觉得，一年不"打"，全身便不得劲儿。

一九八八年出生的黎小龙，是黎忠春的侄子，他在深圳经营着一家资产几千万元的公司，在全国多地置有房产。按说，他完全可以脱离这些老家的习俗，过自己潇洒自在的生活。但是每年春节，他都会从深圳赶回来，参加犁狮表演。他半开玩笑地和族人们现身说法："有一年太忙，没有回来'打'犁狮，赚钱都好像不那么顺利了。"此后，无论多忙，他总是按时归来，融进犁狮舞的队列中，"打"得兴高采烈，"打"得摇头摆尾。

黎忠春的儿子亦如是，他在九江学院上大学，依然愿意遵循氏族的习惯和信仰，每年春节，全身心地投入"打"犁狮的大事件中。关于犁狮祛邪除恶、迎福添吉的象征意义，并没有因着日新月异的时代发展，在年轻人心中被摒弃和抗拒。一股来自血脉中的力量，借着香火狮的舞动汩汩流传。

这，也是蓆狮、犁狮代代传承至今最根本的基础所在。一代一代的传承人，都牢牢地记着一句话："无论如何，也不能在我手上失传。失传了不光自己没面子，就连祖宗的面子都丢了。"

六

黎忠春驾驶着一辆皮卡车，突突突地将我领到了他们引以为豪的黎氏宗祠。

青砖的高墙，气派的飞檐，上书"黎氏宗祠"四个苍劲有力的魏碑体大字。宗祠左右，一边是村小学，一边是村委会，崭新与古老并排为邻，更加凸显着这座建筑存留下来的难得与珍贵。推开红漆的木门进去，一股夏日难得的幽凉之气扑面而来。一个大天井将祠堂隔出两进的宽阔场所，天井里，绿色的苔痕、暗生的野草给祠堂染上了陈旧和沧桑的味道。若关起门来，这里分明是一座坚固的城堡。

这是古陂镇唯一完好存留的清代古建筑，现在，它挂上了犁狮传习所的牌子。黎忠春说，有一年中央电视台的记者来采访，非常感慨地对他们说："这是非常有价值的历史文物啊，你们一定要保护好。"

其实，这还用说吗？黎姓人把这座宗祠当作宝贝一样看护着。因为，这是他们家族能力、实力的彰显，也是姓氏荣誉、人丁兴旺的象征。这里的一砖一瓦、一椽一柱、一张祖上的画像、一面斑驳的石灰墙，无不见证着岁月经过的光和影。

几位老人坐在天井边纳凉，问他们，有"打"过犁狮吗？无不喜笑颜开："嘿，'打'过，当然'打'过，不'打'犁狮哪叫过年？"

祠堂最里面的一个角落里，摆着犁狮道具的骨架，一大一小两头牛狮，一张犁，形状依然栩栩如生。黎忠春扶起犁，挥起鞭子，眉毛就扬了起来，脸上的神韵也出来了。他又钻进小牛狮的肚子，抬起，蹲着马步，左右摇摆，小牛狮的嘴巴随着步态一张一翕，憨态可掬。

大牛狮太重，一个人是舞不动的，需要两个人，一人舞狮头，一人舞狮尾，默契配合。即便如此，也不能坚持太久，一般舞上三五分钟就得换人。尤其是香火燃起后，烟熏得厉害，眼睛也很难受。后来，他们竟然创造性地戴上了潜水镜。

如果再往前追溯，最初的犁狮其实是"武"狮。黎姓素有尚武的风气，民国时期便出了两位武术高手黎垂文和黎垂金。他们练习武术，带了一帮徒弟，个个有硬功夫，一个人对付七八个人不在话下。他们还懂得跌打损伤的医术，经常外出行医，颇讲江湖义气。那时候，他们这些会武功的人舞狮兴起之时，会做一些高难度的动作，比如翻筋斗、跳台、跳架，引得众人齐声喝彩。随着习武之人渐渐老去、谢世，炫技再无可能。

黎忠春最擅长的，是扮大廻廻，这个角色，他已经担任十多年了。只因其步骤最复杂，动作难度最大，能学会的人也最少。有好几年，黎忠春一个人扮完全场，几个小时下来，体力消耗极大，辛苦异常。幸好，在他的慢慢教习下，已经培养出了好几个熟练的大廻廻。"像黎小明、黎承志、吴小林，他们都会。"黎忠春提起他们的名字，如数家珍。

我不由注意到这里面还有吴姓人氏。"是的，我们早就把这家人当成自己人了，不能让他们感到委屈，否则，就显得我们小气，看不起别人了。"黎忠春解释道。整个黎明村，吴姓仅有一户，是知识青年上山下乡时落户于此的。落户之后，最大的问题是融入，从观念到习俗，从所处的境遇到身份的体认。而黎姓人每遇大事小情，必邀请吴家一起参加，这是他们大气和友善的表现，也是他们族风和家风的体现。不仅如此，少量散居在村落中的陈姓、黄姓、谢姓、刘姓，也一样能收到拜帖，一样有人参与犁狮表演，一样认同着犁狮的文化内涵。遇到婚丧嫁娶等事情时，一样请村里的黎姓理事会来做主。

黎忠春是黎明村理事会的常务副会长，也是理事会实实在在的主事人。哪个屋场有人老了，哪个屋场要娶新媳妇了，哪个屋场要办满月酒了，主人就把钱交到黎忠春手上，由他去张罗所有事情。甚至，哪个家庭发生纠纷无法调和了，也请他去调解。他们信赖着他、依靠着他。而他，也竭尽所能，调动人马，安排事务，把家家户户的红白喜事办得妥妥帖帖、圆圆满满。

以心换心，以情易情，用恒久的付出赢得大众的理解和支持，乡村人的情感和操守如此朴素、如此简单。所以，当黎忠春需要召集犁狮表演时，全村上下的青壮年男丁，没有不积极响应的。

现在，蓆狮、犁狮被列入国家级非遗项目，成为政府保护的民间艺术，经常受邀参加各种庆典与活动。表演的时间，往往不是村民们举家团聚的春节期间。打工的、上学的青壮年男子都奔赴了外地，长年留在黎明村的多是老弱病残。仅小部分在当地做生意或从事农耕者，很难组建起一个表演团队。

但是，只要黎忠春一个电话，在县城的、在外省的男人们便掐准时间赶回家来。他们常说："大哥，你讲了怎样就怎样哇。一句话，支持。"就连在深圳经营管理着偌大一家公司的黎小龙，也随叫随到。比如今年六月中旬信丰阁非遗进景区，他便回来"打"了两天犁狮。而今年四月小江镇客家围屋的庆祝活动，黎小龙因为身在香港赶不回来，还一再表达了歉意与遗憾。

当初逞一时意气的黎声亮和黎有德一定不会想到，他们发明的犁狮舞，会从李树下出发，吸引整个黎氏家族加入其中，迅速蔓延至和黎姓有关的各个村落，最后，成为由黎明村主导的盛事。

一场黄昏的暴雨突然而至，如果不是天井上水流如注，在黎氏宗祠里几乎感觉不到天气的骤变。一个祠堂，几乎就是一个小小的江湖和小小的堡垒。

七

然而，当历史的风浪汹涌来袭之时，这座小小的堡垒分明又成了一叶飘摇无措的小舟。它连自己何去何从尚不知晓，又如何护佑躲在小舟里的人们。一九六六年，一场"破四旧"运动席卷全国，将固有的文化传统、伦理秩序破坏殆尽，古陂的蓆狮、犁狮也未能幸免。

一场急风暴雨般的运动，首当其冲的是大量珍贵文物被砸、被抢、被毁，满目疮痍。多数文物，永无复原的可能。肆虐的火焰被迅速点燃，蔓延至全省各地。长达几个月的运动，传统文化、历史遗产、文物古迹、风俗习惯无不受到巨大冲击，大批珍贵典籍、古玩、书画被烧毁、捣烂，许多街巷和"老字号"名牌商店、工厂、学校被强行改名。

古陂的老人们眼睁睁地看着祠堂被毁坏，祖宗的牌位被砸掉，蓆狮、犁狮被扔出来烧毁。他们摇头、叹息、流泪，内心也像被烈火焚烧，疼痛愈演愈烈，但也只能悄悄地背过身去，强行咽下从胸腔里翻涌上来的苦和痛。

浩劫来临，香是不能点了，祖宗也不能祭拜了，薦狮、犁狮更不能舞了。整个正月，村庄里静悄悄的。时间暗哑了，文化基因和传承也暗哑了。昔日的喜庆和热闹不见了，人们缩在屋子里，像每天黎明准时唱白的雄鸡被阉割了声音。

他们心里想不通啊，老祖宗传下来的东西难道都错了？逢年过节难道不应该热热闹闹、欢欢喜喜？然而洪水以冲垮一切的气势封缄了他们的唇舌。他们只能像房前屋后的树木一样，不发出声音，不喊出委屈，只默默地等待天明，只在想象中举着薦狮、犁狮，绕着村庄、河流，跨着马步、侧步，和着锣声、鼓声，欢快地舞动："咚隆咚咚、的的隆咚咚、的咚咚咚……"

十年，是时代的困局，也是文化的困局。

一段无法绕过的历史导致的文化断层，造成了多少无可挽回的损失。幸而，老人们还在，薦狮、犁狮的制作方法与表演步骤也还记得。待得天空呈现蔚蓝与安详之时，谢氏和黎氏的男丁们，开始小心翼翼地修葺祠堂，挂上祖位，搬出竹木、稻草、薯芋和香火，扎制薦狮、犁狮。他们召集人马，重新拾起这门古老的手艺。

但是，从头开始的气氛已经大不如前了。钱，是个很俗的问题，但又是无比现实的问题。每表演一场，所需的费用都不是小数。

村民们遵守着祖上的契约，无论贫富，每一家收到拜帖的都备好一个红包，数额由自己依能力决定。当薦狮、犁狮进入家门，连转三圈，停下，向主人大声诵出祝语，主人便一叠声地应和着，一手将红包塞到提包人手中。有许多年，薦狮、犁狮依赖着这种众筹的方式勉强维系着。

直到二〇〇四年，文化部、财政部联合发出《实施中国民族民间文化保护工程的通知》和详细的实施方案，民间文化开始获得了前所未有的重视。许多置身其中的人感到了紧迫性，如果再不加以保护，那么多珍贵的宝物就要永远失传了。二〇〇六年，信丰县非遗保护工作启动，对蓆狮、犁狮的挖掘、记录和保护也被列上了日程。

几百年了，黎姓与谢姓隔河相望，各自舞着自己发明的香火狮，各自依靠宗族的力量传承着古老的习俗，甚至因参与者和观看者的多寡、吆喝声和呼喊声的大小而明争暗斗。后来，蓆狮、犁狮合二为一，进入了同一项非遗保护名录，在同一把大伞下获得庇护和晴空，就像两条分支的河流，最终归入了同一条大江。形式和意义的高度接近、地域和信仰的无限融合，成就了今天的国家级非遗项目蓆狮、犁狮。

自然，今天再没有身怀绝技的人参与舞狮了，但他们仍旧愿意举着笨重拙朴的蓆狮、犁狮，在春寒料峭中大汗淋漓。

立了项目，自然有和非遗有关的会议一次一次地开。有的外行人提出改良意见，把狮子做得轻盈一点，让表演者轻松一点。一个省里的专家开口说道："你看到的是笨重的木头，我看到的是文化。"

时间不停地流淌，总有一些物事是无可替代的，它载着精神的浆汁，喂哺一代又一代后人。

八

真正懂得蓆狮、犁狮的人不多，县文化馆的刘荣生是一位。

他的嘴角时常浮现一种略带揶和痞的意味，整个言谈举止，似乎未被多年的机关工作经历同化。但是当他说起蓆狮、犁狮，却是那样满含深情。他仿佛握着一条河流的来龙和去脉、细节与全部，随时都可以把某一段展开来给你看，甚至包括河床中有几块石头、几只鱼虾，河边有几棵灌木、几丛杂草。

这些都需要时日，需要年长月久地零距离进入。二〇〇九年，他因工作关系，开始与蓆狮、犁狮结下不解之缘。为了完整记录这古老的瑰宝，美术专业出身的他，丢下画笔，改攻摄影。拍着拍着，他常常觉得自己也成了蓆狮、犁狮队伍中的一员，舞之蹈之。

十年，他见证了两个姓氏的相互认同、握手言和。当他进入古陂，就像走在亲人中间一样。他可以熟练地为谢达光穿好衣服，也可以豪爽地和黎忠春喝酒吹牛。他熟悉他们内心的隐秘、委屈、诉求，还有祖宗口口相授的技艺，也熟悉谢氏和黎氏宗族内发生的一桩桩生老病死。

这些年，刘荣生痛心疾首地看着几个技术最好的蓆狮、犁狮传承人去世，先是一九四三年出生的黎钦仁，再是一九二九年出生的黎忠英，然后是一九四五年出生的谢达三。今年，一九三六年出生的谢达祥也去了。每去世一个人，落寞的情绪都要包围他很长一段时间。虽然生死乃自然规律，但是对于一种古老文化的传承，其损失不言而喻。每一个身处其中的人，都难免由此滋生焦虑。

翻开文化部二〇一五年公布的统计数据，全国已有二百五十多位国家级非遗传承人相继去世，占总人数的一成以上。后继乏人已成最大问题。

其实，刘荣生又如何不是面临着同样的问题呢？懂的人太少，能够调度好这支队伍的人太少，深爱着蓆狮、犁狮的人更是稀有。如果有一天他撂下挑子，在管理部门很难找到另一个如此合适的人选。朋友们都称他为"孤独的非遗人"，是褒奖，也是叹惋。

是的，受经济大潮普遍冲刷的乡村，年轻人无一例外地奔赴城市，去寻找远离泥土气息的生活。一些坚固的东西正在慢慢松动，一盆需要众人拾柴燃起的火焰正在慢慢暗淡。最近这些年，政府的组织和资金补贴成为蓆狮、犁狮舞的主要动力。电视、手机、网络，各种新媒体的加入，人们欢度春节方式的巨大改变，已经不可逆转，从前那种狮子出动、万人空巷的场面，再难重现。谁也不愿意看到这样的现状，但是，谁又都无可奈何。

环境的改变、观念的更新之下，没有可观的物质回报，还有几个人愿意沉下心来，默默地研习一门古老的手艺？培养一个优秀的传承人需要漫长的时日，更何况蓆狮、犁狮是一种群体性的传承项目，需要培养的传承人不是一两个，而是一大群。留在乡村的青壮年男子，还能数出多少个呢？

现在，问题一日一日地摆在面前，需要费尽心力去想办法解决。谢达祥去世、谢达光瘫痪，新选出的传承人谢达章，则常年在广东跑货运，对蓆狮的传承难免造成影响。乡村原本固守的沉静生活方式，早已被打破。

因为懂得，所以热爱。因为热爱，所以理解。他理解乡村人的处境，知道生活加诸每一个人每一个家庭的现实困境。他只能为项目争取注入更多的资金，然后，一趟一趟地往古陂镇跑，熟悉更多的人，交换更多的感情。

我在一家名叫如意餐馆的地方，见到了谢达祥的孙子谢书海。三十三岁的他，身材敦实，面相憨厚，已做了多年的餐馆老板。其时，正好他父亲也在，你一言我一语地谈起蓆狮。他们父子都颇以谢达祥为豪。毕竟，谁都清楚，有能耐的人才能担当起传承重任啊。"中央电视台都上过好多次了。"说起这事，他们就觉得光荣。

从小，他们就被谢达祥要求和带领着参加蓆狮表演。谢书海的舞狮史，已有十来年了。因着身体结实、个头略矮，他常被安排舞狮尾。他的想法和很多人一样，相信正月沾一沾狮子气，把香火插进自家的灶神上，将为全家人带来一年的好运。只是当我问谢书海，是否有想法担当起传承人的责任时，他的目光中透露出茫然来，似乎这个问题太过遥远而不在他考虑的范围内。那么，十年、二十年、三十年以后，该由谁来挑起这个大梁？

夜色深浓，此刻星光四起。没有人给我一个确切的答案，但是天空中似乎到处充满了应答。

我们去和谢达光告别，这一次，他没有哭泣。我知道，年迈的他，还会守在祠堂边，安静地等待下一次的演出、下一次的热闹。那时候，他一定会让老伴将他的轮椅推出空坪，亲眼看着年轻人扎制狮子、排练动作，也看着他那帮乐队的老伙计，敲响他再熟悉不过的鼓点。

没错，一切还和从前一样，两面锣一面鼓，一个唢呐两个钹。当乐声响起，他仿佛重新回到了年轻的光景，重新挥舞着手臂，在天地间跳跃腾挪，纵横起舞……

歌 于 斯

徐盛久：墙上挂着的那个人不在了

墙上挂着的那个人不在了。他的歌声，他的朗笑，他的皱眉，他的气息，都真真切切地消失了。一朵云幻化为水汽，一道彩虹消隐于无形，便是这样的吧，我想。

二〇一九年三月二十八日，一百零三岁的兴国山歌国家级传承人徐盛久与世长辞。距离我找到他的家乡，仅相隔半年多的时光。斯人已逝。生与死、阴和阳，一道深刻的鸿沟横亘在眼前，我来迟了。我怀着多少无以名状的遗憾，奔突在各色各样的非遗面前，奔突在各色各样的人面前。

据说，世界上每一分钟都有一种非物质文化遗产在消失。随之消失的，自然是相关的人。那些消失的，永远也找不回来了。幸好在兴国县这片三千多平方公里的土地上，徐盛久的后人还在，兴国山歌的传承人还在，静静的青山、淙淙的流水、古老的村落都还在。

去长冈乡石燕村，一路是高高低低的丘陵，裹着时隐时现的村庄。窄窄的水泥路耍把戏似的诱引着你，左拐一个弯，右拐一个弯。视线启开处，都有面貌相似的田园、阡陌和村舍，时而响起鸡啼和狗吠声，让人疑心每一条岔道，都通往一处世外桃源。

汽车停下来，抬眼一望，土坡上一幢两层的小楼房，屋顶上竖着一排红字，还是新的——"徐盛久兴国山歌传承基地"。那是他去世前一个月，刚刚揭的牌。那时候他的腰背还挺得笔直，言笑晏晏；那时候，他打起了觋锣，两个儿子在身边吹响化角①；那时候元宵刚过，他的徒弟们在这所房子里热热闹闹地对着山歌。

一切仿佛还在昨天。只是现在，老人已魂归大地，大门严严实实地关着。

徐盛久的小儿子徐传青站在初冬的日头下，眯缝着眼，小分头，一身深蓝的暗格子西装，显现出自如游走于城乡之间、传统和现代之间的精干样子。这位四十五岁的汉子，在石燕村担任着村支部书记一职，在乡村行政链上发挥着举足轻重的作用。在民间，他还是一位有名的跳觋师、职业山歌手，是父亲的传人之一。

大红的铁门敞开，细碎的尘埃跟随阳光的线路跳荡起舞。讲台、黑板、座椅，还有"兴国山歌起源"几个板书大字，昭示了这所房子的性质。徐盛久要建一座传承基地的想法，由来已久。人会老去，会有唱不动的时候。年轻人一个一个地飞到大城市去了，"处处闻歌声，人人是歌手"的景象似乎一去不复返了。原始的隔山对歌，一唱一和早已淡出人们的生活现场。曾经辉煌过的兴国山歌，已经濒临消亡的境地。多少年来，兴国山歌的传习，还没有一个固定的场所。让村里、乡里、县里更多的人学山歌、唱山歌，让这门独特

---

① 化角，觋师吹奏的乐器，金属制作，又称话角、宝角。

的民间艺术一代一代传下去，是他最后的愿望。房子，是他们一家自筹资金建起来的。幸而，子女们都懂他，也支持他，在他的有生之年，达成了老父亲的心愿。

二楼大厅正前方，整面墙都是神位，供奉着他们敬仰的祖师和祖宗。徐传青一言不发，只娴熟地上前点燃一对蜡烛，插入香炉，又取六炷线香在蜡烛火上引燃，对着神位虔诚地磕头，插入三炷香。然后，走到阳台的香炉前，对着天地磕头。从阳台望出去，乳白的云层铺开在青山的轮廓外，低处是收割后的田野，一丘丘露着稻茬。三炷香的烟气顺柔风袅袅上升，仿佛灵魂在轻盈飘荡。

下楼之前，徐传青又一次拨亮了长明灯盏里的灯芯草。做这些的时候，他没有多做一句解释，似乎一切原本如此，无须多言。我忽然看到墙上的一块功德碑，镌满了密密麻麻的名字，包含着各色各样的姓氏，他们捧出从一百到几千不等的金额，为的是兴建一座奶娘殿。奶娘，正是觋师们尊奉的师祖。他们有自己朴素的信仰，热切而忠诚，执着且长久。

从传承基地下坡坎，往右后侧拐，就是徐传青和他三哥徐传道的家。两栋敞亮的楼房连在一起，外墙贴着明黄的小瓷砖，客厅宽阔气派，是乡村殷实人家的状貌。徐传道身材壮实、面相憨厚，平时是在赣州做生意的，这天晚上，他要和弟弟一同赶赴一户人家跳觋，于是早早地回来了。他们一家，姐弟共有十三人，只有徐传道和徐传青继承了父亲的山歌和跳觋事业。很多时候，寻找一个合适的徒弟需要机缘，需要悟性，需要长期的打磨与契合。

居住在县城的二哥徐传衍也回来了。我们团团地围坐在一起，言谈之间，徐盛久堪称漫长而丰饶的一生渐次铺展开来。

徐盛久上过几年私塾，也幸而是这几年私塾，为他一生的职业歌师生涯奠定了文化基础，识字、强记、即兴创作，每一位歌师肚子里都有唱不完的山歌。然而在乡村，更多的人将学一门手艺当成谋生的首选。在我的老家麦菜岭，香生爷爷是个漆匠，我的大伯做过屠夫，二伯则是篾匠，村里学做泥工、木工、厨师、吹打手的更是数不胜数。有一技傍身，能吃百家饭，便意味着获得命运的加持。十四岁，徐盛久还没来得及长成一个孔武有力的小伙子，就被送去学打铁。那个年代，没有人关心一个半大的孩子喜不喜欢打铁、有没有兴趣、能不能胜任，填饱肚子才是第一件大事。

几十年以后，徐盛久的儿子们一个接一个地被带进了铁匠铺子，打铁、淬火，在坚硬的铁块前抡圆了膀子，在火星四溅的暑天里汗流浃背。"那时候穷啊，一大家子人要吃饭，只能跟着父亲打铁。"三兄弟几乎异口同声地说。再后来，他们五兄弟中有的当兵，有的念书，有的成了公职人员，渐渐远离了父亲的老行当。而徐传道和徐传青则几乎完全走着和父亲同样的道路，先是打铁，而后是跳觋。他们说："父亲需要一个伴，开始是叫我们跟着拿东西，没想到跟着跟着，就学进去了。"

他们八十五岁的老母亲坐到我身边，白发胜雪、面色红润光泽，笑吟吟地看着我。按年龄推算，她比丈夫小了很多。在她之前，徐盛久有过两个妻子，第二任妻子去世之后，留下六个需要抚养的子女。"我嫁过来的时候，最大的孩子十五岁，最小的才五岁。"她说。那时候，她还是一个羞答答的姑娘。问她为什么答应嫁给徐盛久，她很实诚地说，就贪他有两门手艺，又会打铁、又能跳觋，跟着他，至少吃穿有着落。是的，不必想象一场浪漫的爱情，她无非是偶尔经过铁匠铺时瞥见过他因打铁而鼓起的肌腱，或在某一户人家的厅堂里看过他载歌载舞替人跳觋的样子。媒人的言辞从来都充满智慧，善于删忧添喜。而生存永远是第一要务。

打铁苦、打铁累，山歌成了打铁人最解乏的娱乐。唱一句"哎呀嘞"，有时高亢而抒情，有时低沉而沮丧，有时是提劲，有时是号子，有时是倾吐，有时是叹息。徐盛久天生一副好嗓子，从小就混迹在人堆里听着、学着、唱着。一天的辛苦劳作之后，他最喜欢的一件事，就是去看村里的觋师朱先钊跳觋、唱山歌。

太阳落山之后，觋师在厅堂里摆开了阵仗，身着长衫，头戴法帽，手执化角、法尺，周身弥散着一股不可捉摸的神秘气息。将跳觋的一整套程序做完，需要通宵达旦。夜色越来越深浓，画符、念咒，烛火摇曳，那些反复的动作和程式显得冗长而繁琐。余下的大段空白，由山歌来填充。觋师唱响山歌，驱散黑暗和困倦，也吸引村民久久地围观。有时候是情歌挑逗，有时候是插科打诨，有时候是搞笑段子。觋师在长久的跳觋过程中，往往会邀请一位能说会唱的观众参与表演，俗称"打铁"（帮腔）。于是，普通的村民也有机会在大庭广众中跟跳觋者对唱山歌，以抒发自己的感情或积怨。围观的次数多了，徐盛久便大着胆子与觋师对起了山歌。他那有板有眼的腔调、有声有色的歌词，还有他对跳觋功夫的无端亲近与悟性，无不令觋师喜爱。拜师学艺，成了一件水到渠成的事。

二十岁那年，徐盛久正式拜在"盛应雷坛"朱先昭的门下，开始学习跳觋。从"包头"（跳觋山歌中的女角）到"粮官"（可参与"法事"活动，也是跳觋山歌演唱的主角），又从"二坛"（即坛主助手辅佐）到"正坛"，每一个角色，他都学得圆融而通透。白天打铁，晚上跳觋，直到成为一名终身的职业歌师。

兴国山歌在民间的传播流布，一直与久远而神秘的跳觋术相伴相生。

每一个活跃在兴国乡间的觋公师傅，都是当地最有名的山歌师。每逢庙会、祝寿、建房、婚丧嫁娶、婴儿满月，人们便请来觋公师傅敬神、祈愿、祭拜天地，有时遇上久治不愈的莫名病症，比如受惊吓、精神异常等，还请觋公师傅喊魂、叫夜、祈福禳灾。他们相信目力所不能及之处暗藏有妖魔鬼怪，也相信道行法术的威力足以驱妖除鬼。民间的古老风俗自有其深厚的土壤，那些无法用科学解释的事件和现象，给予人们追求神秘力量的不竭动力。

相传，最早的跳觋术由西汉的茅山道士创始，随着客家人自中原南迁，这一风俗渐渐在闽西一带盛行，后又在宋朝中叶传至兴国。同为粤闽赣三省交界地带的客家山区，土客交融的文化血液和古朴气质何其相似。甚至，连彼此的客家方言也意会相通。跳觋在兴国落地生根，几乎没有任何的水土不服。每一次跳觋，觋师们唱诵的山歌，其实都包含一部长篇叙事诗，从师祖奶娘开始，讲述他们的来龙去脉、师承关系。这一段唱词往往是几十代师徒关系的来龙去脉，类似于家谱里的吊线。唱不明白的，其他觋师可将他视为"野路子"而出面干预。作为民间的一种特殊职业，每一个觋师都要经过长期的拜师学艺过程，少则三五年，长则一二十年。学成之后，师傅还要请来各地的觋师举行出师仪式，见证其正式出山。

此时，坐在我对面的徐传道不动声色地讲起了他的师祖李奶娘学艺的故事。那些包含着人世因果的情节，为他的脸庞罩上了一层玄奥的色彩。

整夜整夜地跳觋，人们难免失去耐心。为了取悦观众，觋师需要学会并演唱大量的兴国山歌和民间小调，盘歌、锁歌、赞歌、解粮歌，样样皆通。他们还需要出口成章、即兴而歌，让围观者听得津津有味，不忍离去。是故，长久的跳觋学艺过程，便是完整的兴国山歌学艺过程。反过来，山歌又使跳觋拥有了无尽的魅力和活力，二者互相影响，互为补充，共同形成了这一项独特的非遗文化，成全了彼此长久传承的旺盛生命力。

这样的生命力，表现在职业歌师徐盛久身上，是时间一年一年地优待于他，让他跟随时代的变迁，不停地创新歌唱的内容和对象，不断地带出一批又一批的徒弟。时间还给予他磨难之后异常圆满的一段婚姻，给予他五世同堂、一百一十多个后人的幸福。打铁和山歌，也许是他延年益寿、获得生命饱满活力的两桩幸事。在他们庞大的家庭里，几乎每个人都耳濡目染，随口能唱几句山歌。徐传道和徐传青在兴国的山歌大赛中获过奖，徐传衍的小孙子刚刚学会说话，就能张口来一句"哎呀嘞"。徐传道的妻子拨弄着手机，随机打开了他们家族亲人唱山歌的几个小视频。其中一个，晃动着徐盛久女儿白皙圆润的脸，她正用山歌表达着自己的情愫，一声"心肝格"，婉转而动人。

时间最终安排徐盛久在屋后的黄土岗上安静地躺了下来。二〇一九年正月初三，他还被本村一户人家请去跳觋，唱了许久的山歌。他的离去安详而平静，医生没有查出明显的病症。也许是因为他太老了，见了太多的世事，唱了太多的山歌，要去歇息了。

乡间需要一个跳觋师的时候也越来越少了。以前每年农历八月一过，几乎天天都有人来请，现在一年也就偶尔出几次场。正月村里人多热闹的时候，徐传道和徐传青两兄弟会在村口摆开阵势，表演他们师传的绝技——上刀山、下火海。也许，他们只能以这样的方式，来证明远古的玄秘文化依然没有褪色。只是，他们目前还没有一个前来学跳觋的徒弟。年轻人的世界越来越大了，职业的选择也越来越多样，还有多少人愿意花上好多年的时间，去学这一门并无太大需求的老手艺呢?

只有山歌,还是唱的。

我们登上了屋后的黄土坡,阳光正好,矮矮的湿地松正在缓慢生长,茅苇轻轻地摆动着腰身。一条黄土路,仿佛没有尽头地伸向远方。远方,是绵延不绝的苍翠青山。徐盛久纪念亭只择了青山的一角,默默地矗着。亭子边,立着他双手合抱的石像。几块石碑,刻下了他的生平、他的师承,还有他唱过的山歌。他长眠的地方,距离这个纪念亭仅百米之遥。那儿同样位于山坡的高处,视线开阔,仿佛一抬眼,就可以望见人世和众生。

他的后人,仍旧用一首兴国山歌总结了他的一生:

> 哎呀嘞,
>
> 从小唱歌唱到老,
>
> 全国各地都知道。
>
> 非物遗产要保护,
>
> 山歌传统成国宝。
>
> 各地领导来采访,
>
> 唱歌跳觋有全套。
>
> 国家批我传承人,
>
> 同志格,
>
> 培养接班比我好。

歌词和徐盛久一生唱过的所有山歌那样,明白晓畅、通俗易懂,甚至直白得泛着泥土味。但正是这样的泥土味,深深地沁入了这一方水土这一方人的五脏六腑,任千年的光阴也无法抽离。

而在山坡下的屋子里,徐盛久的妻子和儿媳们正围着一个大大的土灶台,烧火、做饭,升起日常的人间烟火。在那个宽阔的厅堂里,左右两面墙上贴满了徐盛久的照片。我再次凝视着挂在墙上的那个人，他戴着觋师的法帽，执一柄长而弯的化角，一侧的腮帮使劲地鼓胀着，仿佛用尽了洪荒之力。

王善良：歌声跑在他老去的路上

王善良挺着肚子，腰带扎得高高的，头略朝后仰，有些皱的黑西装敞开着，像一个煞有介事的老将军。他的老伴穿着大红的外衣、玫红的鞋子，喜气洋洋地立在他身旁。我走过去的时候，这对老夫妻正站在廉租房一楼的空地上，笑吟吟地看着我，像看着一个节日降临于新的一天。

这的确是堪称愉悦的一天，一顿心满意足的早餐刚刚结束。在兴国县城郊，廉租房小区的天空显得开阔清朗。已是冬天，南方的风却依旧温温地撩人，房屋边上的绿化树也精神抖擞地摇晃着枝叶。因为事先约好，他们显然没有安排别的事情，单为等我的到来。或者，即便有事情也毫不犹豫地往后延了。

然而头一天，别人都劝我，还是不要去为好。因为王善良已经七十八岁，耳朵有些背，听不清话，普通话也说不好，一个外地人和他交流起来甚是困难。但是我有我的执拗，徐盛久去世之后，一九四一年六月出生的王善良，成为唯一一个在世的兴国山歌国家级传承人。当然，我也为之付出了"代价"，由于电话交流不畅，跑了好几栋楼，才准确地锁定目标。

眼下，王善良握住我的手，哈哈哈地朗笑着，自顾自地讲着他认为必不可少的欢迎词。直觉告诉我，这是个见过许多人和事的可爱老头儿。

廉租房只有一间，厨房、餐厅、卧室、卫生间，密密地拢在一个长方块里。成堆成堆的杂物将屋子塞得满满的，一张上下铺的床上歪坐着一个十几岁的男孩，握着遥控器将电视开得震天响。声音进入物体，又覆盖物体，将仅有的一点儿剩余空间全都填满了。而他们，似乎并不觉得逼仄，只是如此欢天喜地地活着。

王善良的老家，在兴国县城岗乡大获村高岭下组。那里有山有水有田地，有猪有牛有鸡鸭，有听他唱山歌的无数万物生灵。他曾经怎样在广阔的天地里亮开喉咙啊，放牛的时候唱给老牛和绿莹莹的青草听，割柴火的时候唱给山岭和软绵绵的白云听，插秧的时候唱给秧苗和亮晃晃的水田听。那时候唱山歌哪里需要专门的传承人呢？八九十岁的老爷爷会唱，刚过门的新媳妇会唱，才学会说话的两三岁小娃娃也会唱，村里的每个人都会唱。高兴了唱，难过了也唱；热闹时唱，寂寞时也唱。

山民们在田野山林的相互唱和，原是兴国山歌最初的状貌。兴国的山歌手，历来尊崇木客为祖师，渊源可往上远溯两千多年。

自古山歌始于劳动，而伐木者尤其善歌。他们的劳作之处密林幽深，各种或凶险或敦厚或畏怯的动物随处隐伏，他们需要在斧头铿锵声中亮开歌喉，让歌声像鸟儿一样飞越丛林、冲向蓝天。有时是自我宽慰，解除疲乏和对危险的恐惧；有时是讲和信号，提醒各路野生动物各走各道；有时是讯息传递，与分散各处的同伴遥相呼应。正如《诗经·小雅·伐木》所记："伐木丁丁，鸟鸣嘤嘤……嘤其鸣矣，求其友声。"传说其中的"伐木丁丁"，便起源于木客的号子。

在兴国，我听到了一个流传甚广的关于伐木客的故事。相传秦末年间，秦始皇大兴土木，建造阿房宫。一群以六国遗民为主的伐木工为逃避采木的劳役,溯赣江而上,遁入兴国县上洛山,隐居下来。

赣南,自古便有"五岭之要冲"的显著地理位置,在逶迤的崇山峻岭间,水源丰沛、气候温暖,经年生长着繁茂多样的林木,也垂挂着不计其数的果物。赣南的物产之丰饶,为木客的到来提供了隐遁和生存的极佳条件。

翻看《兴国县志》,同治县志重印本第五百一十二页清楚地记载了他们的踪迹:"上洛山,有木客。形似人,语亦似人。遥见分明,近则藏隐。自言秦时造阿房宫采木者,食木实得不死。能砍杉枋,与人交市,易人刀斧。交关者,置物枋下,却走避之。木客寻来取物,下枋与人,随物多少,甚信直不欺。有死者,亦哭泣殡葬。尝有山人行,遇其葬日,出酒食啖人。山有石墨可书。"直到今天,兴国县西南的永丰乡、隆坪乡一带,还有不少村民自称为"木客人家"。

无论如何,这一批伐木客最终留在了兴国,与更多中原南迁的客家人融为一体。他们将唱和回响于林间的山歌流传了下来,直到形成了我们后来所熟知的一个独特分支——兴国山歌。据说,兴国山歌的发端语起兴词"哎呀嘞——"就是伐木工人在劳动中或劳动后伸腰舒气的感叹声。漫长的历史进程中,伐木客的歌声与中原客家的民谣互相渗透、互相融合,并与当地方言不断磨合、不断改造演化,最终在兴国山区这片沃土中扎下根来,开出一朵奇丽之花。

王善良是不是木客的后人,我们无从查考,只知道他和木客一样爱唱山歌。他唱了一辈子山歌,唱着唱着,就将自己从一个普通的山里娃唱成了职业山歌手;唱着唱着,又从山林村野中一路走来,唱到了城市和校园;唱着唱着,他恍然发觉,不知从何时开始,山歌成了越来越小众的技艺,直到变成需要人为保护和发展的非遗。

　　二〇〇九年，王善良进入第三批国家级非物质文化遗产项目代表性传承人名录。这意味着，他将不仅仅为表达个人的情绪，或作为谋生的手段去歌唱，而是带着传承的使命，为着一种单靠自然传递无法再兴盛于后世的艺术而歌唱，为着几千年源远流长的河水不至于断流而歌唱。

　　现在，王善良是兴国山歌进校园的一个重量级人物。在兴国县第四小学，他教了一年的山歌。每个月的第一个星期六，他挎着小锣，迈着年老却依然昂扬的步子，风雨无阻地来到校园，对着一群稚童亮开他已不再清脆圆润的歌喉。孩子们睁大了眼睛，好奇地看着这个老人，有嘻嘻发笑的，有自顾玩闹的，也有和他打趣捣乱的。他没有生气，也不会气馁。他一直记得儿时开口学唱第一句山歌的情形，就像学说第一句话那样自然而然。山歌从来都是一种传染，一种吸引。山歌不是撬开人的口唱，而是等待人张开口唱。于是，他敲响了小锣，铿锵的调子越过黑压压的小脑袋，越过那间充满了自由和欢乐的教室。

　　我笑着问他："孩子们学得好吗？"王善良抬起眼睛，几根特别长的眉毛得意地竖了起来："学得可以，虽然不敢打包票，但学生们真心喜欢学。"一年过去，会唱和爱唱山歌的孩子越来越多，山歌几乎已经成为他们课余问答的一种娱乐。然而孩子毕竟是调皮的，一下课还没等他收拾好东西，人就跑光了。如果不是担心孩子们的安全问题，他也许会在这里一直教下去。

　　因为身上牵系着太多和山歌相关的事务，王善良带着老伴，把家搬到了城里。没有房子，就申请了一间廉租房。开会、表演、比赛、带徒、教学乃至接受采访，都是他需要应对的日常。年轻人纷纷奔向城市，山村说空就空了下来。田间地头、河坝水圳，即兴对歌的大姑娘小伙子再也不会见到了。林间的小路渐渐湮没,砍柴伐木的人亦不见了影踪。曾经久久飘荡在蓝天下的山歌,终于从室外唱进了室内。

王善良就这样从乡村搬到了城市,他想着,自己这一辈子唱山歌的历程,不正和时代朝前行走的历程一个样吗?与其说他是跟随着山歌移动自己的家,不如说时代的潮流一程程将他送到了这样的现实里。正如他兜兜转转与山歌结缘的一生,似乎每一步都含着宿命的必然。

时光回溯到二十世纪五十年代,如果不出意外的话,王善良应该是一个技术不错的园艺师。他上过初中,读过跃进班,又上了两年农业学校,在那个文盲众多的年月,王善良无疑算是个学有所成的知识青年。一九五九年下半年,王善良毕业,被分配到兴国县埠头草坪园艺场工作,担任助理技术员。然而"三年困难时期"像一阵龙卷风,疾速地改变了生活的面貌。全国性的粮食和副食品短缺危机袭击了城市,也袭击了乡村。人们连饭都吃不饱,发展生产、多种粮食才是生存的当务之急。那些为着美化环境躬耕于草木的园艺师,自然成了最无用的人。

一九六一年,一纸文件宣告了王善良园艺师职业生涯的结束。回家种田,是唯一的选择。"一刀切",王善良用了三个字来形容那一场命运的转折。

时间是一往无前的大江,人只是裹挟其中的无数微小水滴。一朵水花将流向何处,搁浅于何处,能由自己把握的部分实在不多。

幸而,王善良还有从小酷爱的山歌。他还记得,小时候爷爷去烧窑烧瓦,他跟去看新奇,瓦窑工人劳动的号子和歌声吸引着他。村里经常有人来跳觋,整夜整夜地唱山歌,他总是最积极围观的那一个。山歌,是他认识世界最初的启蒙,也是他用以表达情感最直接的方式。

不是诗人的王善良，不经意间说出了诗一样的语言："我们喜欢边走边唱，唱给自己听，唱给大自然听。"

他天生有一副好嗓子，八岁时就被选到乡里唱山歌庆祝解放。在本村念私塾时，他跟着当地著名的山歌手余忠禄、谢文棱、刘承达等人学唱了许多山歌。苏区时期开始，兴国山歌已经从乡民的自我娱乐转变为宣传的重要媒介。宣传活动多，王善良登台唱山歌的机会便多。小小年纪，他就成了乡里有名的娃娃山歌手。他参加山歌擂台赛，也参加慰问演出，十五岁开始，就进入了歌师的行列。直到现在，王善良仍时常将"宣传"二字挂在嘴边。他说："我们做宣传的人，要谦虚谨慎，态度要好。"这话，他以前是说给他的徒弟听的。

从园艺场返乡务农的王善良，并没有成为一个彻头彻尾的农民，而是在全县各地四处奔忙着唱山歌。没有编制的职业山歌手，在兴国是一种特殊存在。他们活跃在村民小组、田间地头，唱《忆苦思甜》、唱《表彰好人好事》、唱《反对买卖婚姻》……或宣传政策，或批评落后懒散，或鼓励农民搞好生产。在饥饿与贫困交加、娱乐方式极其匮乏的年代，山歌成为人们的重要精神支柱，陪伴他们度过劳苦的日子，为他们心里注入了一缕阳光。

山歌手也乐得以较为轻松的方式挣得一份口粮。那时候，唱一天山歌能挣一块七毛五，而在生产队做工只有两到三毛钱。王善良是越唱越有甜头。他的家里人口多，夫妻二人育有子女五个，加上父母和奶奶共十口人吃饭，能挣钱养家的就他一个人。"要不是我能唱歌，全家就得挨饿。"他说。

一九七六年，公社成立山歌组，县文化馆专门组建了山歌手培训班。王善良也被招进了培训班，只不过，他是去当师傅的。四十多年过去，他对自己亲手带过的徒弟仍旧如数家珍：郭德京、谢观莲、张继贵、李正香……他们后来都成了县里有名的山歌手。尤其是郭德京，王善良说起他来特别动感情："那时候他才十六七岁，毛毛糙糙，什么都不懂，是我带着他一起去村里唱山歌。唱歌、生活、做人都是我教他。"现在，郭德京是省级非遗传承人，踩着王善良的步履，走在和他一样的人生路上。

日子像一条链子，一环扣着一环往长里拉。后辈们一个个地长大了，慢慢也变老了。王善良在七十多年从幼稚到成熟、从精力旺盛到力不从心的歌唱生涯中，深刻地感受到了自己的老。

一本手抄的歌本摆在小餐桌上，封面上一条小狗天真地望着人看。厚厚的内页里，密密麻麻地抄写着山歌歌词。第一页赫然是《砍柴歌》："唱支山歌过横排，一头芦芨一头柴……"他哼着樵夫的调子，仿佛伐木歌起，山鸣谷应，仿佛木客的过往又一次在山歌中复活。王善良总是随身带着它，时不时翻开来温习。纸页揉得很旧，有一部分已经脱页了。歌本是两三年前置下的，在那以前，他的歌都是装在肚子里，或者即兴编唱，根本不用抄记下来。他说："人就不能老，老了就不行，一是嗓子变得不行了，二是记忆能力不行了。"慨叹间，王善良又自豪地说起文化部派人下来拍摄他唱山歌的事情。那时候，他一个人唱了六七天，没有一首重复的，愣是没有把肚子里装的山歌唱完。

谁能够阻截时间前行的方向呢？雪白的稀疏的头发、焦黑的残损的牙齿，哪一样不是在提醒着一个人已经老去的事实？

王善良咳咳地清了清嗓子，从包里掏出已经磨得锃亮的小锣，要为我现编现唱一段山歌。作为山歌演唱必备的乐器，这面小锣，他总是随身带着。他说，唱山歌，不打锣不文明。摸得滑溜溜的这面小锣，和兴国山歌一样，都成为他生命中不可分割的一部分了。

我屏气凝神，好奇他要唱什么。"叮叮当——"小锣敲起，我看见他于瞬间扬起了眉毛，目光中流转出奕奕神采，似有一股精气神自身体里涌流而出。他从一声悠长的"哎呀嘞"起兴，开启了长达六分钟的说唱。我静静地注视着他，试图将每一句歌词都捕捉下来。我发现，如果撇除个人的谦虚之词和对客人的欢迎与祝福语，他更多的是歌唱时间的流逝，歌唱一个人对于老去的无力和无奈：

> 哎呀嘞，
> 你看高山流水跌落窝，
> 流来流去下大河。
> 光阴似箭催人老，
> 日月如同织布梭。
> 当年标致的细妹子，
> 不觉变成老太婆。
> 几多精神的小伙子，
> 不觉之间变老头。

他耐心地叙述着一个山歌手从二三十岁到七八十岁，每个阶段身体和心灵的变化，诉说着肉身的日愈沉重，物质和精神负担的日愈沉重，他如同调侃他人一样调侃着自己：

> 年纪到了七八十，
> 想唱山歌背又驼。
> 你看牙齿漏风声音哑，
> 同志格，
> 活像打一面烂铜锣。

如此风趣，又如此沧桑。

唱完最后一句，他离开凳子站起身，将手中的小锣"咣当当、咣当当"欢快地敲了许久，同时爆发出无比豪放的呵呵大笑声。

笑着笑着，他的眼角竟漾出了泪光。像山间的落木，风一起，秋叶簌簌而下。

姚荣滔：是山歌总归要唱出来

时间喜欢在一个人的童年写下最初的谶言。

那时候是夏天，在久晴未雨的兴国县兴莲乡莲塘村，热空气胀得像个就要爆破的气球。而全大队一年一度的文艺会演就要搬上圩场的舞台，村民们的憋闷和燥热似乎便有了一个欢乐的出口。你可以想象，一个六岁的男孩被推到台前，代表他所在的生产队去唱一支兴国山歌。他那么矮小，以至于离舞台远一点的人需要踮起脚尖才能看见他；他又那么天真，将大人教给他的歌词和动作一招一式、一板一眼地进行到底。

那是一支叫作《封山育林》的歌，他煞有介事地唱着：

　　哨子吹，嘀嘀叫，

　　人山人海真热闹。

　　挖的挖，挑的挑，

　　改造江山劲头高……

没有话筒，也没有音乐伴奏，甚至没有一件像样的演出服。但他的声音足够大，几乎使出了吃奶的力气。台下老公公、老阿婆、大婶子、小媳妇、壮后生、学生仔每个人都在笑，笑弯了腰，笑痛了肚子，笑得分不清脸上淌的是泪水还是汗水。欢乐的浪潮从舞台近处一波一波地向外扩散，荡漾出一片肆意的海洋。

那时候是一九六一年，台上的男孩名叫姚荣滔。他还没有上过学，他不知道人们何以乐成那样，但捧着"优秀表演奖"的奖状时，他小小的心里是鼓胀着骄傲和自得的。那是兴国山歌为他的人生赢得的第一个荣耀，也是他小小的年龄里唯一掌握的一门艺术技能。

现在，坐在我面前的姚荣滔已年过花甲，身材微胖，脑门上泛着岁月加诸的亮光。他回忆起那时候的心情，是一句无比直白的话："得了表扬唱歌更有劲哇。"

是的，小时候的姚荣滔像一株单纯的禾苗，无时无刻不被山歌浇灌，噌噌地拔节生长，胸腔里隐伏着歌唱的劲头。还在襁褓中，他的母亲便开始了山歌的喂哺。母亲喜欢一个人不事张扬地唱歌，一边做事一边唱，唱日头、唱月光、唱流水、唱青山、唱孤单和寂寞、唱辛苦和盼望。山歌向他诉说着大人的情绪，也传递着朴素的道理，还描绘着世界的模样。酷暑的天气，他跟着大人去种地、去砍柴，大人一边干活一边唱："日头炙人冇凉风，看你热得几多工（工，客家方言，意为天）。"转天他一个人去放牛时，就朝着天空扯开嗓子如法炮制了。

山歌，自古以来都是一种发自生命本真的自然流露和倾吐。兴国位于罗霄山脉以东、武夷山脉以西的雩山山区，山歌的传唱史已历一千多年。世世代代、年年岁岁，从中原出发，而后与山为邻的人唱着曲调简单、回环往复的山歌，将自己从客人唱成了主人。

有时候，山歌是劳动的号子，在田野山林间飘着、在压弯的扁担上颤着、在飞转的纺车上缠着。山歌，缓释着劳动者的负重和劳累。

有时候，山歌是生活的镜子，照见乡民在烟火日常中的喜怒哀乐、悲欢离合，有对情人的思念和怨恨，有为客人斟茶倒酒的礼数和周全，有对红白喜事的祝赞和祈吉禳灾。山歌，寄托着人们对爱、对美、对幸福永远的追求和渴望。

山歌于姚荣滔而言，是身体之于大地的节奏，是心灵面向天空的呼喊。

然而有一天，他却被一股粗鲁的蛮力扼住了歌唱的喉咙。

那是一九六八年的春天，姚荣滔松开了手中的牛绳，在公路边的土坎上坐下来。牛在嚼食无处不在的青翠嫩草，而他的怀里则揣着一本厚厚的山歌本，他迫不及待要唱出它们，像迫不及待要拆开一袋美味的零食那样。于是，一首在兴国流传了几百年的经典情歌《绣褡裢》，从一个少年高亢的喉间送出，回响于莲塘村的天地间。

十二岁，初晓人事，爱情于他，是懵懂，是无知，是不知天高地厚的探寻。沉浸于一个人的欢乐中的少年没有发现，一个混混恰好从他制造的歌声涟漪中穿过。混混瞬间夺走了他珍爱的歌本，并为他扣上"唱黄色山歌"的帽子，还威胁他要告诉老师。在强势的大人面前，他除了面红耳赤、百口莫辩，再无他法。

他不懂自己做错了什么，却只能屈从于时代和铁腕。这本山歌本是他从废品收购部找到的，收废品的人早就混熟了，他常常一个人去那里翻找钟爱的书籍，偷偷地带回家读。人心动荡，愿意造反的都去造反了。他有大把的光阴可供自由支配，纵使小学和初中已削减为七年制，也还是不能正常开课。

直到今天，姚荣滔说起那些年躲在暗处的阅读，仍对一个废品收购站在命运中投下的光亮心怀感激。靠着那些即将被时代丢弃和毁灭的书籍，他在恢复考试后成功地考取了师范院校，因此改变了命运。阴霾之下的忘我阅读，还为他后来从事山歌、影视创作埋下了伏笔。

　　事实上，情歌是兴国山歌中最美好而丰饶的一支。当我们今天重新进入那些古老而动人的情歌中，仍不免要为之心荡神驰。褡裢，是兴国男女的定情之物，一个心灵手巧的女孩，用十二个月的时间，为她的心上人绣一个褡裢，用十二段赋比兴，唱出对情人的思念、祝福、祈求和期盼。人世间，情是掐不断也熄不灭的火，有情的地方，就会有永恒的歌唱。

　　等和暖的春风从兴国吹过，那些从脑海中记存的歌词再次复活，人们又打开封缄的喉咙，唱起了《绣褡裢》，唱起了更多质朴、深情的歌。今天的姚荣滔，人生履历中已经有多年为兴国山歌作田野调查。聊起山歌，他总是情不自禁地以唱代说：

　　　　打铁不怕火星烧，恋妹不怕杀人刀。

　　　　杀了头来还有颈，杀了颈来还有腰。

　　　　即使全身都粉碎，还有魂魄同妹聊。

　　而这无比坚贞、无比决绝的爱情，曾经被稍作改动，成为苏区时期动员红军勇猛杀敌的号角：

　　　　打铁不怕火星烧，革命不怕杀人刀。

　　　　杀了头来还有颈，杀了颈来还有腰。

　　　　即使全身都粉碎，还有魂魄闹阴朝。

　　像一棵树的繁茂伸展，多样的枝叶为兴国山歌赋予了无比丰富的内涵与外延。一年一年，山歌在时间的河里流淌，不断地激荡起新的浪花。不能绕过的，是那一段意义重大的特殊历史时期。

　　兴国，是闻名遐迩的将军县、烈士县、模范县。翻开历史的扉页，将时间往前倒推，二十世纪三十年代初，中华苏维埃共和国在瑞金成立，整个赣南被红光照耀。在兴国，没有刀剑之利、枪炮之猛的山歌，却成了推动红色革命最具威力的"核武器"。他们把大量的传统兴国山歌，改编成鼓舞士气的苏区红歌。而山歌结束语中曾经弹拨着恋人心弦的"心肝哥、心肝妹"，则变成了亲切感人的"同志哥"。兴国的妇女有的是智慧和热情，她们唱着山歌扩红，留下了"一首山歌三个师"的千古佳话。然后，她们又唱着山歌，将自己的丈夫、兄弟和情人送到了"反围剿"的战场，送上了漫漫的长征路。八十多年过去，今天的人要怎样理解，一群生来爱唱情歌的人，却甘愿舍弃儿女情长，酿一坛生命的孤酒独自饮下。

而一首《苏区干部好作风》，更是直到今天仍在大江南北传唱。是的，这首歌我也学唱过。每当我行走在挂点扶贫村的小路上，准备去敲响某一户人家的大门时，喉腔中总难免有熟悉的旋律荡起："哎呀同志哥，问寒问暖情意呀格浓。"这时候我总是禁不住想，我是谁，我为什么而来，我能为他人带来什么？

历史捧出山歌的同时，山歌也铸就了历史。

在一张一九八七年的黑白照片上，我看到了当年著名的红军山歌手曾子贞。彼时她已不再年轻，着一件偏襟的旧衣衫，身子瘦削、眼窝深陷、脸颊干瘪，却依然腰杆挺直，是山歌舞台上的焦点。她还在唱山歌，还在用一声拉长的"哎呀嘞"震颤着世人的耳朵和心灵。她的山歌，毛泽东、周恩来听过，邓小平、陈毅也听过。除了山歌，还有什么更能标榜她的一生呢？恋爱的时候，她会唱：

韭菜开花一条心，七年想哥到至今。

新打剪刀难开口，六月如火难前身。

扩红的时候，她唱的是：

韭菜开花一条心，当兵就要当红军。

天下豺狼不打尽，世上穷人难翻身。

歌词于她，不过是柔软的面团，随手便可捏成不同的形状。她的生平和命运自有史书记载，而我只是想将她看作一个普通的用生命歌唱过的女人，并愿意天下的女人都不再以天下为己任。

屋外的高音喇叭刺耳地穿街而过，屋内的姚荣滔仍不紧不慢地为我捋出一条兴国山歌的传承线轴。

关于兴国山歌的起源有好几个版本，最盛行的，无外乎秦时的伐木客始创和唐末的罗隐秀才造歌说。无论何种版本，人们总需要从口耳相传或诗词文本中找到佐证。比如一首传唱多年的山歌：

会唱山歌歌驳歌，会织绫罗梭对梭。

罗隐秀才造歌本，一句妹来一句哥。

比如宋代大学士苏东坡吟咏过的诗句："山中木客解吟诗。"比如兴国县志中关于唐朝"太上隐者"唱山歌的记载。

风过留痕、雁过留声。依凭口耳，总难以将世事刻录周全。而用文字和纸笔行记录之职的人，则弥补了这样的缺陷。事实上，罗隐秀才更像是一个将散落在民间的山歌进行记录、整理和发扬光大者。时间过去了很多年，许多曾经盛行的民间艺术或民风民俗都像轻薄的羽毛从高空中飘落，最后消逝得无影无踪。而兴国山歌却在潋江河边顽强地扎下根来，无论何种时代、何种风向，总能找到合适的土壤和养分，茁壮生长。其中，除了改编简易、适合政策宣传外，还离不开孜孜不倦的传承者与记录人。

罗隐秀才创下歌本的一千年以后，姚荣滔走在了和他相似的道路上。

一九九三年，姚荣滔调任兴国县宣传部副部长。兴国的宣传，总离不开山歌。闹革命的时候，山歌唱出对旧社会的怨恨；改革开放以后，山歌唱出对新生活的热爱。鼓动春耕生产、倡导文明新风，无不入歌。像春风吹绿了草芽，一批职业山歌手和歌词创作人员也应运而生。

一个七十多岁的老歌手邱荣春进入了姚荣滔的工作和生活。一生与山歌相伴，老人习惯了即兴创作，熟悉的词汇装在他心上，不停地发生着各色各样的排列组合与变化。他唱"盘古开天地"，也唱"日月不留情"。唱完后一首，也许就忘了前一首。

童年唱歌的情景复现，少年时被夺去和毁坏的歌本像一个捂了多年的隐疾，又一次撕开了心上的刺痛。就是从那时候起，姚荣滔开始了有意识的山歌记录和创作之旅。虽然未行拜师之礼，但他是将邱荣春当成师傅来看待的，他向他请教山歌中的门道和讲究，也留意着他在即兴歌唱时的押韵和寓意。那些富有生活情趣的方言俚语，那些强有力的脉动和韵律，像一股淙淙的山泉，滋润着他想象的稻田。

因着对山歌的执着，两年后，姚荣滔成了文化局的局长。他索性成立了一个山歌创作室，捧着手抄本，提着功能简易的录音机，去乡野、去田间，去听民间的山歌手们唱歌，然后，一字一句地记录下来。在他之前，也许除了落第秀才罗隐，还没有一个人专门研究整理过兴国山歌。

那些记录下来的山歌，后来都被记了谱，又被编成了书——《兴国山歌》《苏区兴国山歌》《兴国山歌进校园》……一个失去歌本的孩子，从此拥有了署着自己名字的山歌本。在山歌的广阔天地里，他终于可以像生着翅膀的大鸟，作自由自在的逍遥游。是命运的机缘巧合吗，还是一个男孩心中那团山歌的火把始终没有熄灭，终于要熊熊燃烧，点亮黑夜的星辰？

二〇〇六年五月二十日，一个当下爱侣们普遍用来表达爱情的日子，姚荣滔等来了比爱情更激动人心的消息：经国务院批准，兴国山歌列入第一批国家级非物质文化遗产名录。下拨的二十五万元经费文化局分文未动，全部留给了文化馆，用于山歌传承事业。

十多年了，文化馆馆长肖远明和姚荣滔一起，怀抱着同样的感情，致力于山歌的系统整理和传承保护，并见证了姚荣滔多年的热血交付。

老山歌手谢文棱患了白内障，家庭困难，儿女各奔西东。姚荣滔把他从乡下接出来，自掏腰包给他治好了，治疗费是他当时工资的四五倍。发票交到手里时，他二话不说撕了个粉碎。"根本没想过报销，也没处报。"他说。一辈子习惯了在山歌中运用赋比兴的谢文棱说："现在，地上的一只小蚂蚁我都看得清楚了。过年，我要抓一只大公鸡送给你。"遗憾的是，还没等到过年，谢文棱不慎跌了一跤，去世了。

每一个老山歌手，都是活着的非遗。但是岁月不饶人，他们一个接一个溘然长逝，姚荣滔只能暗自神伤，只能将更多的温暖递交到活着的山歌手心中。比如听他们诉说心里的话，比如想办法解决在职歌手的职称问题，比如组织山歌小分队，比如为好的山歌手写出适合他们的表演脚本……

兴国山歌剧团最困难时，连剧本的创作经费都付不起。身为文化局长的姚荣滔揽下了所有的山歌剧本创作任务，写歌词、写小戏，也写小品，一写就是十几年，没有拿过一分钱稿费。有时候他去外地出差，晚上就在宾馆写，写完了传真给剧团。那些作品排演后，被选送参加全省的表演赛，去获奖，去登上艺术的大雅之堂。早在一九九五年，由他创作脚本的兴国山歌电视专题片便在中央四套播出，还获得了中宣部颁发的对外宣传银奖。

第六届兴国山歌艺术节是姚荣滔张罗的，因为经费不足，往年都是本县自娱自乐。姚荣滔咬咬牙，从省文化厅拨款的文化三下乡经费里拿出二十万，请来了赣粤闽桂四省山歌手同台竞技。策划和剧本创作他自己担任，舞美由肖远明负责，都是免费的。区区二十万，硬是撑起了一场精彩大气的擂台赛。艺术节历时两天，引来人流如织，还登上了中央电视台的新闻联播。但是，他却险些让自己陷入了挪用资金的泥淖。幸而财务审计清清楚楚，省文化厅给予了理解和支持，才让他得以全身而退。

退休，是职业生涯的结束。但对于姚荣滔，却是山歌传承的接续和延伸。二〇一五年，一张省级非遗传承人的证书终于稳稳地降落到他的手上。因为，在职人员不能被评为非遗传承人。也即意味着，一个没有传承人名分的人，其实已经履行了半生的传承之职。

时光移易，兴国山歌早已进入了良性传承的轨道。三十多个徒弟聚拢在姚荣滔的左右，学唱山歌。一些单位和院校慕名而来，邀请他去授课。他的课件，有许多种版本，校园的、干部的、山歌手的。关于兴国山歌，会讲课的专业教授未必能唱，能唱歌的山歌手未必能讲。唯独他，将兴国山歌的发展历史条分缕析地装在肚子里，也将成百上千首传统山歌装在肚子里，还能将"哎呀嘞"的无数种唱法、背景和意义说得晓畅而通透。

他讲着讲着就即兴地唱起来，唱着唱着就用山歌的魂魄勾住了人。像一个农夫，撒一把山歌的种子，便有春风化雨、落地生根、开枝散叶。

我央求他，再唱一支《绣褡裢》吧。他将身子往后靠去，用纹路深刻的手扶住了椅子，开始打着拍子，唱起来：

哎呀嘞，

一绣褡裢簇簇新，

　　花针落地妹姓寻（秦）（客家方言，寻与秦同音，有双
关之意）

　　……

　　歌声在空气中流动，歌声连接起久远的时间，歌声执着地覆盖
住屋外刺耳的广告声。

　　我闭上了眼睛，脑海中幻出五十多年前坐在田坎上的那个少年。
天地阔大、世事汹涌，而他旁若无人，整个的身心整个的世界唯余
山歌，唯余那一声一声推向人间的情感波涛。

　　唯余云朵在天空中自在地飘。

嘹亮的命运

　　命运的壳里，定然包裹着悲和喜两粒硬核。像白天和黑夜的交
错，像热闹与寂静的轮换。

　　夜色像墨一样泼洒下来，在位于兴国城郊的一座农庄里，一场
热气腾腾的自由谈话渐渐清冷了下来。"再见，再见，这位美女作
家就放心地交给我吧。"谢立华的语气中几乎无时不弹射出幽默和
调侃的意味。他驾驶一辆高而宽敞的越野车，载着我穿过天幕下的
暗色，去往灯火通明的县城主街道。那里，有他的家，也有他借以
谋生的婚庆公司。

　　温暖而欢喜的光从店面的玻璃门往外透出来，我抬起头，看见
一行红底的黑体大字："家有喜事喜洋洋，就找兴国光头强。"回
头再看，谢立华的光头在夜色中浑圆而锃亮。这个一九七三年出生
的中年汉子，已经告别了需要理发的时光，他干脆用"兴国光头强"
做了自己的艺名。

当我为着寻访国家级非物质文化遗产兴国山歌的传承路径专程来到兴国县文化馆时，馆长肖远明不假思索，就将谢立华推到我面前，说："他们一家祖辈三四代，都是兴国山歌的传承人。"

山歌，是需要土壤的。山歌选中了兴国县，也是有来由的。赣南自古群山逶迤，林木森郁。秦末时期，因为阿房宫的建造，一群又一群伐木工自北向南，来到兴国县的崇山峻岭之间。他们在那里落下脚来，伐木、喊号子、对歌，对出了兴国山歌的雏形。

后来，战乱、饥荒或官宦家族遭遇困境，迫使大量中原人向南迁徙，这便是历史上著名的衣冠南渡。其间木客的号子、中原的民谣、当地的歌吟水乳交融，并不断改造演化，最终造就了风格独特的兴国山歌。

二〇〇六年五月，经国务院批准，兴国山歌被列入第一批国家级非物质文化遗产名录。这其中，生长着一代又一代传承人悲欣交集的故事。

谢立华搬出一摞旧相片，一张一张地翻给我看。照片记录着他的父亲谢文棱一生中沉浸于山歌的高光时刻。从青年到老年，从黑白照片到彩色照片，他一个人，或领着儿女、孙儿女参加山歌大赛，父女赛歌，三代联唱……其中一张看起来年代非常久远了，那是他和山歌大王曾子贞对歌的场景。身后是石灰剥落的土坯房，四周是围得水泄不通的人群，他敲着小锣，纵情地唱着，因为笑得太过开怀，以至于眼睛眯成了一条缝，连曾子贞也禁不住为他打着拍子。那些使劲往他们身边挤的男女老幼，表情尽皆沉醉。

"可惜了，奶奶没留下照片。"谢立华八岁时，奶奶去世。那时候他还意识不到，山歌的种子，已经在他的命里扎下了根。

这是一个兴国山歌的世家，一个家族几代人与山歌的关联需要慢慢地抒。这当儿，谢立华掏出了手机，给在街对面另一间门脸看店的妻子打了电话，叫她过来泡茶。没过多久，妻子端来一盘切成小块的哈密瓜。她在旁边笑容可掬地坐下来，身材略胖，穿着一件显得过于艳丽的红衣，是众人堆里很难被区分出来的普通妇女样貌。这多少有些出乎我对于一个"明星"妻子的设想，但我又分明感觉到了他们之间的和谐与默契，以及她对他的欣赏与懂得。在他对某件事的时间节点等问题陷入艰难的回忆时，每每总是她，及时地将微弱的油灯拨亮。

后来我才知道，这个长相平凡的女人，恰恰是谢立华的命运从悲剧翻转为喜剧的关键人物。

记忆在冻土中拱动，如笋尖儿不断地冒出头来。故事很多，也很长，只能拣重点的说。将崇贤乡崇贤村的时间坐标往前推移七十年，一幕以兴国山歌为载体的轻喜剧宿命般地开场了。

时值圩日，一位名叫舍得婆的兴国乡村妇女来到了人流如织的圩场上。她寻了一个落脚地放下针线篮，一边纳鞋底，一边吆喝售卖，以换取些日常的用度。那时她正当壮年，能说会唱的名声已传遍了乡村大地。一个喝过几两酒的中年男人带着一丝兴奋的醉意走了过来，在心里，他不服气她很久了。

那年头，乡村会唱山歌的人太多，他们热衷于对歌、赛歌，以歌劝诫、以歌结盟，甚至，以歌打赌。这个自诩高明的男人，无论如何也不相信，那个没念过书的农村妇女能唱得过自己。这一次，他不惜押上了自己的亲生女儿作为赌注："舍得婆，你有只赖子（客家话，意为男孩子），我有只妹子，你要是唱得过我，我就送只妹子给你做儿媳。"寡妇家贫，丈夫当红军再没归来，娶亲原本并非易事。她登时喜出望外，爽快地应战了："来哇。"一场斗歌在众人夹杂着好奇的围观中轰轰烈烈地开始了。他们从天上飞的，斗到地上爬的，水中游的，又斗到生活的经验，处事的道理……斗着斗着，他渐渐词穷，力不从心，甘拜了下风。

酒后的打赌亦作数，乡村自有乡村遵循的规则。没有人将那场斗歌视作一个荒诞不经的玩笑，两家人正儿八经坐下来商议之后，一场婚礼在崇贤村如期举行。新郎是谢立华的父亲，新娘自然是他的母亲。他那个名叫舍得婆的奶奶，因为唱山歌赢得了一个儿媳妇，又在十里八乡博取了一次能干的好名声。在人们眼中，她分明就是一个山歌明星。

山歌在一个家族写下基因，遗传密码终将毫无悬念地层层揭示。

谢立华的父亲谢文棱开始在山歌的舞台上显山露水，是在土改时期。宣传队选中了他，在田间地头，他敲着小锣，唱宣传鼓劲的山歌、逗人发笑的山歌，或者，吸引干农活的人与他对歌，轻轻松松就可以得到满工分。以至于这一生，他再也无法回到繁重的生产劳动中去。他没有多少文化，却能将最朴素的民间文学智慧发挥到极致。他可以看见什么唱什么，拿起什么唱什么。双关、比喻、夸张、拟人、拟物、反讽，无所不用，鲜活而生动。在庙会，在山歌大会，在乡村红白喜事中，和他的母亲相比，谢文棱俨然是一个更加备受瞩目的山歌明星。

时代为一个山歌明星的生涯种下了太多的因果。谢文棱唱着山歌挣来了全村第一口压水井，第一辆永久牌单车，他还领着子孙三代同台参加山歌擂台赛，赢得了永久的家族荣耀。他的女儿谢观莲，现在是兴国山歌的省级传承人。一切都顺着山歌这条线路奔跑和前行着，然而一个除了唱山歌几乎别无长技的人，又不可避免地为家庭埋下诸多痛苦的种子。

时至今日，谢文棱已经辞世。在谢立华的口中，可以准确又不乏幽默地形容父亲的话语仍是这两句——"中毒了""走上了山歌的不归路"。

谢立华记得，三哥结婚大喜之日，天刚透亮，父亲便毫不犹豫地迈出家门，要去县城唱山歌。谢立华拦住了他："这么大的事，家里得有个主人。"然而换来的却是一顿臭骂，还有要将儿子赶出家门的威胁。山歌，是谢文棱生命中最重要的一部分。像一个上了瘾的酒徒，他已经无法离开山歌了。只要有人请他唱，无论有钱没钱，他必风雨无阻。最终，是十六岁的谢立华以一个主人的姿态，将这场婚事张罗了下来。

日子一程一程地往前赶，渐渐地，山歌宣传队已无用武之地，父亲再难靠唱山歌获得报酬。坏事又接二连三地来：父亲患上气管炎，承包的农机场设备被偷，欠下了两千多元债务。他们一家人的生活，走到了一落千丈的窘境。于是，当谢文棱在生命的最后年月患上白内障时，家里已经穷到无力为之医治。

这多么像一个魔咒，他们家一代又一代，似乎谁也逃不脱山歌种下的蛊。

因着山歌，这个夜晚，我们长时间的对话从不显枯燥乏味。谢立华总是那么喜欢自我调侃，对命运极尽嘲弄。他不时夹一句山歌，边说边唱，露出夸张的活灵活现的神情，仿佛随时都准备向生活交出一个玩笑。

自嘲的背后，如何不是命运加诸于他身上的万般辛酸？

谢立华一家的命运起伏，正对应着兴国山歌的兴盛衰落。

是的，谢立华终究也没能挣断山歌的"紧箍咒"。为着生计，十三岁，他就被送去兴国山歌剧团学唱山歌。就在那一年，父亲认认真真地教他唱会第一首山歌。然后是考试，培训，别人怎么也学不好的东西，他一张口就会了。

十七岁那年，父亲接下了普法宣传的山歌创作任务，从没写过山歌的谢立华一口气写了二十一首。是有如神助，还是初生牛犊不怕虎，他自己也说不清。一万多字的作品，司法局只改动了十一个字，两千块钱赚到了手。

那真是一段充满劲头的甜美生活。他在剧团唱歌，最初当学员时，工资是三十元一个月，很快实行多劳多得制，他成为台柱子，工资迅速涨到了三四百元。这在二十世纪八十年代末的小县城，是普通人可望而不可即的。

只可惜，这样的时光太过短暂，短得像一个还没做够的春梦。按劳取酬渐渐无法兑现，他感到了失望，而外面的世界又那么精彩。

人间似乎一下子就变了模样，港台的流行歌曲、摇滚乐、蝙蝠衫、喇叭裤像一阵飓风，刮遍了大江南北。多年来一直质朴单纯的客家县兴国，也没有例外地被流行风撞了一下腰。改革开放的浪潮袭来，年轻人像候鸟一般成群结队地飞出小地方，在通往大城市的道路上扇动着渴望的翅膀，高歌猛进。谢立华毫不犹豫地冲向了那个大世界。

一九九一年，谢立华跟随同乡去厦门打工。一个漫无目的又缺乏捕猎技能的猎手，并没有那么轻易获取猎物。有两个月，他都没找到事做。好不容易进厂上了流水线，才做半年，又传来三哥在广东河源被石头砸死的噩耗。他只得返乡，安顿好一切。再一次离开兴国时，他心里开始有了一个目标：以一技之长，博遍地流金。

广东，是一个流动人口最多，最容易接受新生事物的地方。如今想来，今天的谢立华对山歌进行的诸多创造性改编，自然也缘于闯荡江湖那些年所经历和接受的。在一个民间组织的歌舞团里，他重操了歌唱之职。他的嗓子眼里好像系着一只小铃铛，《护花使者》《一生何求》……流行什么唱什么，观众喜欢什么唱什么。

三年的随团演出经验积累之后，他创建了自己的歌舞团。那时候，正值兴国剧团没有拨款，难以为继，他几乎把整个剧团的人都带出去了。"我当了五年团长，那时候真是人生得意哟，赚钱像捞水草一样容易，吃香的喝辣的。"谢立华想起那段风光的日子，仍觉快意无比。

山歌，却永远是如影随形的，在命里，在骨子里，在血液里，在每一次寻找乡音和知己的对话与歌声中。

外出打工的兴国人听说老家的人来演出，都围了过来。方言和山歌成了他们确认彼此的最佳媒介："有兴国的老乡吗？""有！""唱支山歌给你听要不要啊？""要！"他披着明星般的光环，享受着观众的尖叫和掌声，愈发挥洒自如，即兴编唱。想来，那应该是最早将山歌与流行音乐结合的尝试了。从台下热切的目光中，他分明看到了观众的接纳与认可，即使那并不是一个兴国人。五年，几乎日进斗金，也挥金如土，真是春风得意马蹄疾啊。

可惜好运没有一直青睐于他。二〇〇三年，一场来势汹汹的非典疫情，改变了太多人的生活轨迹。先是歌舞团解散，然后是离婚。仿佛有一双无形的巨手，将他的命运一下翻转了过来。关于那段失败的婚姻，谢立华不愿回顾。舞台上的明星褪下了众人瞩目的光环，像一只落败的公鸡灰溜溜地蛰伏下来。

喜剧唱成悲剧，生活跌入谷底，一个只剩麻木不仁、自暴自弃的浪子，爱上了酗酒、疯玩，将挣下的积蓄挥霍一空，直到如他经常在歌舞团唱的一首歌那样——《一无所有》。

　　似乎已是穷途末路了。重新回到家乡，谢立华发誓再也不以唱歌为生。他以不无戏谑的口吻自嘲道："伤心了，不想再进娱乐圈了。家都唱没了，还唱个鬼呀？"那段从风光到不堪的经历，必然隐藏着他难以启齿的破碎和疼痛。

　　他想起了改行，鬼使神差地找了一家饭店当学徒。用他的话说，是"死胆一副"。跟着师傅学了几天炒菜，恰逢师傅辞职，他就抄起了锅勺当大厨，意欲死心塌地做餐饮。后来，他想着要振作起来，又贷款四万元，自己开起了一家自助餐厅。那时候是二〇一三年，那一年发生的变故，真像戏本里唱的那样，一波三折。

　　在人生的最低谷，谢立华婉谢了很多人为他介绍对象。因为太穷了，又没有房子，对生活心灰意冷，直到现在这个妻子的出现。他们的结合，依然离不开山歌。那是一个多么热爱山歌的女子哟，她说，自己从小都是听着山歌长大的，洗衣服的时候，河水淙淙，歌声缭绕，那样的情景，一辈子都忘不了。她对谢立华，是发自内心的欣赏与靠近。她死心塌地做他的第一个听众，并给予他一个女人最温柔的掌声和崇拜。

　　谁也没料到，爱情和幸福来敲门的时候，死神亦悄悄地尾随而至。那些喝过的酒，抽过的烟，还有炒菜吸过的油烟，一齐化身为敌人，向谢立华的身体发起了总攻。肝硬化腹水，医生毫不留情地宣判了"死刑"。他再也舞弄不了锅勺了，躺倒在医院里用药、等死，肚子肿得和七八个月的孕妇一样高。

　　他想着，自己死了不要紧，别害了一个好女人。在客家人的观念里，有一种忌讳叫克死丈夫，他不想让她成为这样的"黑寡妇"。妻子来照顾他，他左右不是地赶她走。赶了三天，妻子却遭遇车祸，与他住进了同一家医院，一场以爱为由的驱逐就此消停了。

我将脸转向他妻子，看她一脸的平静，似乎从未经历过那场风雨。她说："我从来没想过离开。咱们一个家，当然要团结。"那种静若泰山的神气里，充满了一个普通女子的气度和力量。事实是，家徒四壁，两个病人，四个孩子，共同生下的小女儿刚刚两岁。如同正在努力寻找出路的困兽，一头跌进了深坑，那时的艰难可想而知。

这时候，他们更小的一儿一女撒娇般地围过来，争相抢食着盘子里的哈密瓜。如何能想到，这一团喜气的一家子，曾熬过了生离死别。

是怎样熬过来的呢？山歌仍然是绕不过的那团火。那段日子，谢立华横下一条向死之心，将所有的痛苦都以山歌表达了出来："寒风萧萧吹落花，想起往事眼涕下，我名叫作谢立华，突得疾病肝硬化。""听说肝病蛮难治，几多医生莫办法，几多病佬都等死，当时心肝像刀剐。""绳索准备三四根，死法想了十几种。"那首山歌长啊，写满整整一本厚厚的笔记本。妻子还是第一读者和听众，每天读到他新写的句子，一次次背过身去泪流满面。他是怎么痊愈的，因为山歌吗？还是上天的恩赐？在一个乡镇卫生院里，所有人都惊异于他创造的并无旁例的奇迹。

出院后，谢立华将病中创作的山歌又续了一个尾，从生病到住院，到医生悉心诊疗，再到合作医疗报销，全都写了进去。那时候家徒四壁，医疗费花了四万多元，若不是合作医疗报销了百分之八十，他们实在无力承担。于是，一个看到过死神模样，又在山歌声中活转过来的人，除了写下对奇迹生还的庆幸，又添上了感恩。

　　对于歌唱，究竟是爱还是恨，谢立华已经说不清楚。发誓远离，又情不自禁。无论命运如何兜兜转转，山歌，仍然是他最忠实的伙伴。

　　从最初的"哟喂"，到苏区时期的"哎呀嘞"；从"心肝哥"到"同志哥"；从随意的两句半到齐整的句式；从无韵律到有韵律；兴国山歌一直都在演进和变化中。只是，谢立华发现，出口成章的山歌手越来越少了，人人能唱、现编现唱的情景也一去不复返了。被誉为"田间地头的摇滚"、充满了民间智慧的兴国山歌渐渐淡出了村民的生活，仅仅作为一种艺术表演的形式存在着。

　　有没有一种方式，让山歌重新在老百姓生活中热门起来？有过商演经验的谢立华第一个想到的是将山歌进行通俗化改编，以适应大众的艺术审美。二〇一二年，兴国县举办第七届山歌艺术节，他给姐姐谢观莲排了个节目，将山歌编进小品中，并加入流行音乐的元素，不承想山歌和表演都获了一等奖，他也因此成为山歌改编的急先锋。

　　当我问及将山歌与流行音乐相结合，是对现实的妥协，还是对山歌的背叛时，一直说说笑笑的他，良久沉吟不语。

　　他们一家唱山歌的辉煌，还保留在照片里。父亲、姐姐、哥哥、侄儿、侄女，他们笑逐颜开的样子，仿佛见证了时代给予山歌的荣光。只是现在，生存成为他的第一要务。尤其是二〇一五年，家中最爱唱山歌的姐姐谢海英因病去世，给了他沉重的一击。照片中的姐姐，红衣蓝裤，正与父亲同台歌唱，朴素而自如。如今，两个人都成了家庭和山歌的故人。

　　说着说着，他的声音有些哽咽了："唱山歌的人本就卑微，出不出名都没有太大的意义。"而山歌传承的核却是不能丢的，他的小女儿，从两三岁开始登台，如今已是一名熟练的山歌手了。这似乎是属于一个家族的必然宿命。

"只有想办法推向市场，才能体现出山歌的价值。"他终于艰难地给出了答案。也许，他是对的，让山歌找到受众，让传承人更好地生存，非遗才有了得以传承的路径。毕竟，没有一件事物，不进入时间的发展之轮中。

二〇二〇年春天，谢立华的演艺公司不得不停歇下来。不能不交的店租，无法为继的生意，损失之大不言而喻。命运似乎总爱无常地捉弄周旋于其中的人。只是一个人曾接近过死亡，便不会再将自己狠狠地摔在地上。"把每一天都看作时间的厚待，认真地过吧。"他说。

从一个MV中，我看见他站在青山上，打着赤膊，露出那个标志性的光头，用木客一般原始的力量和美，唱"打支山歌过横排，横排路上石崖崖"，唱"行了几多石子路，着烂几多禾草鞋"……显然，一个中年汉子已对命运释然并握手言和。

广袤时空下，多少人行进在崎岖的道路上，悲喜交叠。但是我知道，怀抱激情嘹亮歌唱的人，会将路越走越阔。

无问悲欢

昭 忠 祠

穿过于都县城，拐进一条僻静的小巷，一道红漆的厚重木门在吱呀声中打开，昭忠祠到了。

这是城市生活的背面。在客家人聚居地，无论多少高楼拔地而起，多少时尚光鲜的店面充斥街市，仍有许多古老的祠堂深藏在轻易不被察觉的地带，成为久远光阴以及民族信仰的坚固物证。

昭忠祠始建于清末，原为清朝时期祭祀忠良之所，历经数次毁败修缮，二〇一八年，改建为于都县非物质文化传习所。自此，于都的民间艺人有了一个交流、切磋、表演，或短暂安放身心的场所。

年届七十的老艺人肖卿华熟门熟路地走在我前面，身上背着一个鼓鼓囊囊的挎包。在一张长木桌前，他小心翼翼地打开了挎包，一件一件往外掏出陪伴了他几十年的唢呐工具：串子、天心、哨片、气闭子、铜喇、碗口……每掏出一件，都像从矿洞里捧出稀世的珍宝。

"这个哨片，是我自己做的，这个木串子也是……"他一边组装，一边喃喃自语。

夜晚的祠堂，空旷、安静，能听见他窸窸窣窣组装唢呐的声音。从祠堂的天井往上看，天空已黑成一块没有孔缝的遮光布。东墙的青砖上，一行"打倒帝国主义"的粗黑标语，沉淀着一场曾经的红色风暴。

回过头来，两支组装好的唢呐已并排竖起在桌面上：一高，一矮；一大，一小；一长，一短；一雌，一雄；一阴，一阳。与寻常的唢呐不同，眼前的唢呐是有性别的，俗称公婆吹。奇的是，那个头高大的，实为婆吹；矮小的，却是公吹。其雌雄的属性，恰与人类通常认知的性别特征掉了个个儿。

熟悉唢呐公婆吹的人都知道，婆吹的音色低沉浑厚、磁性粗犷，公吹的音色偏是高亢嘹亮、饱满圆润。没有人能准确地说出，为何不以外部特征比喻唢呐界的性别。直到有一天，我在反复聆听唢呐乐曲时无师自通地领悟到其中奥义：婆唢呐一直在吹，仿佛一个事无巨细絮絮叨叨的女人，而公唢呐总是在关键时刻亮开高八度的嗓音，霸气十足地体现着举足轻重的地位。

男为主，女为辅，在中国几千年的传统中早已根深蒂固，以至渗透到了民风民俗的方方面面。

我抚摸着婆唢呐打过孔的木串子，它被打磨得光滑齐整、凹凸有致。每一支传统的唢呐公婆吹，都由唢呐艺人手工制作而成，没有制造工厂，没有流水线，也没有完全一模一样的两支唢呐。所有的制作工艺，只在师徒间手口相传，在长年的摸索和动手实践中逐渐谙熟。

每一个幕后的唢呐制作师，几乎都是能站到台前的唢呐吹奏人。

　　肖卿华握住那支相对短小的公唢呐，站起身来，含住哨片，以唾液润湿。我知道，吹奏即将开始了。

　　他吹了一辈子唢呐，领着乐队出入于各种大悲大喜的场面，唯独这一次，没有乐队，没有仪式，他是唯一的吹奏者，我是唯一的观众。

　　第一个音符蹦出来的时候，我的耳膜一下子被震住，仿佛有什么穿过了头顶，使我不由得挺直了脊背。然后，一串接一串的音符朝高处走，一直走，仿佛正在试图刺破天井上那块严严实实的黑色天幕，将某种按捺不住的欢喜送出去，送往更宽阔的世界。

　　是的，《满升调》这支经典的喜乐，在无数次婚庆、贺寿、圆屋、升学、送兵的重要仪式里，总是向人们传递着难以言表的盛大喜悦。

　　我坐在一张长条凳上，从侧面看着肖卿华鼓起的腮帮子，还有额头上几条突起的青筋。那神情、那曲调，陌生又熟悉。来自童年和乡村的旧时光、旧场景，在脑海中渐次复苏，似乎有多声部的交响，被他的唢呐声牵引到这个祠堂里，回旋、环绕于耳际。我记起了坐在方桌前不分昼夜有节奏吹打的吹鼓手，记起了在唢呐声中被扶上花轿的不胜娇羞的新嫁娘，记起了在唢呐声中接受儿孙祝福的慈眉善目的老寿星……

　　作为一种鲜为人知的原生态客家民间吹打乐，唢呐公婆吹流行于赣南的于都、瑞金、石城、宁都、会昌一带，乃至闽西的长汀、宁化等县，迄今已传承千年。研究人员还发现了一个奇怪的规律，公婆吹分布的地域，恰在北纬二十六度与东经一百一十六度交会处方圆约一百公里之内。此外他处，难觅其踪。

　　二〇〇八年，于都唢呐公婆吹被列为国家级非物质文化遗产保护项目，标志着这项独特的民间艺术在于都拥有更为肥沃的土壤，更加持久的生命力。

　　肖卿华将唢呐松松地握在十指间，仿佛整个人都成了乐曲的一部分。他的花白头发向后梳着，发亮的前额呼应着夜晚的灯光。随着曲调的高低起伏，身体俯仰之间，唢呐时而朝向天空，时而冲着大地。一种欢快的情绪顺着唢呐的碗口扩散、流淌，它们流向空空的四壁，四壁就像被什么填满了；它们流向背身而立的梁柱，梁柱就像在呼朋结伴了；它们还想流向夜色中悄悄支起的无数耳朵，只是被昭忠祠裹了个严严实实。

　　唢呐被缓缓放下的时候，我还沉浸在一串绕梁的余音之中。我们都没有说话，不，是我一时忘记了说话，忘记了此行的目的。

　　在于都，能吹平吹者千人，能吹公婆吹者仅数十人，公婆吹的震撼力与感染力远在平吹之上，流播范围却在逐年缩小。二〇一八年，公婆吹国家级传承人刘有生患病去世。每一个老艺人的离去，都意味着唢呐公婆吹的传承又艰难了几分。

　　没有了唢呐声的昭忠祠一下子变得空寂、清冷。我掏出了笔记本和录音笔，记录、保存、挽留、唤醒，让这古老的乐音远去的脚步慢一些，再慢一些，是我和肖卿华共同的愿望。

进 师 门

　　当今天的唢呐艺人，为寻不着一个称心如意的徒弟而忧心忡忡时，肖卿华便常常想起少年时想学唢呐而不得的悲伤。

　　一九五三年，于都县宽田乡杨公村河头小组，肖卿华携带着富农的成分出生。那一刻，命运几乎注定了要交给他一条坎坷之途。"祖父被杀的时候，父亲还很小。"提及痛苦的往事，他的情绪低落下来，与吹奏《满升调》时判若两人。噩运的降临，只因祖父兄弟俩省吃俭用，攒下的钱买了一块地自己种。

九岁时，肖卿华的父亲因肺炎去世，留下年幼的兄弟姐妹五人。亲人离去，家境窘困，像一条绳索紧紧捆缚着他渴望生长的身体和天性。小学毕业那年，学校里乱哄哄的，出黑板报、画漫画，下村开会、搞运动，谁也没有心思正常教学。因为是富农成分，肖卿华连升上初中的资格都没有。

没能多学些文化，是他一生的痛。所幸，乡村还有音乐，还有唢呐。这是他在悲伤之余唯一的慰藉。

"我是天生就喜欢乐器。"肖卿华说，"村里有嫁娶大事，要请师傅来吹打，我都是第一个跑过去听。一有机会，就央求师傅让我玩一下。"他记得年幼时，父亲会拉二胡，在黄麟乡上官村的庙下小学教书。跟随父亲在村小发蒙的肖卿华常常沉醉在父亲的二胡声中，全然不像其他小男孩那般顽皮好动。

肖卿华生命中独自拥有的第一件乐器，是一把京胡。那年他十岁，从母亲的箱子里偷偷拿了一块钱，花了八毛钱买来，视若至宝。没有师傅，他就自己学着拉。当时流行《东方红》等乐曲，他很快便能拉得像模像样。当村民们围过来听他拉京胡时，少年的心中充满了自豪。

再大一些，他已无师自通学会了打鼓、吹笛子。所谓触类旁通，一个拥有音乐天赋的少年，无论什么乐器拿起来，都能很快上手。那年头，热热闹闹的活动很多，他跟着老师上戏台合奏，成为人们眼中颇有名气的小乐手。

升学无门，他便参加了毛泽东思想宣传队，因为唱戏可以计工分。在宣传队，他唱革命歌曲，当导演，排演红色样板戏《智取威虎山》。但凡和音乐沾边的事，他都不管不顾地全情投入。青春的胸怀，荡漾着太多的激情与向往。

唯独唢呐，是他无法放下的热望和无力跨越的门槛。除了拜师，别无他法。可家里拿不出师傅钱，怎么哭闹哀告都无济于事。为长远谋生计，他只好去学做篾，因为篾匠师傅不收拜师钱。学徒第一年，每天有一毛钱的工资，第二年，涨到两毛。赚的钱，一部分交给生产队。一九七二年，全国上下大割资本主义尾巴，不准搞副业，他短暂的篾匠生涯就此终结。

当年，肖卿华去村里当了代课老师。那时候民办老师拿十元钱一月，代课老师计工分，每天的分值大约是一毛钱多点儿。教了三年，收入太低，感觉前景黯淡，他干脆回生产队种田了。

在日复一日的劳作中，肖卿华始终放不下他的唢呐梦。偶尔，他跟着乐队去打零工，在红白喜事的场合打鼓或敲锣，以配合唢呐师的吹奏。可是零工工资比专业队员低多了，况且只有在乐队极缺人手时，才有机会被拉去凑数。村里人见他痴迷，便劝说道："你去进师嘛，师傅才会经常叫你去。"

一九七八年，动荡的风云已渐渐平息，母亲终于下定决心让他拜师。彼时拜师要办酒席，还要给同门的师兄道友包红包。狠狠心，母亲把一头养了十几个月的大肥猪宰下来，办酒席的肉有了，红包钱也有了。拜了师，便意味着成为专业吹打乐队的一员，从此每遇红白喜事，师傅就会安排门下弟子一道参与，同工同酬。

唢呐声起，若非大喜，便是大悲。在客家人的生活中，婚丧嫁娶、庙会庆典、乔迁新禧、送子当兵，诸般隆重仪式，都离不开唢呐的加持。据清同治《雩都县志》记载：早在一千多年前，"鼓手举于道路，往来人家，更阑不歇"。千百年来，唢呐手们传诵着一首顺口溜："七寸唢呐拿在手，五音六律里边有。红白喜事没有我，冇声冇息蛮难过。"百姓对唢呐手的需求和敬重，由此可见一斑。

操办大事，冷冷清清断不是客家人的选择。唢呐吹响的时候，乐声最远可传十里。人们不免竖起耳朵，议论纷纷："哦，是某村某家在做东道？"无论日子多么穷苦，主人家总要想方设法把红白喜事办得体面，办得热闹，办出活着的底气和希望。

那真是属于唢呐艺人的一段好时光啊。至今忆起，肖卿华的眼中还闪着兴奋的光："那时候，一个唢呐手可以养活一家人。每出场一天，工钱大约有一元钱，和拜师钱差不多。乐队很受主家敬重，会专门奉上两桌菜，吃不完的就打包带走，全家人都能吃上好菜。"

肖卿华尤其感慨，一进师门，就遇到了一个好师傅，无论教习手艺和经济待遇，都格外照顾他这个穷小伙。师傅名叫管瑞林，宽田乡寨面村白竹园人，当时五十多岁了，恰与肖卿华去世的父亲同龄。公婆吹每次出场，都需要五个人配合。学徒三年，肖卿华便一直和师傅在一起，前往一户一户的人家，且做且教且学。师傅心慈，学徒期也给他发工资，甚至悄悄地多给点。"我从小失去了父亲，跟着他，就好像又得到了一份父爱。"他说。

从前，唢呐艺人都是使用工尺谱，先要会唱，然后才是会吹，不同的师傅唱出来的还不一样，全凭苦练苦记。尽管肖卿华学艺很拼命，难以捉摸规律的工尺谱还是难住了他。偶得空闲，他就把师傅请到家里来教。师傅哼唱，他记曲调，一行工尺谱下面对应翻译成简谱，这样一来，该吹的曲子很快就掌握了。

那时候他当然不会知道，这个方法不仅方便了自己，也为后来的徒子徒孙们开辟了一条捷径。"要不是换成简谱，更没人来学了，唉。"他轻轻地哼唱起了师傅教过的工尺谱"合哇合四一"，又换成简谱"哆啦哆来咪……"四十多年的长久浸淫，工尺谱于他，早已滚瓜烂熟。可是如今能唱者尚余几人？再往后又将如何，他不敢多想。

师 傅 头

行业的凋零，是在不知不觉中到来的。就像秋天落下的第一片叶子，谁也没有在意，忽然有一天，发现枝头已然稀疏。

西式的婚礼来了，洋鼓洋号来了，从前要做满三天的吹打仪式，如今被主家缩减到两天了……时代前行之中，种种眼花缭乱的新变化，威胁着唢呐公婆吹艺人的生存。他们终于意识到，那些古老而神圣的仪式，不再是老百姓的必须。他们从事了一生的职业，早已江河日下。

肖卿华和他的大徒弟管寿林在十里八乡享有很好的声誉，请的人相对多。按照规矩，做两天算三天的工资，做一天算两天的工资，每天工资少则一百五十元，多则两百元。一年到头，他们的收入仅一万元左右。仔细盘算，不是工资低了，而是依照传统习俗大办酒席的人家少了。这年头，一个唢呐手莫说养活全家，就是一个人，也嫌拮据。

而一个公婆吹艺人的养成却需要天分，需要热爱，需要漫长的时间累积和坚守。"公婆吹听起来很平凡，其实，也有吹了四五十年还吹不好的人。"肖卿华说，"其中公吹相对难度大，会吹公吹的一定能吹婆吹，能吹婆吹的却不一定会吹公吹。"

乐队每一次出场演奏，婆吹都要吹完全程。于是所有的唢呐公婆吹艺人，都从婆吹开始学起。吹得很好了，才有机会担任公吹的角色。师傅教学基本的曲调，总是直接带进红白喜事的现场，在实践中揣摩学习。一个徒弟入行三年，如果遇不上几场红白喜事，此后的精进，则全凭自己的修为。

肖卿华有一支相对固定的五人乐队，五个知根知底的乐手，早已达成了默契。领头的人只需一个手势、一声起调，吹打唱弹便和了上来。公吹、婆吹、锣、鼓、钹，五个人，五张凳子。每张凳子里该坐什么角色，谁可以做几个角色，大家都心知肚明。从前，一个好艺人吹打唱弹都要会，正如肖卿华所言："每张凳子都要坐得下。"后来，全面发展的艺人越来越少，谁擅长什么就扮演什么角色。

扎根于民间的传统行业，常常自成一个江湖。是江湖，就有江湖中不成文的规矩。肖卿华是师傅头，掌握着宽田乡范围内的话语权。东家找乐队，就和师傅头商量。不管人手再紧，师傅头都要给东家安排妥当。而地域范围内的红白喜事，其他乐手也不能随便接，需要先尊重师傅头的意见。

一个不守规矩的徒弟，让肖卿华伤透了心："反叛、离间，我不认他了，也不和他讲话了。"那是他的二徒弟，比他小两岁。师徒相随多年，肖卿华对他是情同手足。然而二徒弟的野心却是另拉一个乐队，自己当师傅头。他悄悄和一些东家商量，不要请肖卿华，由他来操持。事情最终还是传到了肖卿华的耳中，二徒弟脱离师门，后来连出场做事的机会都少了。

因为，熟悉的乐手们没有一个跟他走。"一日为师，终身为父。"无论世事如何变迁，尊师之道，依然深深地扎根于传统乐师的道德体系中。最重要的，二徒弟不会吹公吹，撑不起场子。

事实上，师傅头的角色，并不那么好驾驭。

从前办红喜事，师傅是要开大唱的。结婚唱《刘备招亲》，过生日唱《郭子仪拜寿》，正餐上十二碗菜，最后的一碗大块肉出来，高亢的京剧选段就开始了。只是，会唱的人很少。肖卿华也不敢说唱得很好，只承认自己会一点点。

最难的，是白喜事。讲究最多，曲牌也最多，《三波阳》《四六句》《七星草》……不下十首。他们还要熟练地配合道士做功课，超度亡灵时，道士的经文和唱腔一出口，就熟练地吹出对应的曲牌。和唢呐手一样，道士也是一个师傅一种教法，每个道士的唱腔并不完全一致。肖卿华的村里有两个道士，这就意味着他要掌握两套吹奏配合方法。

作为乐队中的上手，肖卿华总是挨着道士坐下。吹打之时，他先起个音，下手立即跟上。"一个唢呐手，能把白喜事吹下来，其他的场面就都可以了。"他说。多年以后，身边能胜任上手角色的，只有小他六岁的大徒弟管寿林。

难的还有熬夜。一场白喜事，燃灯做香火，需要熬一个通宵。从头天下午四点到第二天早上四点，整整十二个小时，乐队像上足了发条的机器，不停地吹奏着。仿佛只有如此，逝者才不孤单，亲人方得安慰。无论多困多乏，乐手们都不能闭上眼睛休息。夜深人静的时候，他们总是无比地渴望一张床，一种更加舒适安放自己的姿势。然而不能，他们必须强打精神支撑到最后一刻。唯一的骄傲是，那一个晚上计三天工资。肖卿华说，前天他刚刚做完一场白喜事："要是有机会，请你来现场感受。"

我曾亲历过一场葬礼和一个冷寂的守灵之夜。在我的家乡瑞金，做白喜事不请道士，不做隆重的超度仪式，夜晚也听不见凄凄切切的哀乐。"能不能就在这里吹奏一曲？"我央求道。

肖卿华又一次举起了唢呐。一曲悲调缓缓冲出了碗口，如泣如诉，如孤独的挽歌。我仿佛置身于一个哀伤又庄重的夜，深黑的苍穹之下，星星点点的火光，静坐的人、低低抽泣的人，都在这乐声中感知到时间的力量和死亡的庄严。乐音在想象的村庄里回旋，一声比一声悲切，一声比一声凄楚，田园犬停止了吠叫，被惊动的牲畜缩紧了身子。没有人能置身事外，这无处不在、无孔不入的悲音，将一场浩大的家族仪式烘托成一次集体的哲学事件。人们不由得想到衰老，想到疾病，想到身后事，想到爱或恨，想到活着的意义……

吹着吹着，肖卿华就想到了小他一岁的三徒弟。他们相伴着一起吹了多少场红白喜事啊，他总是以为，他们会一直这样相携着走下去。然而前几年，宽田乡八月十五禳神，三徒弟连续吹奏几天后轻度中风，从此再也无法轻松自如地让乐曲顺着指尖流淌。

一想到三徒弟，想到无可挽回的分离，想到身边的人一个接一个放下了心爱的唢呐，肖卿华心中的凄楚，又一次被唢呐声拉得无比深沉，无比悠长。

忆 沉 浮

时间长河中，潮水的涨落常常不由人的意志控制。正如唢呐公婆吹在民间的兴起和衰落，等到人们发现一种枯竭或荒芜覆盖乡村大地时，这项古老的民乐已经到了濒临失传的边缘。

七十年的风雨沧桑，大半生与唢呐公婆吹悲喜交集，回过头来，肖卿华发现他的人生每一次沉浮起落，几乎都和唢呐连在一起。那些唢呐被封禁的日子，那些为了生存不得不与唢呐暂时背离的日子，无不历历在目。

有一段时期，唢呐公婆吹被禁止演奏，白喜事不允许吹吹打打，整个世界像是暗哑了一般。那时候，习惯了热热闹闹办大事的百姓，心中满是憋屈。有的人家铤而走险按老风俗操办，悄悄请来的唢呐师傅也只能偷偷摸摸地吹。他们将唢呐藏在腋下，像一个做了亏心事的贼。在荒郊野外，在重要的仪式节点，他们伺机掏出唢呐迅速吹奏一曲。吹完，又急急将唢呐藏好。草草结束的仪式，仓皇退场的师傅，在这片土地留下难言的伤痕。

乐师们至今难忘当年的一次事件：一位姓管的师傅，在宽田乡被当场收缴了唢呐，惹得老泪纵横。物伤其类，其他的乐师难免加倍战战兢兢。

肖卿华一生的从业史，正对应着唢呐的兴衰史。

二十世纪七八十年代，肖卿华经历了大约十年的唢呐公婆吹黄金期，仅以吹打便能养家糊口。那时他想，就这么吹下去吧，吹到地老天荒，吹到每一支曲调都融进魂魄里，吹到再也吹不动为止。除了吹唢呐，他不知道还有什么别的事能让他感到如此幸福。

然而世间事，计划永远赶不上变化。计划生育政策来了，一年比一年严厉，又一年比一年激发着人们的生育斗志。在一次次猫捉老鼠的游戏中，人们渐渐从夹缝中悟出了一个门道——躲计划生育，躲到深山老林去，躲到天涯海角去，躲到远房亲戚家去，躲到陌生的犄角旮旯里去。谁也不知道，哪家后生有没有娶媳妇，哪家媳妇到底生了几个孩子，不敢说，也不敢问。

自然，办酒席的人家是越来越少了。有害怕扯结婚证的，有担心被人知道已经结婚的，所有的仪式被省略，一切都在波澜不兴中静悄悄地完成，直到有一天，一个面目生疏的女人抱着一个男孩，扬眉吐气地出现在村庄里。

肖卿华的吹打事业，就这样遭遇了滑铁卢。一九八七年，他去当了大队干部，担任副主任兼农技员。只是，他很快发现，做这些几乎没什么收入。两年后，他又一次回家种地。所幸，长年奔走于四里八乡的经历，畅通了他的消息渠道，一九九〇年下半年，宽田乡成立护林队，他顺利成为其中的一员。

随之而来的是改革开放，人们发现生活突然打开了一扇巨大的天窗，成群结队的农民涌向城市。那里道路通达，遍地生金，只要肯下力气，机会无处不在。肖卿华有一个要好的老乡，随着打工的大军抵达深圳，靠捡废品扎下根来，获得了远超种地的收入。

肖卿华跟着老乡出去玩过一次，看着满眼活泼泼攒动的人群，不由得心动了。那是一九九一年，他发现，原来世界上还有另一条道路，另一种活法，充满了未知的诱惑。他在深圳留下来，将人生地不熟的道路一遍遍踩熟，然后买了一辆自行车。每天，他去批发部拉来汽水、可乐、啤酒等各色饮品，然后四处叫卖。这是一种全新的赚钱方式，每一天都有不同的际遇，每一天的收入都不可预测却又总不至于令人失望。

整整十余年，他在广东、福建等地沉沉浮浮。开过手扶拖拉机，进过工厂，补过鞋服，做过小生意，也躲过计划生育。他将妻子带离老家，一边打工，一边实现他们的生育理想。女孩接二连三地落地，而他们想要两个儿子的念头从未泯灭。直到生出小儿子，他们已经拥有了六个孩子，这才结束了左躲右闪、堪比"超生游击队"的日子。

与此同时，大一些的孩子一个个在老母亲的陪伴中长大，需要念书，需要供养。他不敢想象，如果不是出去打工，依靠在老家种地，如何能填补生活那巨大的窟窿。他有一个女儿考上了宁都师范大专班，毕业后成为教师，过上了相对稳定又衣食无忧的生活。说起这个女儿的时候，肖卿华的神色里现出某种甜蜜的意味。

　　我能理解，在很长一段时间里，宁都师范是赣南乡村人家向往的神圣学堂。从农民到教师，从泥饭碗到铁饭碗，这所学校改变了太多农家孩子的身份和命运。一个曾被时代摁在低处、无法升入初中的父亲，有理由将之视为最大的骄傲。

　　打工期间，肖卿华几乎撇下了心爱的唢呐，每日在汹涌的人潮中换取劳动的报酬，也在汹涌的人潮中一日日迷失自我。只有在万家团聚的春节，他回返故乡，重操旧业。每当他重新吹响公婆吹，一种熟悉又幸福的感觉总是又一次浸透周身。仿佛那个时候，他才觉得他是一个真正完整的人，一个连自己都喜欢和欣赏的人。

　　肖卿华下决心彻底回归家乡，是老母亲在一次劳作中不慎摔断了腿骨之后。母亲劳碌了一辈子，彼时只能躺在床上，等待儿子的照顾。那一年，肖卿华已年近花甲，的确是到了上要服侍老母，下要含饴弄孙的年纪了。

　　他们在县城租了一间店面，阁楼上铺了一张床，又在隔壁租了一间厨房，厨房也铺了一张床，一家人就这么挤了进去，经营着收入不高却也能勉强维持生计的副食生意。两个儿子外出打工，孙辈就交给了他们。孩子们一定要在县城读书，这是他们一致决定的结果。肖卿华又在老家养了十几箱蜜蜂，割下来的蜜可以卖出不错的价钱。日子清贫，但终于踏踏实实地安定了下来。

　　余下的光阴，肖卿华全都交给了唢呐。他发现，公婆吹虽然在民间渐渐萎缩，却被文化部门赋予了新的生机。二〇一五年，肖卿华成为赣州市第一批市级非物质文化遗产项目代表性传承人。

　　当年，这只是一个没有任何回报的头衔，在很多人眼里无足轻重。但肖卿华却是在乎的，仿佛多年的媳妇熬成婆，他的坚持终于有了一个被认可的名分。

传 承 人

一种确凿的归属感，在漂泊多年后重新洋溢于整个身心。此时，公婆吹之于肖卿华，已不仅仅是红白喜事场合的悲欢吹奏，还有作为传承人的责任与荣光。

"我带了四个徒弟，二〇一九年正月还带了一个。本来是五个，有一个没真正拜师，不算。"他诚诚恳恳的态度，令人莞尔。也许是一生与唢呐为伍，一板一眼，每一个音节都来不得半点糊弄，他习惯了认真。

大徒弟管寿林是他认为学得最好的，什么活都做得下来，并且一直从事着这一行当。在他外出打工的漫长年月，管寿林继承了他的衣钵，在业已萧条的现状里无怨无悔地走在那条老路上，维系着乡村吹打乐的传统脉络。直到肖卿华回归，二人又默契地在公婆吹二重奏中合体。

让肖卿华兴奋的，是最小的徒弟刘典有，这个四十出头的汉子，是他无心插柳的意外收获。二〇一九年的一天，肖卿华在县城小公园里和几个老师傅吹奏小唢呐，一边切磋技艺，一边打发闲暇时光。许是注定的机缘，这时一个正在旁边散步的男人走了过来，径直问他会不会吹公婆吹，带不带徒弟。

刘典有的主动拜师，让肖卿华看到了一抹希望的光亮。他知道，像这样又年轻又上进的徒弟，几乎是"千年铁树开了花，难得一遇"。他还是在二十世纪八十年代带过徒弟，此后的几十年，人人忙于追随经济的浪潮，谁也无心多看这日薄西山的行当一眼。人们只需问一声："学吹唢呐，能挣多少钱？"师傅们便失了底气。

刘典有按传统规矩行了拜师礼，交了两千九百元师傅钱，还办了酒席，邀请师兄道友欢聚一堂，一一奉上红包。完整的仪式行毕，便意味着师门以及长期合作的道士认可了他的加入。刘典有会拉二胡、吹笛子，有音乐基础，学起来比全无音乐细胞的门外汉要容易得多。整个春节，每遇节庆和喜事，肖卿华都带他出场。"他很努力，学得很好。"这是一位老乐师发自内心的欣慰。

肖卿华点开了他们的微信聊天对话框，在一个视频里，刘典有出现了："师傅，听一下，我吹得怎么样？"一串白喜事的悲调流泻而出，凭一个外行的见识，我想他已经吹得相当不错了。肖卿华还是毫不客气地指出了问题："节奏欠缺。"

春节过后，刚刚入门的刘典有带着唢呐去厦门打工，师徒二人的交流就依赖于微信了。在这里，他会每天雷打不动地问师傅和师娘早安。有时候，他会将练习曲拍下视频发给师傅，谦逊地请师傅评点指教。如果师傅没及时回复，就打电话来问。

"五一回来跟你练公婆吹。"刘典有期待着面对面地学习，肖卿华也期待着。礼数周全、勤学乐学，这样的徒弟于他，已是一个珍宝。

广义而言，他的徒弟远不止这几个。在长征源小学，肖卿华长期担任着非遗进课堂的教师一职，跟随他学吹唢呐的孩子数以百计。这些年，他开始更多地出现在新闻里，出现在记者的镜头里，甚至出现在纪录片里。站在孩子们中间，他是欢乐而放松的。一把唢呐，是他最好的表达方式，吸引着一双双好奇的目光。

事实是，这样的授课充满了挑战。活泼好动的孩子，已远非年事已高的肖卿华所能驾驭。他们总是嬉戏打闹着冲进课堂，而肖卿华则更像一位慈祥的祖父，对孩子们满是宽容和骄纵。学校从三至五年级里各挑选了四十个孩子组成一支唢呐队。起初，肖卿华每个星期需要花三个下午的时间用于教习唢呐，每每累得脑门沁汗。后来，学校又请了两个唢呐老师，他才感到松了一口气。

孩子们学的是小唢呐，他们的手指不够长，肺活量也不够大，一旦按不住音孔，很容易跑音。于是，公婆吹就成了肖卿华一个人的表演。"我们什么时候才能学公婆吹呢？"孩子们摸着光滑的串子，总是急切地问。"以后吧，等你们长大以后。"肖卿华常常含糊地回答。以后是什么时候，这中间又有几个孩子将与唢呐相伴一生，他全然没有把握。

肖卿华的子女们都忙于生计，对唢呐公婆吹没什么兴趣。他想让大儿子学，可是从未得到正面回应。他叹了口气："年轻人就想着赚钱，有什么办法呢？"前几年，他给了小孙子一把笛子，让他吹着玩。他想，吹着吹着，说不定就喜欢上了。有时候，他也苦口婆心地劝："这也是文化，学好不会吃亏，多掌握一门本事就多一条路。"可是，对人生的路，一人有一个想法，强扭的瓜向来不甜，肖卿华只好一次次将强烈的愿望吞落肚里。

唯一对唢呐有点兴趣的是大孙子，这让他稍感安慰。有事做的日子，两个儿子偶尔会跟他去打打锣，大孙子则去学吹唢呐。遗憾的是现在出场的机会越来越少，没有乐手们的配合，面对面的教学显得枯燥乏味，连常用的工尺谱都难以熟记。

当自然传承逐渐消亡，非遗保护便具有了别样的意义。政府的重视和投入，从某种程度上缓解了肖卿华的焦虑。"给点工资，哪怕一千，不用出去打工，能维持生活，就有人来学。"他憧憬着这样的局面，憧憬着更多像刘典有这样的学徒出现在身边。

自二〇二三年开始，市级非遗传承人可以领取三千元一年的政府补助，这是他以前想都不敢想的事。而非遗进课堂的酬劳，一个学期有一万多元，这同样让他感到满足。吹了一辈子的唢呐，原以为吹着吹着就百无一用，彻底被时代抛弃了，谁承想，命运又安排他从低谷中走了出来。所幸，他咽下了所有生活的苦，却从未放弃过唢呐。

再一次遇见肖卿华，是在一个视频中。幽深的祠堂，光线晦暗，他着宽大的蓝布衫，站在天井下方，庄重凝神的样子，传递着一种远古的气息。他与身旁的大徒弟管寿林同时举起了唢呐，依然是一公一母，一长一短，两支唢呐互相追赶着，应和着，高歌和低吟，呼喊与慰藉，似人世的悲欢，似不熄的火焰。

勾筒声里

盲艺人在流浪

他在村头的一棵大樟树旁坐下来，从布袋里掏出一把勾筒①。无须竖起耳朵，他便能听见四面隐约的人声、牲口和家禽的叫唤声。就是这里了，他想。

勾筒声起，他开腔唱起了"十八搭"："各位老表朋友们，我一路迢迢来这村。拿起勾筒定好音，今日我来唱古文……"这，是他无数次向陌生的村庄和陌生的人们打招呼的方式。

夕阳逐渐沉落大地，将他瘦小的身影拉得很长。一条闻讯赶来的田园犬轻吠几声，警觉地盯视着他。他略一迟疑，摸了摸依旧忠实靠在脚边的探路木棍。然后，继续拉响勾筒，高声说唱。闻声而至的人群越聚越多，渐渐在他身边围成一个弧形。"那个是叫花子（客家方言，乞丐之意）吗？"

①勾筒，赣南地区的一种丝弦乐器，类似二胡。

"不是哦，唱古文的。"人们指指点点，肆无忌惮地议论着。

他叫陈开财，从十七岁那年出道起，他就这样在无定的奔走和流浪中度过了半生。一个双目失明、四处漂泊的民间艺人，从来都是走到哪、唱到哪、吃到哪、住到哪，连名字都鲜有人知。

人们看见他，只说是"那个瞎子""那个唱古文"的。

陈开财从不计较那些脱口而出的指称，上天交给他一副残缺之躯，他唯一的执念是活下去，活出儿孙满堂的日子，活出一个男人的顶天立地。

那么多年过去，他早已习惯了一个人摸索前方的道路，一个人被风牵着踽踽独行，一个人向着偌大的世界讨生活。以出生地于都县梓山镇山塘村机木岭小组为原点，他的足迹遍布整个赣南，乃至闽西和粤东等全国各地，如果将那些印迹完整地描画出来，大约是一个点线密密交织的不规则圆形。

一根棍子、一个布袋是他的必备行头，一副好嗓子、一把土勾筒是他的生存依凭，一幢祠堂、一座庙宇、一个茶亭、一间厅厦，成为他多数时候的栖身之处。所幸，他常常遇到好心人，跨沟过桥时牵他一程，到了饭点时为他添双筷子，夜晚来临时给他一个容身之所，唱完古文时给他一些钱物，或将他收到的米粮换成钱币交到他手中……

"在家靠父母，出门靠朋友。"陈开财无数次感念着那些只闻其声、未见其面的人们。是他们的慷慨和信任，给了他一分活着的勇气和希望。多年的颠沛流离，也让他掌握了满口的示弱和讨好之词——"好心人帮帮忙，到你家吃顿饭可以吗？"

"大爷大婶行行好，在你家里住一晚，我给你们唱古文、算八字。"

　　二十世纪八十年代，电视还是赣南乡村的稀罕之物，人们的娱乐方式匮乏而单调，唱古文的盲艺人给人们带来了太多的热闹、欢乐和满足。一个被称作"老谢梆筒"的人面目早已模糊，以他为主角构成的独特场景却长久地停留在我童年的记忆里。在麦菜岭的一间众厅内，他拍着梆筒，半文半白半方言，咿咿呀呀地唱着一些我无法听懂的句子，一唱就是一下午。老人们总是沉浸在那忽高忽低、时快时慢的勾筒声里，有时展眉微笑，有时暗自垂泪。

　　后来，我与父母谈起往事，串联起更多细节。比如"老谢梆筒"长年住在我们村外号叫"沙锅"的家里，他的布袋子总是鼓鼓囊囊的，他讨到的米和肉就交给这家的女主人，零零碎碎的钱则自己攒着。不知具体在何年何月，"老谢梆筒"忽然从麦菜岭彻底消失，再也不见了影踪。只有当另一个唱古文的盲艺人来到村里时，人们才会再次想起他，感慨一声："'老谢梆筒'都不知去哪儿了。"

　　这世间，必有许多人曾以同样的方式怀念过陈开财。当问及他走村串户的经历时，他以习惯性的说唱口吻告诉我："哦呵，我走了好远哪，十九岁就蹿到了瑞金。"一个"蹿"字，夹杂着自嘲，又携带着无所畏惧的勇猛之气，令听者不由心领神会。云石山、叶坪、沙洲坝、黄柏……他一一说出我家乡的地名，仿佛几十年过去，那些行过的路、驻留过的屋场，在他脑海中依然清晰得像一张活地图。

　　和当下的明星艺人一样，他也曾拥有过风光无限的走红岁月。从二十岁到三十岁，整整十年，他像一个香饽饽被人们四处争抢，生意火得似一炉浇不熄的炭。有一年，他被请到赣县唱古文，当地的百姓名堂多，第一天玩抓阄，抓到哪段唱哪段；第二天，别个村来人把他抢走了，抢到哪去了他都不知道，勾筒一拉就开唱；第三天，观众起哄要投票，哪个本子得票多就唱哪本。三天过去，陈开财被折腾得疲惫不堪，他挎起布袋子，毅然决然地说："我走了，不唱了，这样太累，会把我累死。"有无奈，也有一丝只可意会的骄傲。

那时候，老百姓几乎什么都喜欢听，《割袍记》《丝带记》《卖花记》……而陈开财的脑子里，装着唱不完的段子和唱本。常常是，他来到一个地方，就轻易地唱出了名声，很快又有人找过来，邀约下一场。那些乡村里的牵头人，自会找村民们捐钱捐物，将请人唱古文这件事办得隆重又体面。

最得意的一次是有人包场，原本讲好的四元一天，自己管吃管住，待他唱完一段后，那人直接将价钱提到了八元。"我说太多了，相当于两天。他说不多，结一个缘。"陈开财微抬了头，将空洞的眼睛对着我，提高了八度的声音里饱蘸着惊喜，"我到一个地方，一个月两个月不用走。今天接，明天接，那就有味道了——"话语的最后，拖着回味悠长的尾音。

我不由得又一次将眼前的陈开财与记忆中的"老谢梆筒"联系在一起。显然，在命运的牌局里，他们都是不小心抓到一副烂牌，又用尽全力将牌打好的人。

古文与勾筒

于都县志载："古文，古戏文的简称，清道光年间已在县内盛行，演唱者多为盲人。"

的确，客家古文，自古便与盲艺人的生存相伴相生。它像一株扎根荒野的灌木，在庞大的客家文化体系中，以低伏之姿默默生发着。尽管在盲艺人群体中流传着多种版本，但关于客家古文的起源，至今没有一个确切的定论。

　　唯一能从传说中寻觅到的蛛丝马迹，连接着早已天遥地远的中原。有人说，古文是唐朝名妓李亚仙所编所唱。又有人说，古代有位皇叔，也是一位盲人，整天苦闷不堪，便让人将故事编成戏文唱给他听。后来，皇叔也学唱起来，慢慢向民间传唱开去……

　　事实是，自中原汉民南迁之日起，中原文化便与土著文化水乳交融，产生了割不断的联系。文化的支脉纵横交错，那千丝万缕的联系，怎么也捋不出一条清晰的直线。以至世世代代唱古文的盲艺人，无法像木匠等诸多行当的从业者那样，说出一个真正的祖师爷。

　　一句民间的顺口溜，真实地记录着他们身份的尴尬："戏台唱戏文，地台唱古文。"他们为生计所迫，走向街头巷尾、田间地头，将听来的故事编成简单通俗的顺口溜，换取最基本的生活所需。他们大多不识字，所有的技艺来自师徒之间的手口相授。他们卑微如尘埃，在社会的最底层艰难翻滚，半卖艺半乞讨，永远难登大雅之堂。

　　甚至，数百年来鲜有文字对他们进行过记载。

　　人们只能根据老辈人的讲述艰难推断，客家古文大约形成于明末清初。这是一种形式独特又简陋至极的说唱艺术，没有舞台，没有乐队，没有演出服，一人便是一台戏。双目失明的艺人操持着轻便简单的伴奏道具，将神话传说和历史故事编成朗朗上口的七字韵文，一个人且说且唱，活灵活现地分饰各色人物，抒发喜怒哀乐，评述善恶美丑。他们以丰富的面部表情以及变幻无穷的声调唱腔，对观众构成强烈的吸引和共鸣。

　　客家古文在赣南客家聚居区兴起和传承的几百年间，亦经历了漫长的演变过程。

　　起初，盲艺人使用的伴奏乐器是简单的竹板、梆筒、小鼓、渔鼓等，后来，他们选择了音色和表现形式更为丰富的勾筒、二胡、三弦。他们灵活运用四肢和五官，根据说唱需要不断拓展乐器的功能，不但能弹奏曲调，还可模拟世间万物之声，渲染环境气氛，可谓将表演艺术发挥到了极致。

客家古文在赣南城乡盛行时期，勾筒是盲艺人使用最为广泛的乐器。

勾筒，一种古老的民间乐器，一个土味十足的名称，真实地记录和诠释了民间艺术发展的履痕。最初，勾筒只是客家人的生活用具，取一节竹筒，再安装上一根小竹，用来盛水、洗菜，使用时悬挂于肩膀上，空闲时则挂在家中墙上。后来，民间艺人就地取材，在勾筒上安装弓弦，拉动使之发出乐音，用于百姓日常消遣娱乐，这就是原始的二胡了。

一首民歌唱道："勾筒一拉乐开怀，十里老表走拢来。你拉我控她来唱，勾勾唱出情和爱。"在娱乐方式贫乏的年代，几乎每个村庄都有一两位会拉勾筒的人。

记忆中，故乡麦菜岭的运根爷爷便是其中一个。农闲时节，他会取出勾筒，坐在众厅里，微闭了眼睛，一个人演奏起来。嘤嘤嗡嗡的苍蝇在头顶一圈圈地盘旋，大胆的老母鸡在脚边踱着悠闲的步子。他的勾筒声悠长婉转，不绝如缕，放下农具的村民们一下子围拢过来，有喜欢唱戏的，和着旋律哼哼唧唧地唱起来。拉的什么或唱的什么我一概不懂，只是那场景，多年以后画面仍清晰如昨。

当勾筒与唱古文的盲艺人融为一体，便注定了客家古文所拥有的土壤如许肥沃。

鼎盛时期，客家古文广泛流行于江西南部及邻近的湖南、福建、广东部分城乡，尤以于都县为最。在于都县贡江镇、新陂乡、宽田乡、梓山镇、罗江乡、段屋乡等大部分乡镇，客家古文都曾热烈地照耀过人们的精神生活。

延至今天，当古老的娱乐方式被一浪一浪的新兴事物淹没，客家古文仅在于都保留了相对完整的传承体系。二〇一四年，由于都县申报的客家古文被列入第四批国家级非物质文化遗产名录。非遗的确立，表面上象征着保护前景的美好开端，背面却往往意味着难以挽回的衰败和消逝。

在于都县文化馆提供的资料里，我读到了这样一段话：

> 据当地老艺人口传，于都客家古文的起源早在明末清初便已形成，至清代日臻完美。20 世纪 70 年代，根据造诣较深的盲人段灶发的师傅王长庚子回忆，于都客家古文最早是由一位姓唐的曲洋人演唱，此人活到七十多岁，带了好几个徒弟，其中一个姓江的也是于都人。江姓人士原是楚剧演员，因为双目失明便开始学唱古文，后来江又收了几个徒弟，王长庚子是其中的一个。到段灶发时，段又带了几个徒弟，一个是宽田乡马头村的刘安远，一个是段屋乡秀墩村的肖南京，再一个是梓山镇山塘村的陈开财。随着王长庚子和段灶发先后去世，只留下段灶发的徒弟健在。

如果将其中的人物和师承关系理出一个脉络，有确切身份记载的客家古文盲艺人共七个：唐师傅——江师傅——王长庚子——段灶发——刘安远、肖南京、陈开财。其中前四人已逝，在世者仅三人。若非文化部门主动找寻和搜集记录，也许他们终将和历史上诸多盲艺人那样，一生寂寂无名，消失于时间的巨大黑洞。

一九六六年出生的陈开财，是在世者中年纪最小的一个。这些年，他已经很少唱古文了。"没人听，给谁唱啊！唱古文挣不到钱啰——"陈开财摊开骨节粗大的双手，道出一个残酷而无奈的现实。

人们的生活里，先是有了收音机，后来是电视机，再后来又有了互联网，男女老少，人人手捧一个智能手机。说白了，打败客家古文的，是流水般一去不回的时间。喜欢听古文的老人，像割稻一样，一茬茬地倒了。刷着视频、哼着流行歌曲的年轻人，谁还会安静地坐下来，听一个盲人冗长的说唱？

十二岁造出一张凳子

四月，春天之手拨弄着大地的琴弦，弹奏起万物繁盛的乐章。野草和菜蔬皆在南方湿润的空气里肆意铺陈开来，焕发着无边的生机和绿意。

从一个斜斜的坡道走上去，一间外墙刷得雪白的小平房，是陈开财的家。低矮的围墙，圈起一个阳光明媚的小院子。院墙外，一棵桃树枝繁叶茂，树冠已高过屋顶。拨开密密的叶子细看，枝丫间结满了青涩的毛桃。

听见响动，陈开财从家门口迎了上来。矮而瘦的身材，仿佛一根细麻秆，衬得那身青布外衣又大又空。就像眼前这间小平房，使周围二三层的楼房都显得高大堂皇。与其说作为盲人的陈开财更适合在平房生活，不如说有限的财力只允许他在平房里栖身。

"啊哈哈，你们来啦。"他打招呼的声音似唱腔，给人一惊一乍之感。深陷的眼窝，因瘦而显得巨大的喉结，不由分说跃入视线，使人忽从他愉快的语调中抽离，心生一分悲凉。普通人无法想象，一个盲人如何在无尽的黑暗中摸索，完成日复一日的家务和劳作。五十七载的艰难生存之路，如果将过往的两万多个日子一点点摊开，其间布满了多少荆棘、多少泥泞？

环顾四周，陈开财的生活还是充满了烟火气。门楣上贴着"福"字，屋子的东侧围着菜地，菜地的上方晒着蒜种。南面的白墙上，写着一串醒目的数字。近前看，是他的电话号码。走进屋内，除了必需的家常用品，几乎看不见任何多余的装饰。一张小方桌在厅子正中摆着，几把竹椅沿着墙根整齐排列着，倒也收拾得干净整洁。

"喝茶。"

"不用不用。"

"眼睛多少能看得见吗？"

"看不见。"

在唱古文般一问一答的交互中，我们开启了倾诉与倾听的时光。

"我的命，好苦啊。"陈开财用力地吐出那个在心里重复了无数遍的"苦"字，仿佛道出了生命的全部真谛。

怎么能不苦呢？打四岁那年起，他就成了一个伸手不见五指的盲人。是的，他曾经看见过光明，看见过花红柳绿的缤纷世界，只是那样的好时光只持续了短短的四年。时日久远，他无法说清是怎样的一种眼疾，突然将他拉进了无边无际的黑。他只记得，眼睛生病了，又肿又痛，妈妈认为是长了钉，带他去找人挖钉。这一挖，眼睛里的筋膜坏了，他已接近半盲。

姑妈在赣州，听说侄儿的眼睛要瞎掉，催促着将他带到赣州去治，说是有个医生治疑难杂症很拿手。去了，第一件事是买珍珠。那时节买东西大都是一两分钱，珍珠却是那样贵，要一块五毛钱一颗。他们舍得下血本，买了四颗。"医生"使出了他的"偏方"，将珍珠加上铜钱、铝和针化成水，用来敷在眼睛上。

"药水"化好，涂进了四岁的陈开财眼睛里。就在大人们期待奇迹发生的那一刻，他的眼睛却"咚"的一声爆了，饱满的眼眶迅速瘪了下去，他的世界从此只剩下永远的昏天黑地。我在他加重语气的"咚"一声中心惊肉跳，抬眼看，他的神情里没有愤怒，没有悲哀，有的只是承受过所有的平静，一如暴雨过后云开雾散的水田。

无法确知他的记忆是否出现偏差，但四岁的陈开财确实失去了眼睛，彻底成了一个残疾人。用他现在的话说，是遭了殃，逢上了两个大劫。那时候他自然不知道，是贫穷和愚昧，加重了他的苦难。

在教育远未普及、医学不够发达的年代，迷信各种偏方奇术甚至妖魔神仙的人们比比皆是。几乎每一个顺利活到终老的人，都是闯过重重鬼门关的幸运儿。

他的苦，岂止是失去了一双眼睛？"唉——"陈开财长长地叹出一口气，"四岁那年，春天死了大哥，冬天我就瞎了眼睛。四个兄弟接二连三死去，十一岁，爸爸又死了。十二岁，家里只剩下妈妈、妹妹和我，我就要开始承担家务了。"

苦，像一道魔咒，牢牢地罩住了他。

"唉，我想，我今年十二岁，妈妈五十多了，越来越老，以后靠谁照顾？我的眼睛看不到，妹妹长大还要嫁人，我未来的路要怎么办呢？"长期的说唱生涯，让他习惯在每句话里添上语气助词。一声接一声的内心独白和自我追问，让听者追随他的讲述，为他的痛苦而痛苦，为他的担忧而担忧。

其实，他的每一次追问都是设问，最终都由自己给出了答案。

村里有人会做凳子，陈开财就想着自学做木匠。他下决心，要凭自己的力量造出一张靠背的方凳子。没有师傅手把手教，也没有专业的木工工具，所有的程序和样式，全靠手摸。哪里是方的，哪里是圆的，哪里要挖孔，一概用脑子记下来。没有斧头，就用柴刀削；没有凿子，就用柴刀背锤，把木头锤扁了，再一点点磨平。

终于，他照着人家的样，做出了第一张方凳子。说到这里的时候，他将急促高昂的语调放缓放低，似乎长舒了口气。

陈开财想做第二张凳子，再次爬上山梁砍树木时，被本村一个看守山林的堂兄抓住了。接下来，是一大段绘声绘色、自问自答式的讲述。他一人分饰两角，将过往的场景演绎得活灵活现：

"我想寻一条活路，做个凳子，你做长辈亲人的照顾照顾我。"

"啊，你会做凳子？哈哈哈哈。你这个瞎子装象骗人吧。"

"我们来比试比试，两个人蒙住眼睛，看谁能做出凳子，这样公平吧。"

看山林的堂兄不想比，跟着陈开财去看了他做好的凳子。这一看，惊呆了，情不自禁对着神龛里陈开财去世的爸爸说："矮鼻子，矮鼻子，你家里有人了，以后不怕了。"

命运关掉了一扇窗，又为他打开了另一扇窗。

在那之前，村里所有人都认为陈开财是个"废物"，什么都不会。

在那之后，看山林的堂兄默许了陈开财砍树的行为，只是叮嘱他晚上背回家，以免被人看见。

"师傅说我手脚不干净"

长久地沉浸于一个人的讲述中，陈开财或许感知到了我的疑惑。他站起身，熟门熟路地走进里屋。出来时，手中提着一个巨大的白色蛋形物件。

"这是我用木头造的蛋，你看像不像？"那"蛋"实在是太大了，鸭蛋、鹅蛋、鸵鸟蛋都不足以与之相匹配。那"蛋"又实在是太形象了，如果大幅度缩小，放在鸡蛋堆里，几可乱真。他还细心地在其中一头穿上一根线，好让它可以悬挂起来。

我提出给他和他造的"蛋"拍个照。他生怕"蛋"是脏的，说要洗干净再拍。我说不用，很白的。他欣然同意，提着"蛋"朝我笑，露出几颗十分扎眼的坏牙齿，像一颗颗裂开的松果。

他活在一个看不见颜色和形状的世界里，作品的状貌，无不来自他人的指点。别人说蛋是椭圆的，他打磨出一个椭圆形的"蛋"；别人说蛋是白色的，他买来白色的油漆刷上。

陈开财做过方桌、做过门、做过橱柜，家中物什，摸到什么就学做什么。再后来，他又无师自通，完成了家里的水电安装，铺好了地板，补好了烧坏的楼面。

其实，他做得最多的还是勾筒。"别看我眼睛看不见，什么都能造得好。我做了一百多把勾筒，很多人叫我做。有一次，蛇皮被一个小孩子割掉，人家说你要被骂死了，快叫你妈妈拿钱来赔。我说没关系，都割烂了，打他有什么用，不如我重新做。"他摸了摸琴筒上蒙着的一块色彩斑斓的蛇皮。那是一把勾筒中极其精微又重要的部位，必须绷得紧紧的，才能保证音准达标。

他拍了拍他的勾筒："你看，一点不会褪松，下雨也能用。"一把老旧的勾筒横陈在方桌上。这是我所见过的最独特的勾筒了，蓝色的琴筒、绿色的琴杆和琴头，一些旧漆已显出斑驳的脱落痕迹。不用说，漆是他自己喷的。他有些不好意思地解释道："本来叫卖油漆的拿黑色，他拿错了，就漆成了蓝色。"

事实上，少年时的木工尝试，只是陈开财证明自己头脑聪敏的一种方式。他的心中埋藏着更大的主张：拜一个师傅，算命也好，看相也好，唱古文也行，找到一条属于盲人的谋生之路。假使有出息，他还想成家立业，做一个上能养老、下能育儿，撑得起门面的男人。

只是，早已一贫如洗的家庭，根本无力支持他拜师学艺。

命运的转机发生在十六岁那年冬天。舅舅从上海回乡探亲，陈开财知道机会来了。早就听说，舅舅在航空公司工作，家境不错。他嗫嚅着，开口向舅舅借钱，说自己想学门手艺，以后好自食其力。舅舅一听，十分支持。其时，于都县段屋乡的段灶发唱古文十分了得，十里八乡鼎鼎有名，一家人商量后，决定让陈开财跟段灶发学唱古文。舅舅拿出一百元交了师傅钱，看到段灶发有录音机，又花二十元买了一台录音机。妈妈再找亲戚朋友借了七八十元，热热闹闹地办了酒席，包了红包，事情就算敲定了。

行完拜师仪式的时候，冬天的冷冽已经走到了一年的最末端，每个人都在期待即将启幕的春天。陈开财也是欢欣鼓舞的，想到从此可以走出这小小的山塘村，可以蹚出一条全新的道路，为自己和家人挣出一个未来，他几乎连做梦都要笑出声来。

提及段灶发，陈开财有着发自内心的骄傲："我师傅坐过飞机，去过南昌和北京天安门唱古文。他十三岁就拿到了金牌，是真正含金子的，多少人夸他了不起。"

然而忆起那段学艺经历，陈开财却有一肚子的委屈："师傅偏心，我出的师傅钱多，他只教了我四个唱本，别人却教了十几个唱本。还说我这也不好、那也不好。"正当我疑惑之际，他皱着眉头实话实说了，"师傅说我手脚不干净，一到他家就丢东西。其实是他家小孩干的坏事，每次钱少了都说是我干的。我遭殃啊，真是遭殃。"陈开财说着，端起了手边的茶缸，咕咚一声，像咽下满腹的不甘。

我问他跟师傅学了多长时间，他又一次唱戏般拖了长音倾诉所受的苦和难："哦呵，很短。本来定的三年，其实在一起时，莳田十天，割禾一个月，实际只跟了师傅二十天。住在我家时，我们养他，包吃住，吃好的。去他家时，我要带米，一天一斤。他去演出，只带了我三四回，要我听到他的口音来，什么表情又看不见，太困难哦。唉——"

比喻、夸张、设问、借代……陈开财深谙修辞之妙，语气和语调在不同的语境中随意切换。他将事件的起因和经过和盘托出之时，每每现出惊诧的神情，仿佛有什么大事即将发生。倾听者，思绪总是不由被他的讲述牵动着，为之悲，为之喜，为之恼，为之气。

我想，这便是一个艺人的基本功了。四十年的客家古文说唱生涯，那些如磁石般足以吸引观众的表演方式，早已融进了他的生命和骨血里。

还没等到正式出师，段灶发师傅中风了。往后的学习，全靠自己的悟性和勤奋。尽管如此，陈开财还是快速掌握了最基本的唱古文技艺。他用舅舅买的录音机录下师傅上课的内容，回到家里，一段一段地反刍。反刍了一段时间以后，他已经不需要录音机了，随意听人家讲一个故事，就可以编成一段古文。

陈开财买来古文书，打开录音机，请人把书里的故事讲给他听。他把故事情节记在脑子里，编成古文唱出来。就是用这种办法，他记下了一肚子的唱本。除了师傅教过的《曹玉林》《卖花记》《卖水记》和《楼花宝》，他又靠自己的努力掌握了六七十个唱本。那些《劝世文》《鲤鱼歌》《跌苦歌》等短小的老段子，更是信手拈来。

"全赣南没人记得我这么多本子，两三个月都唱不完。"他呵呵笑着，听任春风在他脸上荡起一层又一层涟漪。

只有勾筒不离不弃

陈开财的第一把勾筒，是自己做的。

叔叔是篾匠师傅，会做勾筒，也会拉勾筒。堂外公也有一把勾筒，不那么专业，却足以自娱自乐。妈妈向堂外公借来勾筒，给陈开财学拉。堂外公怜惜这个从小瞎了眼睛的外孙，手把手地教。陈开财从一个最简单的音符开始，聆听着、摸索着，小心翼翼地和一把勾筒交上朋友。

陈开财拿起了勾筒，定在双膝之间。一声一声，还原着当初的情景："我听，他拉，抓着我的手一寸寸摸过去。怎样握弦，怎样拉动，怎样绕线，怎样将手指按在合适的位置上……"凭着听力和触觉，陈开财摸清并熟练掌握了双手和勾筒的关系。

然后，他在外公和叔叔的指导下，开始制造勾筒。找到蛇皮，锯好竹筒，备好杉木和荨麻……有着做木匠的手工底子在，第一把勾筒，他做出来了。唯一的缺点是，蛇皮蒙得不是那么紧，不能算完全达标，但成就感和满足感是实实在在的。

有了自己的勾筒，他就可以行走江湖了。其实，听古文的百姓，才不在乎勾筒的音准呢，他们听的是混杂着泥尘的那股子土味儿。客家古文的弹唱，本身并没有乐谱，也没有一个放之四海而皆准的规范。不同的师傅有不同的曲牌，嫡传的徒弟也可以有别于师傅。表演现场，艺人可以根据故事、人物、情节的变化，在不离主曲调的基础上即兴改变弹唱方式。他们的表演充满随机性，可以一曲多唱，也可以将同一个故事唱出新感觉、新花样。正如世上没有完全一样的两片叶子，盲艺人也永远没有一个模子里刻出来的演出。每次聆听，都让人有耳目一新之感。

关于音准，是陈开财对自己的要求。在亲手制作了好几把勾筒，一次次背着它们行走江湖后，他终于琢磨出了门道，将蛇皮的四个角用铁丝拧紧，做出了标准的勾筒。譬如手边的这一把，他认为是满意的。

"嘿嘿，我学到了。"他得意地笑出声来。说着，握紧了手中的勾筒，信手拉出一段旋律。这应该是一曲喜调，只见他的左手手指在弦上飞快地滑动着、跳跃着，右手拉动的琴弦时张时弛，时而模拟出鸟声、风声、敲门声、切菜声，惟妙惟肖。欢快的曲子从这把蓝色的勾筒中流淌出来，闭上眼睛，仿佛能看见天空一派澄蓝，大地百花齐放，飞鸟在天地间自如穿梭、欢唱……

这一生，陈开财的勾筒拉得最多的，却是悲调。

他背着勾筒走村串户、四处流浪的那些年，每每柳暗花明，摸到希望的触须时，又一次遭受命运的重重击打。

"我好命苦啊。老婆娶回来两周年，就掉塘里淹死了。当时女儿刚刚一周岁，儿子出生才一百二十二天。"陈开财的话题，终究绕不过这一个"苦"字。

在唱古文最红火的那些年，陈开财攒下了一些钱。经媒婆介绍，终于实现了成家立业的愿望。那时他已年近三十，在农村人眼里，算是老光棍了。不敢挑，只有被别人挑的分。他感激着上天的眷顾，觉得有妻子儿女的生活比什么都有奔头。

他清楚记得，一九九九年，农历三月十四，那一天天气很凉，下着雨。他走出家门，拄着他的探路棍，挎着他的布袋子，走向了外面的世界。他要去唱古文、算命，去挣钱，孩子的出生，美好的前景，催促着他去挣更多的钱，去给妻儿挣来更好的生活。的确，一个无力耕种的农民，除此以外，别无生计。

他没有走得很远，等他闻讯赶回家时，妻子已经与他阴阳两隔。他摸到了妻子冰凉的手，冰凉的脸庞以及再也不能吐露温言软语的冰凉的双唇，不由悲从中来，放声号啕。妻子下葬那天，他手抚勾筒，边哭边诉，将自己的苦和对妻子的怀念编成古文唱出来，声声悲泣，闻者无不伤心落泪。他从上午唱到下午，唱到声嘶力竭，唱到泣不成声，唱到仿佛天都塌了下来。

陈开财从此鳏居，再没有寻到一个共度此生的伴侣。他的残疾，他幼小的儿女，让所有的女人唯恐避之不及。他认命了，只想一心守护好这个残破的家，将儿女抚养长大，盼着他们早日成人，改写家庭的命运。

屋漏偏逢连夜雨，几年后，老妈妈疯了，无法继续帮忙照看孩子。陈开财只能将一儿一女送到外公外婆家，隔三岔五把挣来的钱送过去。妈妈疯了三年，陈开财在担忧中度过了三年。他一边四处唱古文挣钱，一边照顾妈妈。"这样的日子实在难熬。"他的声音低沉下来，眼角隐隐现出泪光。最终一场大雪来临，八十一岁的疯妈妈摔到水沟里，冻死了。

在艰难的岁月里，陪伴和慰藉陈开财的是那把勾筒。无论春夏秋冬、白天黑夜，无论屋角厅堂、树荫凉亭，它就像一个不离不弃的亲人，在他沉默时安静地待在身侧，在他演唱时配合他诉说悲欢离合。它好像是他的另一张嘴，替他在人间呜咽、歌哭、嬉笑、怒骂……

他拉着勾筒唱《跌苦歌》："三月跌苦是清明，家家户户杀头牲。有钱人家杀只猪，跌苦表哥只砍半斤。"唱着唱着，觉得自己就是那个跌苦表哥，连累去世的亲人也跟着受穷，他戴着墨镜的眼睛时不时有泪水悄悄滑落。

当然，为着艺人的生计，他不能一味地沉沦于个人的悲伤。有时候，他需要拉着欢快的曲调，给请他上门的主家唱喜庆的《鲤鱼歌》："唱歌要唱鲤鱼头，贺喜东家好事重重叠叠进门斗。十八仙姑谋花朵，读书郎子望出头。"

那些王侯将相的故事、平民百姓的故事，那些是非因果的故事、善恶忠奸的故事，无不怀着平民视角的朴素判断，诉说着孝老爱亲、惩恶扬善、邻里和睦等为人处世的道理。人们为可怜人而哭，为高兴事而笑，为好人得善报而欢欣鼓舞，为坏人被惩罚而拍手称快。

大量的客家方言，夹杂着乡间俚语，在勾筒一声声行云流水般的旋律中跳跃，轻易就将人们的思绪带入那条故事的长河，久久不愿浮上岸来。

"一类衰落，一类兴起"

每一种民间艺术，都在时间前行中悄然流变，客家古文也不例外。

曾经以神话传说、宫廷故事、穷人中举、悲欢爱情、处世良言为主的说唱，渐渐融入了时代的气息。

陈开财自称故事党，最爱听故事、讲故事。这些年，他的故事主人公不再局限于皇帝、丞相、状元和进士，讲述的内容也不再局限于家长里短、爱恨情仇，而是一程一程地追赶着年代和事件。他编唱了许多新段子，从毛泽东思想、共产党新社会，到绿水青山就是金山银山，再到乡村振兴、小康社会。每一段变迁，都留下了他与勾筒亲密合作的袅袅余音。

信息的来源，起初是一台录音机，后来是一台电视机，他像一只生物波定位准确的蝙蝠，清晰地辨识着自己的方向。历史时政、国家大事、重要新闻、人物名姓……他敏锐地捕捉着反复出现的新鲜词汇，并牢牢记下，将它们编进自己的作品里。

　　二〇一五年，陈开财被列入市级非遗代表性传承人名录，二〇一七年又成为省级非遗传承人。其实在这之前，他已经在文化馆的安排下，开始出现在一些正式场合。他捧着勾筒，从地台走向了舞台。这些，是师傅、师爷、师祖们做梦都不敢想的事。无论如何，他改变了历代盲艺人难登大雅之堂的现实。他说唱的内容，也从单纯取悦观众加入了更多宣传元素。单靠唱古文行走江湖，已经不足以谋生糊口了。他无比清楚自己的现状，迅速地找到了新的角色定位。

　　"农民老表大家好，吃了共产党的槐花蜜，不要忘了共产党的槐花树。"他一句句念出那些年编过的唱词，嘿嘿笑着，神情里有着居乡野而知天下的自得。他讲到与记者摆时事、议政策，一听就懂，一说就让记者服气；他讲到自己编过一个现代故事《三斤狗》，被人拍下视频发到网络上，喜欢的人非常多。"很多明眼人都不知道的，我记得牢牢的。"这是一个自卑了一生的人千辛万苦追逐到的自信。

　　一个从未进过学堂的人，一个被方言俚语喂养长大的人，当他说出满口像样的普通话，当他一遍遍地证明着自己头脑聪敏、记忆力超强，我似乎明白了他的艰难挣扎与良苦用心。我想起余华的小说《活着》，历经磨难的福贵，不也曾拥有过幸福和快乐，拥有一份唯自己才懂得的满足与信念？在旁人眼里，陈开财无疑是一个可怜人，于他自己，却俨然活出了作为人的尊严。我甚至想，这样的活着，其实更接近了生命的深度和厚度。

　　长年的流浪生涯，陈开财与儿女亲密相处的时光并不多。我能想象他们是怎样地野蛮生长，被寄养，被他人嘲笑或歧视，父亲的概念，更多时候只是一个干瘦的远去的背影。他不能保护他们，不能给他们宽厚的胸膛和无处不在的爱。最重要的，连物质的需求都很难得到满足。

　　两个孩子在希望工程和教育补助的扶持下，勉强上到了初中，又先后在初二辍学。是他们自己不愿意去的，打都打不进校门。对孩子的希望有多大，陈开财的失望就有多深。女儿外出打工，从此很少回家。他不知道她在外面挣了多少钱，对将来有什么打算。只是觉得，这个女儿已经不属于他了："她就是给我一百、一千也好啊，叫我一声爸爸，也不枉我生了她一场。"可是女儿除了要户口本和身份证，几乎不与他联系。

　　二○二○年，陈开财因肝硬化、胃出血住进了医院。儿子将带血的照片发给女儿，女儿依然无动于衷。陈开财的心碎了。

　　"儿子也不大争气，跟了一群小流氓混，住在于都县城，只知道回来问我要钱。"他感慨着自己受了多么大的罪，最终依然孤苦一人。在帮扶干部的安排下，儿子进了工业园的电子厂，上班两个月后，交给他一千三百元钱。这是儿子第一次献上的孝心，他捧着它们，像捧着心肝宝贝。他不忍心花掉，每次儿子回来，朝他伸手要钱，他还是习惯性地给出去。

　　自从生病后，陈开财外出唱古文的时候越来越少了。现在，他的主要收入来自低保金和残疾人补助金。二○二三年起，省级非遗传承人每年有五千元津贴。加上政府医疗保障，维持生活倒不困难。

　　难过的是，身为非遗传承人，他没有带过一个真正的徒弟。生活中，盲人本已极少，而他们宁肯去学按摩，也不愿意学唱古文。有几个明眼人跟他学过，开始觉得好玩，但没过多久就跑了。其实，从改革开放起，民间就没什么人爱听古文了。录像兴起，电视走进千家万户，人们的文化生活早已发生了天翻地覆的变化。比如他的儿子，不仅不爱听他唱古文，甚至他一唱就嫌烦。客家古文，正面临着独木难成林、后继无人的凄凉现状。

更多农村人涌向城市，他们在那里上学、打工，一年中只有短暂的春节待在村里。唱古文和算命等许多古老的行当，无不江河日下、濒临绝境。陈开财亲历过客家古文的红红火火，又无奈地接受了它的日薄西山。"一类衰落，一类兴起。"他仰着头，平静地说出万事万物的规律。

告别前，他振作了精神，要为我演唱一曲曾被百姓热捧的古文《叫花佬子要爸爸》。他喝下一大口茶水，然后抱着勾筒抚弦、试音。婉转的勾筒声响起，"十八搭"的开场白过后，故事开始了："我家的爸爸是主人，名字叫作冇结果，冇结果啊冇结果，仔就生到有三个，三个赖子（客家话，指称男孩）啊冇良心……"

勾筒声越来越凄婉，故事也越来越让人不忍卒听。故事讲到爸爸送铜钱给别人考状元，被儿子儿媳赶出家门，千方百计去寻死时，他的口中时而是爸爸的哭声，时而是媳妇的骂声，时而是儿子的吼声。他模仿媳妇的叫骂，声音尖细而刻薄。当爸爸走到野外哭诉时，他的神情悲悲切切，唱腔如泣如诉。在惊心动魄的情节和角色的转换中，他始终游刃有余，如若闭上眼睛，很难相信那只是一个人在激烈对话。

终于，故事里出现了一个叫花佬，要把爸爸带回家，给他养老送终。而叫花佬的妻子是那么善解人意："捡到个爸爸也好，请进来，请进来。"陈开财时而说、时而唱，将一个离奇曲折的故事唱出了温情，唱出了人间的善与爱，直唱到眉飞色舞、欢天喜地。

那一刻，他一定想到了自己的儿子和远走他乡的女儿。

长　歌

调

　　母亲行走在春天的田野里。那时候有风，轻轻拂动她年轻的发辫。她听见了"叽哩咕噜"的鸟叫，也听见了"咕呱咕呱"的蛙鸣。土路两侧，稻田里的春水被微风牵动，一层一层泛出细细的涟漪。

　　"春天嘛格叫呀嗬咳，春天斑鸠叫呀嗬咳，斑鸠里格叫里起，实在里格叫得好衣呀衣子哟……"[①] 歌声仿佛是被一种不可捉摸的力量送到了母亲唇边，她下意识地哼起了这支无数次在耳边回荡的采茶调。

　　唱词像被追赶似的，一声一声脱口而出："叫得那个桃花开呀嗬咳，叫得那个桃花笑呀嗬咳……"她的身体感应着大地的律动，感受着乡村物事在眼前、在耳边奔涌而出。桃花在开，杜鹃和蛤蟆在叫，蝴蝶在飞，蜜蜂在采蜜，农民纷纷下田忙插秧，万物都沉浸

---

　　① 来自赣南民间艺人所唱。

在热闹的欢腾中，与歌中唱到的情景是那样契合。

那时候我应该还在母腹，应和着母亲愉悦的心跳，在羊水中手舞足蹈。我的听力像春天的新芽一样迅速生长，迫不及待地打探着子宫以外的声音。母亲的歌声吸引了田间劳作的人，他们情不自禁地加入了唱和："你在那边叫呀嗬咳，我在这边听呀嗬咳。"而我则加速了在母亲肚子里的踢腾，那个充满歌声的世界，多么令人神往。

许多年以后，准确地说，是我念书至小学高年级，在音乐课本里再次遇见它以后，才清楚地知道了这首歌的歌名叫《斑鸠调》，是赣南采茶戏的一首经典曲目。我被采茶戏的腔调浆养和灌溉，在襁褓里，在缝纫机的嗒嗒声里，在母亲轻轻哼唱的歌声里，我一次次捕捉到那熟悉的腔调，无须刻意学习，那回环往复的曲调就烙印在了脑子里。

仅凭语音的模仿和孩子自以为是的代入，我一直以为"嘛格"是鸟类的一种，直到我上师范，接触到五花八门的方言，尤其是认识了许多来自于都县的同学，才知道那是客家方言的另一种表述，意为"什么"。《斑鸠调》便是在意趣盎然的一问一答或男女对唱中，铺展开一幅生机勃勃的春天图景：万物竞相生长，人们有按捺不住的欢喜和期望。

在儿时的记忆里，去看"三花子"是最兴奋的一件事。村里来戏班子了，我被大人驮在肩上，眼睛也不敢眨一下地盯着戏台，就等着丑角"三花子"踩着矮子步出来逗笑。他们总是画着三花脸，且歌且舞，表情夸张，动作夸张，常常被女主角教训得服服帖帖，让我咯咯笑出声来。看戏回家的路上，便有男男女女的乡邻，津津有味地哼着采茶调，兴尽而归。

采茶戏，是赣南最枝繁叶茂的地方传统戏剧，自诞生的那一天起，便如此顽强如此深刻地根植于人们的日常生活。歌也好，舞也罢，表现的，总归是赣南乡村信手拈来的人事物景：哥与妹、夫和妻，牧童、樵夫或茶女，蛤蟆、金鸡、蚊子与蝗虫……它是如此通俗，如此接地气，甚至可以说土得掉渣，和阳春白雪相隔万水千山，但它却是九百多万赣南人魂牵梦萦的姿态和腔调。

只因它离我们的生活太近太近，仿佛贴着肌肤、贴着骨肉、贴着耳膜、贴着心跳，贴着长长久久的日月光阴。无论唱词如何变化，无论戏服如何更新，一个地地道道的赣南人，总能准确地捕捉到那熟悉的腔调，并与之灵魂相认。

当我和乡村生活渐行渐远，和采茶戏渐行渐远时，恍然发觉，搬到城里的母亲也有多年没唱过采茶调了。

一种深深的失落攫住了我，我四处去寻找记忆里的那个调。这些年，我屡屡被单位派驻乡村工作，我以为那里还有童年时熟悉的戏班子、熟悉的采茶调，可是我寻遍乡村大地，也没见到一个哼着采茶调走在阡陌田园里的人。

最终，我找到了赣南采茶歌舞剧团。二〇〇六年，赣南采茶戏被列入第一批国家级非物质文化遗产名录。这便意味着，曾经无比肥沃的采茶戏土壤已日渐贫瘠，需要额外的养分和培育模式，使之继续生根、发芽，开出团团簇簇的花来。

命

A面：陈宾茂

二十世纪五十年代，少年陈宾茂曾和所有兴味盎然的赣南人一样，围绕着戏班子四处转悠。为了看采茶戏，他爬过树、攀过楼、钻过大人的臂弯，他能将采茶调和丑角的动作学得惟妙惟肖，逗得人们捧腹大笑。

那时候他并不知道，采茶戏将会与他相伴一生。

我在赣南采茶歌舞剧团找到陈宾茂的时候，他已经和采茶戏痴缠了六十多年。一顶鸭舌帽、一件黑马夹、一张瘦削而表情丰富的脸，一九四六年出生的他，无论衣着打扮还是言谈举止，都比同龄人显得年轻、有生气。

"我这辈子就做了一件事，学采茶戏、演采茶戏、教采茶戏，三句话不离本行。总之，做什么都跟采茶戏有关。"半是自豪，又半是自嘲。入行前，母亲曾对他说："世上三样丑——剃脑、戏子、吹鼓手。"母亲打心眼里不想让儿子走上戏子这条路，可是他别无选择，母亲也别无选择。

陈宾茂总觉得，这就是命，逃都逃不掉。

出生于九江的陈宾茂原本叫浔生。如果不是身逢政权更迭，时势波云诡谲，他应该作为大户人家的富裕公子过着衣食无虞的日子，走在中国人传统的考取功名之路上。他的父系和母系，都曾是有头有脸的大家族。父亲原籍福建，在黄埔军校第四期毕业，参加过抗日战争；母亲原籍南昌，毕业于江西省立南昌女子职业学校，担任过小学教员。战乱时期，一家人四处流离，一路往僻远处走，最后在祖父做过生意的会昌县落脚。

新中国成立后，父亲作为开明人士被政府善待，成为会昌县政协委员，过了一年相安无事的生活。然而一九五〇年底的一天，父亲接到通知出去开会，再也没有回来。一九五一年，父亲唱着文天祥的《正气歌》赴死。那时的陈宾茂还小，母亲只是以泪洗面，并不与他说什么。等到他读小学时，一次次被同学歧视、欺负，他才隐隐意识到，这一切应和父亲有关。

特殊的出身，从童年开始，就将陈宾茂钉在了耻辱柱上。虽然成绩优秀，但他不敢与人对视，更不敢与人对骂，只怕招来更疯狂的打骂。他们的财产被抄没，随之而来的是极度贫穷和饥饿。为了换些饭钱，他们变卖了仅剩的几个箱子，扒下了门户上的铜钉。母亲再也教不成书了，她唯一的出路是脱胎换骨当农民，去参加互助组、初级社、高级社、人民公社，去自食其力。

几年之后，曾经家有丫鬟的母亲成为一个真正的农妇，挑得起一百多斤的担子，使得动犁耙辘轴。即便如此，他们一家并没有过上能吃饱饭的日子。为了活命，母亲忍痛答应将十岁的儿子过继给会昌县珠兰乡龙车村一户同样姓陈的农民家。他们无儿无女，曾是陈家的佃户。

人家问小浔生："你愿意去吗？"他可怜巴巴地说："有饭吃就去。"在立下过继字据的那天，小浔生正式改名为陈宾茂。去一个陌生的地方，让世人忘记他原来的名字、原来的成分，母亲可谓用心良苦。她的心里还埋藏着一个不曾启齿的小心思，将来有了子孙后代，仍旧姓着和父亲一样的陈。

正是在龙车村，陈宾茂开始接触并爱上了采茶戏。那时候人们把戏班子叫作三角班，把演戏的叫作戏客人。三角班一来，人们就欢天喜地地喊："戏客人来了。"戏台搭在祖厅里，陈宾茂就飞奔过去看热闹。丑行一出来，喜欢即兴逗小孩子玩："小孩小孩你过来，你长得蛮标致，一双眼睛滴溜溜。你的饭都吃光啦，分一点给我吃好不好？"众人便在这随心所欲的逗乐中开怀大笑。陈宾茂瘦小、机灵，最爱挤到台前去，于是便经常成为被逗乐的那一个。

他并不胆怯，反而觉得好玩得很。

龙车村分为上村和下村，逢年过节上下两边就斗开了锣鼓。村民们拿着自制的唢呐、勾筒、锣鼓，使劲地吹啊、拉啊、敲啊、唱啊，唱的全是采茶调。陈宾茂因长相俊俏，总是被村民们拿手帕和围巾装扮成女娃，也叫姣童，跟着队伍边扭边跳。而他，总是比别的小孩学得快、跳得好。

他得意于自己的天分。一个吃不饱饭的孩子，在这里得到了养父母的宠爱，拥有了广阔的天地和自由。最重要的，民间的乐器和歌舞给予他最初的艺术启蒙，也让他懵懵懂懂地感知到某种召唤。

小学快毕业时，赣南文艺学校的张经高老师来会昌小学招生，能歌善舞的陈宾茂被班主任推荐参加选拔。班主任知道陈宾茂的家庭处境，大哥二哥初中毕业时考上了中专和卫校，却不能就读，陈宾茂最好是小学毕业就走。离开会昌，去更大的地方，才是他的出路。

面试时，老师问："你喜欢演戏吗？"陈宾茂毫不犹豫地说："喜欢，我就是喜欢唱歌跳舞。"他唱了《社会主义好》，唱了《姐妹赛过穆桂英》，又朗读了一段课文，做了一节广播体操，就忐忑不安地回到了教室。同学们冷嘲热讽，纷纷起哄："哦，陈宾茂要去卖唱啰。"他咬着嘴唇，一言不发。

收到录取通知书的时候已是八月底，很多初中生已经去学校报名，陈宾茂还在龙车村放牛、放鸭，学犁田、学耙地。是班主任一直惦记着这事，让他的家人一定要去寻找录取通知书。录取通知书被丢在生产队的角落里，找到时已经蒙尘多日。一个有成分的孩子，有几个人会在意他的前途呢？二哥连夜跋涉了几十里山路送进龙车村，对着正在池塘里洗脚的陈宾茂大声喊："老三，考上了，是赣州的文艺学校。"

一九五九年九月五日，陈宾茂坐着木炭车来到了赣州城，成为赣南文艺学校第一届采茶班的小学员。

"小钟，我真是差一点就耽误了呀。幸好老师关心我，对我好，这都是命呢。"陈宾茂长吁了一口气，对我感慨道。

回看赣南文艺史，这一年恰是采茶戏由民间戏班转变为地方国营的头几年。其时，政府极其重视文化遗产的抢救、挖掘和整理，整合戏班子，改人、改戏、改制。为培养文艺接班人，赣南文艺学校采茶班应运而生，陈宾茂也因此获得了最重要的一次命运转机。

一九六八年，母亲精神崩溃，上吊自杀。直到二十世纪七十年代，他们一家依然在困境中艰难生存。两个哥哥娶不到媳妇，妹妹只好跟人换亲。可是她只能替大哥换一个，二哥怎么办？所幸，养父多方寻觅，找了个寡妇与二哥成婚，终得生儿育女。电视剧里的情节，在陈宾茂的家庭里真实发生。而他，是全家唯一一个因采茶戏跳出了命运泥淖的人。

谈及往事，尽管他竭力克制着自己的情绪，我仍从他的眼睛里捕捉到了泪光。

B面：王爱生

当王爱生开口说出"一辈子就做了一件事"时，我惊异于他和陈宾茂的异口同声。这是他们共同的生命经历，如此真实、如此接近于恒久。光阴在流逝，他们在一天天变老。待得老去之时，仍在采茶戏的天地里，痴痴守候。

从一九六〇年起，王爱生在赣南采茶剧团待了六十多年，从未离开过乐队。司鼓、乐手、指挥、作曲……退休后，与陈宾茂同被剧团返聘。无论角色如何转变，始终是围绕着采茶戏和采茶音乐打转转。

在戏剧行业中，如果说台前的演员代表着被人们追捧的 A 面，幕后的乐手则是鲜为常人关注的 B 面。一个人的从业经历，总是在不知不觉中锻造着人的气质。我在内心里悄悄掂量着两位非遗传承人的同与不同，陈宾茂是富有变化的活跃和灵动，眼前的王爱生，则更倾向于学者式的平静，一顶黑帽子、一件米色风衣，说话不疾不徐，显得气定神闲、从容淡泊。不难看出，岁月已经为一九四四年出生的他，添上了老年人特有的慈祥。

从稚气少年到古稀之年，他们用漫长的一生，丈量着采茶戏路上的坎坷，见证着赣南采茶戏的兴衰荣辱。两人同样在十几岁的懵懂时光遇上采茶戏，并为之长久痴迷。不同的是，王爱生是真正的农民出身，走上这条路，完全听从于内心，听从于兴趣，听从于命运的指引。

于都县车溪乡，是王爱生的出生地。彼时乡里有个俱乐部，哥哥在俱乐部的业余剧团当鼓手。也许是天生对音乐的喜爱，王爱生被剧团吸引，还在念小学时，就经常跟着哥哥去俱乐部玩。在那里，他尝试着打锣鼓、拉勾筒，也学着当演员上台演戏。那种由音乐带来的身心愉悦，天马行空的想象和发挥，将他引入了一个为之沉醉的世界。那时，他已经能用勾筒拉出颇有些难度的乐曲《百鸟归林》。

一九五九年，少年王爱生参加了于都县业余会演，第一次登上竞赛舞台。他表演的节目《一幅壮锦》获得了三等奖，奖品是一本笔记本，简直把他高兴坏了。那是艺术给予他最初的鼓励，牵引着他朝这条路越走越远。很快，他被于都县选中，参加全区业余剧团会演，坐着一条船，经贡江入赣江，第一次来到了赣州城。

那张参演代表证，他至今还像宝贝似的留着。一个从未出过远门的乡下孩子，对第一次见识到的大世面，无论如何都难以忘怀。是的，以前他只看过于都剧团的演出，可是在赣州，他看到了更加宽阔的舞台，更加精湛的表演，还有更加让他佩服的演艺界前辈。

尤其始料未及的是，这一次，十五岁的王爱生竟一举完成了命运的华丽转身。

当时是寒假，赣南采茶剧团正在面向社会招工，从于都来的同行都推着王爱生去考试。他起初有点胆怯，大家就说："去试一下，考不上你也不会少点什么。"王爱生就鼓足勇气去了。面试老师对王爱生的表现非常欣赏，他们用客家话悄悄交流："这个小孩还不错呢。"王爱生听懂了，心里就有谱了。老师让他留下地址，回去等通知。

回到于都，于都剧团又想请他入团。还在上初中的王爱生一时成了香饽饽。见识过大地方和小地方差别的他，毫不犹豫选择了赣州。

一九六〇年二月，王爱生正式到赣南采茶剧团报到。十六岁，就作为随团学员正式参加工作，端上了体制内的铁饭碗。他有一些惊喜，负责带他的师傅，正是当时的面试官。更惊喜的是，赣州城经常有大型演出，他看了很多采茶戏经典剧目，还看了东河戏，真觉大开眼界。

在乐队，一切从当学徒开始。作为新人的王爱生很自然地成为一个打杂的人，捡谱架、夹报纸、收拾东西，他每天都像个陀螺似的勤快地转着。同事们喜欢这个脚不点地手不闲的年轻人，都以他的小名"小胖子"称呼他。第一年，他自学了简谱，从此自己会打拍子，能看歌谱。空闲下来的时间，他喜欢看报纸、翻字典，因为心知文化水平不高，他便刻意地提升自己。

"我早年翻烂了三本字典，不然后面怎么能写那么多论文？"王爱生不无自得地嘿嘿一笑。在他的手边，摆着一本绿色封面的《赣南采茶戏音乐》，封面赫然印着"主编王爱生"几个字。出书，是他最高兴的事。多年的研究和累积，他早已著述颇丰。一个初中未毕业便参加工作的人，若非刻苦自觉学习，如何能够做到？

学徒时，乐队的队长姓钟，是拉琴的；副队长姓蔡，是打鼓的。那时，赣南采茶剧团在赣州瑶府里的老剧院，每天早上六点半，剧团的起床铃声一响，王爱生就起来拉琴。钟师傅经常拉老调给他听，他特别喜欢钟师傅演奏的《三句板》《送郎调》《打鞋底》《喂是喂》《对花》等传统曲牌，学得像模像样。拉了两年，蔡师傅说："你不要拉琴了，跟我学打鼓吧。"王爱生满口答应。谁知队长却说："打鼓我也会，我来教你。"这事颇让未经世故的他感到尴尬。事实是，他的勤奋和悟性，两位师傅都看在眼里，记在心里，都愿意对他倾囊相授。后来，王爱生拜过不同的师傅，每每也担心师傅不高兴，但钟师傅从来没有怪罪过他，而是像只护雏的大鸟，欣慰地看着爱徒越飞越高。

王爱生成了团里最器重的好乐手，并由此开启了一项音乐界的先河——一人二用，打鼓同时兼小锣。方法是他自创的，左右手分开打，起初很容易同手同脚，练得多了，慢慢达到一心二用。说到这，王爱生口中唱着"一二三，衣打，咚咚嚓"，双手敲着桌子，当场演示起来，虽两手各有各的节奏，却配合得天衣无缝。我学过弹琴，深知这样的节奏感和控制力，远非一般人所能抵达。

在一年的苦练中，钟师傅始终甘当绿叶，做他的陪练。回想当年的练习过程，王爱生仍感念生命里的幸运："感谢师傅，如果不是他陪练，我一个人练不出来。"一九六四年，王爱生用这种方法排出了第一个戏《漆匠嫁女》，证实了它的可行性。一九六五年，他们在江西省文化工作队会演中表演《山林保》，便是王爱生一人司鼓兼小锣。

这个方法甫一出现，便被各地争相效仿，有效解决了地县级剧团编制和经费有限的问题。从那以后，几乎所有的赣南采茶戏演出都是司鼓兼奏小锣，一直延续到今天。

"这应该是中国戏剧史上的创举了。"我说。王爱生抿了一口杯中的绿茶，露出淡淡的微笑。

茶

记忆中的第一片茶园，在距离故乡麦菜岭两里路之外。

母亲哼着采茶调，领我走进绿绿的茶畦间。她采摘下春天的嫩叶，再沉甸甸地背去茶厂称重。而我则是一个不称职的帮手，更多的心思被生动的自然牵引。农闲时节，像母亲一样去茶园帮工的女人很是不少，她们像迷恋春蜜的蜂蝶，长久地徘徊在茶畦间，并不时报之以歌声。后来，那片茶园在时代的优胜劣汰中，最终消失不见。但采茶调与茶园的关联，却在少年时给予我深刻的印象。

茶之于赣南客家地区，是一年四季皆不可少的美物。古驿道的茶亭里，日复一日有人供着茶水，为行脚的路人止渴；山区的农户家，隔三差五擂一钵擂茶，邀请左邻右舍共享。至于作为商品或贡品的茶叶，赣南古来品类甚多，品质也颇为可观。

赣南采茶戏的生发，便脱不开一个"茶"字。

《中国戏曲志·江西卷》载："赣南采茶戏是江西省影响较大的一个剧种，据考，它明末清初起源于赣南安远县九龙山。"

安远县古为山高林密之所，客家先民南迁到此，起初常为瘴气所伤。据史载：轻者口舌焦烂、头重眼花、便结尿赤，重者高烧头痛、昏厥休克，甚至危及生命。艰难的生存环境里，人们发现茶叶能清凉解暑、祛病除疾，于是在山林间大面积垦荒种茶，逐渐形成规模。在茶叶生产过程中，茶农渐渐编唱起以种茶采茶为主要内容的采茶歌，他们常常一边劳动，一边引吭高歌，既缓解了疲劳，又传递了情感。

明代，九龙山成为赣南主要茶叶产地，各路客商云集九龙山区进行茶叶交易。为活跃气氛，每逢春节、元宵、中秋佳节以及春茶开市，茶农客商聚集在一起，表演和观赏十二月采茶歌。一些歌手将采茶歌加入采茶动作，形成了连唱带跳的采茶舞。随着茶叶交易的繁荣和客家人的频繁迁徙，采茶歌舞从赣州流向广东、福建、广西乃至台湾等地，被人们广为传唱。

与此同时，"茶文化"热也在民间层出不穷，得到社会各阶层人士的积极应和。明代剧作家汤显祖的诗中就出现了"僻坞春风唱采茶"的句子；《牡丹亭》有一幕剧写到南安太守杜宝来到城郊"劝农"，这时一对妇人持茶叶筐边歌边上场，唱道："乘谷雨，采新茶，一旗半枪金缕芽……"石城县崖岭熊氏宗谱中，有明万历年间重修的《熊休甫先生传》，其中载有："每月花晨，座上常满，酒半酣则率小溪唱插秧采茶歌……"可见当时采茶歌在赣南已相当流行。

关于赣南采茶戏的起源，我从两位老艺人的口中，听到了一个更为神奇的故事。

相传在唐明皇时期，宫中有位田姓乐师，因与舞女相恋，担心暴露后身遭不测，无奈只身逃离宫廷，混迹于客家人南迁的行列之中。他翻越了座座大山，蹚过了条条大河，几经周折，最后来到安远县九龙山。

秀丽的自然风光，满山满冈的碧绿茶叶，善良淳朴的民俗民风，深深地吸引了这位乐师，加上这儿山高皇帝远，不易暴露身份被官府发现，他便在此逗留下来，改名换姓为雷光华。

雷光华融入了茶农的生活，教人们吹拉弹唱。他精湛的器乐演奏技艺，吸引了当地的青年茶农。茶农们则向他传授种茶、制茶的技艺。久而久之，雷光华成了远近闻名的传艺师傅，并被历代艺人尊为赣南采茶戏的祖师爷。

早先，民间职业采茶戏班社皆立有雷光华的牌位，逢年过节或戏班演出之前，都要烧香敬奉，祈祷班社平安、演出顺利。据说，雷光华曾被官府砍断一条手臂，舞女为他做了一条长袖筒，用以遮掩残疾，这便是采茶戏中单袖筒的来由。

故事并未进入史载，对皇室宫廷的追根溯源，也许不无自证出身高贵之意图。

这似乎是一个悖论。在中国戏曲舞台上，剧目主题大都离不开王侯将相的大开大阖、公子小姐的莺莺燕燕。而赣南采茶戏，唱的多是赣南山民、田间脚夫的劳作喜怒和乡民的爱情生活，与阳春白雪和庙堂生活大相径庭。

四百多年漫长的光阴流转，赣南采茶戏的传承并非一帆风顺，甚至遭受过官府的致命打击。清元年，封建统治者视赣南采茶戏为"妖态淫声"，屡屡禁演，致使采茶戏日渐衰落。戏班和艺人为维持生计，不得不远走他乡，过着颠沛流离的艰难生活。

所幸赣南的茶园一直在，譬如九龙茶，清代便曾作为贡品，为九五之尊的皇帝和京城的达官贵人享用。也因此，采茶歌舞从来没有真正消失。封建统治者的好恶并无常性，一旦时机成熟，采茶戏很快在这片土壤里重新扎根，并旺盛生长。从茶山到农村，从农村到城镇，这充满乡土气息的艺术形式，再次如火种燎原般燃遍南方大地。在清乾隆、嘉庆、光绪年间尤为鼎盛。

乾隆年间陈文瑞的《南安竹枝词》准确地记录了当时的盛况："长日演来三脚戏，采茶歌到试茶天。"嘉庆年间有诗云："一脸烟灰十指黑，出看采茶也入魔。"光绪年间则有"琵琶斜拨月琴张，月下争看窈窕娘"的记载。采茶戏是有根基的，群众的喜好，是它存在与兴盛的依凭。

事实上，采茶戏在漫长的历史传承中，一直没有停止发展和演变。

起初，采茶歌只是以山歌的形式在茶区流传。后来，采茶歌与民间舞蹈和元宵灯彩相结合，由多位姣童扮演采茶女手持茶篮，边唱边舞，成为采茶灯（也叫茶篮灯）。我仍记得小时候每年元宵总要去圩镇凑热闹，看那一队一队化着浓妆的演员从街上舞过，我们将之唤作"搬茶灯子"。慢慢地，这些采茶女中又分出旦角大姐和二姐，加上一个丑角，形成了二旦一丑，也即三角班。

采茶戏虽为客家人南迁之后形成，从演出形式仍可窥见不少畲族元素，如扇子花和单袖筒动作中的龙头、凤尾和狗尾形象，采茶戏老艺人还有不吃狗肉的习惯。这些，是陈宾茂在六十多年的采茶舞中发现和总结出来的。只是，没有人去追溯渊源，也没有确切的文字记载作为证据。同在一片土地上生存繁衍，文化的交融从来都是如此，你中有我，我中有你，润物细无声。

一九七九年，由传统采茶剧目《九龙山摘茶》改编的戏曲艺术片《茶童戏主》搬上银幕，标志着赣南采茶戏已进入传统戏和现代戏并存的阶段。它不再是仅表演小戏的三角班，内容不再局限于劳动人民的生活场景，管弦伴奏和表现形式也愈加丰富。

近年来，赣南采茶歌舞剧团排演的大型现代采茶歌舞戏集歌、舞、戏于一体，多次获得"五个一工程"奖、梅花奖、文华奖等国家级大奖。《山歌情》《快乐标兵》《八子参军》《一个人的长征》……创作手法增添了太多现代的元素，剧目所包容的内涵也早已超越了从前的茶与灯。

赣南采茶戏由茶而生，又不仅仅停留于茶的范畴。历史长河中，万事万物皆被时代洪流推动，不息向前。

路

陈宾茂：日夜兼程

我听见若隐若现的歌声，从剧团的某一个角落，悠悠地传到接待室。时高时低，时清亮时深沉。我看不见他们的样子，但可以想象他们的全情投入。

训练，是艺人的日常，是跻身演艺行业不能绕过的下苦路。

"一天不练自己知道，两天不练行家知道，三天不练观众知道。"六十多年过去，陈宾茂依然能脱口背出赣南文艺学校练功房里挂着的诸多警句，"唱不离口，拳不离手。""吃得苦中苦，练出好功夫。""手脚时时变，口曲日日新。""练功知根苦，练功知果甜。"

一代一代的戏师傅是这样教的，一代一代学戏的孩子们也是这样练的。

从艺之路，从来都不可能一蹴而就。从十三岁考进赣南文艺学校到采茶班顺利毕业，陈宾茂经历了最严苛的培训和筛选。

彼时的戏师傅多来自三角班，沿袭的还是传统的带徒方式。陈宾茂行过三叩头的拜师仪式，从此每天一早起床，他就打好洗脸水，到林师傅房间去，踩矮子步、翻跟斗，练习规定动作。师傅洗漱完毕，开始手把手地教。走矮子步，是采茶戏的基本功。师傅让他练蹲桩，练到双腿发抖，练到冬天的棉袄都湿透。把高中矮三桩走好了，才算磨炼出来了。

上午，进入大课堂，老师们都会来，一个一个盯着。先是练习压腿、踢腿，磨炼腰腿功，然后是声乐课，学习识谱和基础乐理。下午是文化课，语文、算术都要学，还有珠算（以前戏班子算账都是凭一把算盘的）。吃过晚饭，去唱腔老师那里练唱功。晚上仍不得闲，乖乖进练功房温习动作。

那时教师多，三个师傅对一个学生，做功、唱功、念功、表演都有不同的师傅抓，半引导半催逼着成长。他们没有寒暑假，怕一回家功就毁了。"我几乎没有课余时间，上完大课上小课，像培养研究生那样。"陈宾茂带着调侃的口吻说。

从开始招生七十多人，到正式毕业只剩下二十七人，陈宾茂是眼看着同学们一个个被淘汰的，嗓子、脑子、身子、扇子，还有努力、兴趣，是不是这块料，成为学员们去留最基本的原则。陈宾茂一边暗自庆幸，一边愈加不敢懈怠。自己是没有退路的，他深深懂得这一点。练功服、练功鞋，整个学徒期的吃住，都由政府免费提供，只要学出头，还包分配工作，他有什么理由不牢牢抓住这样的好机遇呢。

他也有过担忧，入校的第一个学期，他年龄小、个子矮，被专业老师怀疑能不能长高长大，经常旁敲侧击问："你的爸爸妈妈有多高？"这真是一个令人悲伤的问题："天啊，我爸爸一九五一年就没了，那时我还那么小，哪里记得他多高？"

幸而他十分灵气，深得老师们喜欢。他太喜欢文艺学校了，对别人而言的苦，对他来说却是甜。这里有练功房，有打击乐器，有二胡，有太多好玩的东西，徜徉其间，真是如鱼得水。他剃了个光头，像个小人精，经常围着老师转，很快成为尖子生，被重点培养，连校长都亲自上手教。

一年过后，陈宾茂就可以上台演《睄妹子》了。他们在建春门大礼堂卖票演出，美其名曰勤工俭学、艺术实践，过年也不闲着。陈宾茂唱童声，十分出彩。语言是老师口传心授的，赣州官话或客家方言都要会，老师怎么教，就得怎么演。在众多学员中，他是唯一能够见子打子的多面手，让演正丑就正丑，让演反丑就反丑。早先的传统采茶戏没有女演员，有时候，他还要男扮女装，演茶女，演娇童，打茶篮灯。"哈哈，这太好玩了，很符合我的性格爱好。"想起那些欢乐往事，陈宾茂不由眉飞色舞。

那时他们没有想到，自己是那个年代的第一届采茶班学员，也是唯一一届真正的毕业生。由于遭逢"三年困难时期"，赣南文艺学校被撤销，采茶班也停办了。老师们或去剧团，或回到各县。陈宾茂心里万分难过，他不敢相信，这么好的老师就要从此分离。三年的朝夕相处，其实可当五年，彼此之间的情感早已胜似父子。他知道谁也改变不了现实，只能抱着老师哭得稀里哗啦。

毕业后，陈宾茂分到了赣南采茶剧团，走上了职业演员之路。

王爱生：心无旁骛

陈宾茂进入赣南采茶剧团的时候，王爱生已经在团里打了两年鼓。

一台采茶戏，看戏的人眼睛里盯着的总是台前的演员，殊不知，演员的表演节奏都踩在鼓点儿上。司鼓，往往是那个为他人作嫁衣者。正如王爱生所言："学打鼓最难的是奉献。"

譬如一台小戏，台上有主演、有配角，司鼓却只有一个。鼓手要设计鼓点，要教演员唱曲子，要知道速度快慢，既要懂戏，又要懂表演，还要和导演沟通，和打下手的人协调，不折不扣是多面手。

放眼戏剧界，这样的多面手，委实不多。

本身愿意学的人就不多。因为，这个角色太累人了。一出戏，导演排好后就交给指挥，而王爱生就是现场指挥。别人休息时，他还在排戏。排完了上一场，又是下一场，排完了这个人的戏，接着排那个人的戏。而他，竟有几十年除夕没有和家人团聚过。打鼓要作牺牲，万家团圆时，恰是王爱生工作只争朝夕时。

六十多年了，王爱生像一个不知疲惫的陀螺，在同一条路上不停地打着转。他早已记不清操持过多少场演出了，唯一记得的是从没失过手。"认真"二字，是他永不误事的法宝。哪怕发着高烧，也要拼命干活。至今，那些职业口诀仍是他时时念叨的金句："要眼疾手快，要眼到耳到心到。""打得对，要会背。"

他还总结了司鼓的要领：一套锣鼓，两人编制，三种合奏形式，四款记谱方法，五类锣鼓经。锣鼓经，出自前人的总结，每一个入行者，都必须背下来。王爱生不仅能背，还尝试着美化它。在他的美化下，打击乐像唱歌一样，有旋律、有韵味。说着，他随口哼了一段，我才知道，打鼓原来并不只是简单地敲出节奏，而是可以有自己的音色、自己的结构、自己的功能、自己的表达。

忽而想，任何一门艺术研究至深、技艺至精，再往前走，便是创新。

从业之路上，王爱生领受过诸多高光时刻。譬如，一九七〇年全省样板戏调演，他来到南昌与全省的优秀演艺界人士同台竞技。一个人，司鼓兼小锣，还有两个定音鼓、一个吊钹，加上指挥。在京剧界至少四五个人才能完成的工作，他一个人爽利地完成了。江西省歌舞团的一个资深艺人对王爱生竖起了大拇指："你这个打鼓佬，乐感非常好。"

也有被人轻视的时候。譬如，一九八七年剧团到省赣剧院参加首届中国艺术节，王爱生负责指挥乐队。从小地方到省团去，难免被小瞧，这几乎是一个惯例。上台之前，他能感觉到，一些省里的同行流露出了看不起的神态。尤其是那个弹电子琴的年轻人，对赣南来的小戏很是不屑，觉得那就是小玩意儿，没啥看头，甚至以为王爱生不懂五线谱。直到他从容不迫地奏响了音乐，对方才意识到此前做出了误判。等他演奏完毕，琴手真诚地走过来说："真好听。"

爱总结的王爱生，由此又多了一条从艺宝典：搞艺术的人，要谦虚。

的确，他的一身本事都是以谦虚的姿态学来的。有一年，剧团有一个外出观摩学习考察的机会，团领导和师傅都极力推荐他去，因为他是少数能讲的一个，手上有几篇研究文章可以拿出去交流。一个多月时间，七位团员只花了一万八千元，从赣州到福建、广西、贵州、云南、四川、重庆、湖北、广东，再回到赣州，几乎跑遍了大半个中国。他直言："那一趟学了不少东西，对我后来事业的发展至关重要。"

在与全国各地的艺术家交流中，他是有疑惑就问，碰到作曲就问，从来不担心被人看轻，为他以后的作曲之路打下了坚实的基础。在福建，他知道了鼓上压个秤砣，是为了使声音发生变化；在广东，他感受到市场对演艺界的影响；在路上，他看到副局长坚决不肯比团员吃得更好住得更好，深悟做人之根本。

从司鼓，到作曲，到研究、创作，到出书，王爱生像走进了一座曲折幽深的艺术宫殿，沉浸于采茶戏音乐的海洋。前方，永远有新的发现，永远有值得摸索的道路。他学习电子鼓，也打架子鼓，还学习用电脑合成音乐。"如果不与时俱进，我早就被淘汰了，哪里还能被返聘。"他说。

往常剧团一出门，要搬一堆乐器：京班鼓、皮鼓、小锣、高低梆子、小钹、苏锣……如今，只带一个箱子就够了。团里已经没有完整的乐队了，会打鼓的，还剩下三个。编制总是不够，经费也总是不够。靠演出挣钱的时代，一去不返了。

若想将采茶戏进行到底，不顺应时代又能如何？

师

偌大的排练厅里，摆着一张小方桌，一把高背竹椅。这，是采茶戏最常见的简陋而经典的道具。一直以来，采茶艺人便是在这极简的道具中腾挪辗转，表达出人类复杂的情感。

清瘦的陈宾茂站在这阔大的场地中，并不给人以孤零零的感觉。深厚的功力和强大的气场，使他一走上舞台就光芒四射，仿佛大厅中央的一根梁柱，顶住了天、立住了地。由于入选文化和旅游部"名家传戏"工程，他需要在这里拍摄一段作品，作为结项资料。

陈宾茂的表演，早已出神入化。我静静地站在一旁，不敢发出声响。此刻的他，更像一个顽劣的老茶童，时而挤眉、时而弄眼，似偷窥、似戏谑、似得意，表情生动传神。扇子花是采茶戏的三绝之一，甫一上手，一个演员的基本功便显露无遗。一把粉色的绸扇，在他手中舞成了四面繁花，前或后、左或右、高或低，跟随着灵动的眼神而摇摆，似有春风四起。一忽儿，他一手在前头高扬，舞成龙头；一忽儿，他一手在身后轻摆，舞成狗尾；一忽儿，他蹲下了身子，踩出滑稽的矮子步。那腿脚和腰肢，竟比年轻人还灵活、还柔软。

多少年过去，他的童子功没有丢，那是他谙熟了一生的手眼身法步，早已浸润到骨子里了。怪不得有人开玩笑说："陈宾茂跳交谊舞都像采茶戏。"

停下舞蹈，我们从排练厅走过，看见墙上挂着一帧帧剧照。陈宾茂一一介绍："这些都是我的学生。你看，这是杨俊，那时候他多小，刚分配到剧团时，顶多十七岁。"不用说，七十多岁的陈宾茂，在采茶界已是桃李满天下。

他曾经以为，自己会做一辈子的演员，谁知却做了一名戏师傅。

一九七七年，赣南文艺学校重启办学，一纸调令送到了陈宾茂手上。那时候，他在剧团正当红，全身心地投入传统戏恢复之中，《九龙山摘茶》《茶童歌》……排了很多戏，他都是主演。他不舍得离开剧团，但想想还是和最爱的采茶戏在一起，心中又多了几许宽慰。

当时的校名叫"江西省文化艺术学校赣南采茶班"，第一届学生，他带出了后来红透半边天的著名演员龙红。从演员变身为教师，他惊喜地发现，教学竟是提高功夫的最好方式。因为，要给别人一杯水，自己至少得有一桶水。"师傅传给我的，都要传下去，才能对得起我的牌子。"他说。

从前的戏师傅大多只负责一个行当，而他，几乎一个人把唱腔、台词、表演、基本功、腰腿功、排戏、教戏全包了。重返赣南文艺学校，上学时学到的功夫精华，都派上了用场。

采茶戏是民间的戏，老百姓的戏。采茶戏的动作，多来自对生产生活的模拟：摘茶、割禾、登山、犁田、插秧、推车、绣花、擦汗……无不惟妙惟肖，在诙谐幽默的打闹逗趣中，表达着农民苦中作乐的那股子活着的韧劲儿。艺术来源于生活，却又高于生活。在艺人们不断地美化中，生活中的动作全都化成了艺术。

别看它土，可要把这土味儿艺术地表现出来，一招一式都需要真功夫。四十多岁时，陈宾茂还亲自给学生示范翻跟斗、毯子功。翻跟斗有危险，一不小心就会导致脱臼或跌断腿，老师不在身边，一般不能翻。老师的作用是"抄"住学生，保证安全。"抄"这个动作，要求很高，要松弛、要灵活、要有劲，否则一脱靶，学生就容易受伤。他不无骄傲地说："从教三十年，我手上没出过事故。"无疑，这是责任心和技艺使然。

师傅传承下来的功夫教给学生前，要用心归纳总结。比如五指花、四指花、单袖筒、矮子步，每个老艺人都有自己的流派风格。陈宾茂要做的，是将这些流派风格浓缩和内化为自己的风格。把戏演活，是他毕生的追求。他常常对学生们说："只跟着别人跑没有饭吃。一个演员，不仅仅是在演戏，而是在玩味戏、玩味人物、玩味灵魂。"说到"玩味"二字的时候，他的眼睛半睁半闭，仿佛正在反刍一个重要的角色。

陈宾茂的演艺生涯中，演活了三个经典角色：茶童（正丑）、米童（正丑）和刘二（反丑）。三个角色都是丑行，是最底层的穷苦人。"头上一把扇，上身三花衣，下着灯笼裤，脚蹬旧草鞋"是他的经典形象。风趣幽默诙谐搞笑接地气的正丑，流氓地痞烟鬼酒鬼之类的反丑，都是他的拿手好戏。

再后来，陈宾茂专攻采茶舞蹈。采茶舞蹈，被称为"东方芭蕾"，对脚趾上的功夫要求很高。他那身段儿，就在日复一日的舞蹈中愈加灵活、愈加传神。一九八四年，陈宾茂应广东舞蹈学校之邀，把赣南采茶舞蹈编成教材，以口传身授的方式，将《睄妹子》人物的舞蹈原汁原味地搬上了课堂。一九九四年，北京舞蹈学院邀请陈宾茂共同建设赣南采茶教材，以同样的模式，将采茶舞蹈融进了他们的课堂。师生们可以利用采茶舞蹈的元素，编排出面目一新的现代舞蹈。此后，陈宾茂带着采茶戏走进了江西师大、赣南师大、南昌航空航天大学……走进了越来越多的课堂。

一个古老的舞种，一种以地方传承为主的戏剧，走向了更广大更新颖的天地。

陈宾茂认为，舞蹈表演是演出来的，舞出来的，不是说出来的。他的课堂，从来没有正襟危坐，没有枯燥说教，他总是随身携带着扇子和单袖筒，活跃在学生中间，载歌载舞，仿佛永不知疲倦。一群年轻人围在他身边，跟随他的示范，时而扇子花，时而单袖筒，在高桩、中桩、低桩不停变换的矮子步中旋舞。他的口中，不断地吐露出金句，譬如"五指花，头朝天，对天一盆火，朝天花一朵"，又如"老虎头，鲤鱼腰，双手峨眉月，脚底轻飘飘，腰腹收得紧，膝盖定三桩"。学员们便在这风趣形象的金句中，轻松掌握了动作要领。

从教三十年，陈宾茂最渴盼的是好苗子。个子不能太高，天分要好，胆子要大，还要能吃苦。可是愿意学采茶戏的男生越来越少，一个班往往就一两个男生。有些还是被家长逼着来的，为了包分配。若非这块料，死练也不行，只能指点他们转行。

教学模式也发生了太多的变化，一切严格按课表规范教学，双休日、寒暑假，一紧一松，许多练成的功又还给老师了。文艺学校的师资力量也越来越弱，学生多，老师少，很多老师没有上过台，以学术理论教学为主。事实上，学习采茶戏，更多要靠言传身教。于是，每到寒暑假，陈宾茂就把剧团的定向生叫过去，一方面抓基本功，一方面演员不够时就让他们上台表演。"两三个月，不能让他们废了啊。"陈宾茂感叹道。一个经历过艰苦磨炼的老艺人比谁都清楚，普遍的教育规律是一回事，演艺人才的成就则是另一回事。

二〇二一年，陈宾茂成为赣南采茶戏的国家级非物质文化遗产代表性传承人。这便意味着，除了教学，他还肩负了更多传承的责任与使命。比如，将视野延伸到理论研究。中国各地采茶戏五花八门，赣南采茶戏有自己独特的风格，外行人或不专业的研究者特别容易张冠李戴，混为一谈。

每当此时，他总是分外痛心。除了一次次纠正那些谬误，除了像一只啄木鸟那样拼命守护身处的这片丛林，除了更加倾心于教学和传承，他还能如何？

承

不止一次，陈宾茂止住话头，对我提及他的爱徒："杨俊，是采茶戏的福气。"

"杨俊是最后一个，也是最好的一个，我恐怕教不到这样的苗子了。"其间的感情不可谓不复杂，有骄傲、有欣慰，还有后继乏人的遗憾和无奈。

这时候，杨俊正坐在赣南采茶歌舞剧团团长办公室里，静静地聆听我们的对话。听闻师傅夸奖，杨俊诚恳地说："我很感谢师傅，是他一招一式把我带出来的。一晃二十多年了，师傅一直支持着我们，返聘时二话不说就来了。"

多年的师徒成父子。二十多年，他们在采茶戏的舞台上彼此成就，结下无与伦比的深情，着实令人眼热。从墙上的《耍香龙》剧照中，再次观察那个清瘦、秀气的十七岁少年，足可窥见他当年的俏皮灵动。在陈宾茂口中，这个最得意的门生已经超过了师傅，取各大流派经典之长，形成了自己的表演风格。

陈宾茂仍记得，杨俊十三四岁就进了文艺学校，师傅的口传心授，杨俊几乎一点就通。三年的学习，他比任何人都刻苦，总是一有空就进练功房，对着镜子琢磨舞蹈动作。他的胆子特别大，为了练轻功，他敢从二楼跳下来，还经常跑跳到墙上，掉下来，又跳。他的空中感觉非常好，能做很多高难度的动作，抱腿、空翻，以功带戏，每每让观众心服口服。

在他之后，再没有人达到这样的艺术高度了。

年逾四十的杨俊，如今成了赣南采茶戏剧界最忙碌的人，他是剧团的团长，还是戏台上的台柱子。管理、练功、演出、排戏、传承，哪一样都不能丢。

人的精力是有限的。师傅曾劝他只走专业，不做行政。他的内心也充满了矛盾，是的，繁杂的行政工作，太容易让一个艺术家丢失自己的专业。可是他又何尝不希望借助这个平台，推动赣南采茶戏的传承和发展？

还有一些矛盾，微妙而不可言说。当他作为一个演员，在戏里担任主角，捧回梅花奖、文华奖，在外人眼里都是天经地义的；当他作为一个团长，似乎又需要放弃抛头露面的机会，回避应该属于他的荣誉。

"可是，谁来接杨俊的班？"陈宾茂睁大了眼睛看着我，艰难地发问。

杨俊原籍瑞金，因工作关系，此后我对他又有了更多了解。他曾在肋骨折断之后坚持参加演出，忍着伤痛高水准地演到最后；为了演好《一个人的长征》中骡子一角的饿戏，他把自己饿了四天，仅靠喝水维持生命，直至体验到饥饿濒死的感觉；他的整个艺术生涯，几乎都在与伤病做斗争，最后，他与它们处成"朋友"，淡定地接纳它们的存在。

有一次，我们聊到排戏，他说："为演好一个角色，就是这样，需要不断地推倒、重建。"我想起了自己的写作，真正热爱艺术的人，是否皆如此，永远不满足，永远在路上？

传承，依然是他们心中的痛点。

这些年，采茶戏走得有点远了。客家话、赣州话、普通话，各说各话；为了迎合现代审美，排出来的戏增加了太多现代元素，无形中地方元素在逐渐削弱。走回头路，抓住采茶戏的核心，回归传统，重建采茶戏的符号和特征，才是非遗传承的根本。

于是，他们执着于统一程式、统一语言、统一"唱做念舞"的规范，只为使外界对赣南采茶戏有真正的认知，更为传统的赣南采茶戏在这片土壤里永久存留下来。

毋庸置疑，改革开放之后，人们的生活方式发生了太多改变。随着轻音乐、现代歌舞的兴起，电影、电视、智能手机的普及，采茶戏的观众在慢慢变少。相应的，采茶剧团也经历了几次削足适履之变。一九九八年，采茶剧团与文工团合并，编剧、作曲、编导、演员锐减，致采茶歌舞人才断层。紧接着二〇一二年院团改制，行政级别降了，又减了五十个编制。没有了专业学校，也没有了专业师傅，培养人才全靠看碟、扒带，或老职工回忆。

在一次次断臂之痛后，生存成了首要的问题。他们当然知道，赣南采茶戏一旦迎合市场，迎合观众口味，只能走向倒退。观众要看搞笑的，接地气的，甚至低俗的，他们怎么能这样做呢？更残酷的事实是，消费性的土壤没有了，文艺靠走穴就能挣钱的时代已经一去不返。编制受限之后，是人员的极不稳定。收入，是一个无法回避的问题。一支舞蹈队至少要十男十女，除了四名在编，其余全是聘用，每年都有聘用人员外流。

所幸编制仍然有，如陈宾茂、王爱生这样的国宝级师傅和杨俊这样正当年的顶梁柱仍然在，赣南采茶戏的传承便还有希望。

"千万要留到种来。"王爱生的希冀发自肺腑，"先前十个人的小乐队，如今是不可能保留了，但至少要有两三个当种子啊。"他知道，困于经济压力、现实问题，团里根本养活不了那么多人，只能退而求其次。

二〇一一年，王爱生被列为赣南采茶戏的省级非遗传承人。他曾教儿子打了两年鼓，他多么希望儿子就是那粒种。两年后，儿子直截了当跟他摊牌了："爸，我不是这块料。"儿子喜欢玩电脑、打游戏，对打鼓压根没兴趣。他气得直跺脚，可又全无办法。徒弟并不是没有，在广西交流的四十天里，他带出了一个最满意的徒弟，一说就能悟，可惜人在广西，终究难以传承衣钵。而团里学得最好的徒弟刘才茂，二〇一八年因高血压去世了。

幸而，他有他的音乐知己——同为非遗传承人的胡大春。二人一起做勾筒，复原勾筒正反弦。那把勾筒上并排刻着两个人的名字，见证着赣南采茶音乐里的高山流水情。

更多时候，这些年长的传承人走进大中小学课堂，一次次亲身示范，点燃兴趣，将赣南采茶戏的种子种在新生代的心田上。

你看，采茶广场舞都在赣南大街小巷跳了起来，谁能说他们撒下的种子，就不会在这片土壤里生根发芽，从幼苗长成大树呢？

歌

母亲老了。她不再有乌黑的发辫、轻盈的步子，也不再哼着采茶调徜徉于田园和茶园之间。更多时候，她安静地坐在客厅里，盯着那台大屏幕的电视机。最常锁定的，是中央电视台戏曲频道。她喜欢那些古老的唱腔、冗长的戏文，在一声声悠长的尾韵中回味从前的生活。

不用说，她会在电视里看到赣南采茶戏。有一次是杨俊演唱的《牡丹调》，他穿着相对现代的演出服，母亲凝神观看，似乎在使劲地回忆熟悉的采茶调印象。我告诉她，电视中唱采茶戏的演员是土生土长的瑞金人，她露出了难以置信又欣喜不已的表情。在她心中，土味儿十足的采茶调竟登上了国家级的舞台，简直不可思议。

还有一次，她看到了赣南采茶舞蹈《禾杠舞》，一群女演员肩扛禾杠，在青山绿水间的蜿蜒小道上且行且舞。乡村生活的记忆被点燃，于欢快的乐曲间一帧帧复活。禾杠，曾经是农村人日日相伴的物什，人们扛着它，去山上挑柴火，去田里挑稻草，有时，还用于敲下树上的野果、制服路上的长蛇……那是母亲的青年，也曾是我的少年。如今，我们都不再使用禾杠做农活了，可是《禾杠舞》还在，那些劳动生产的场景，那些无法抹去的乡愁，还被完整地保存着、演绎着，这多么令人欣慰。

去年，母亲用上了智能手机。没有人手把手带着，她无师自通地学会了刷视频。刷得多了，大数据根据她的喜好，总是为她推送赣南采茶戏的内容。她自然不懂那些，只以为手机能通晓她的心思，不由心满意足。采茶调重新在我们家咿咿呀呀地响起，母亲不知不觉就哼唱起来，哼着哼着就手脚不停地忙碌起来，仿佛年轻时的活力又回到了她的身体里。

有一天，我推开家门，见母亲眉开眼笑地握着手机，里面传来熟悉的采茶调。我走过去，原来她刷到了龙红演唱的《长歌》，那是王爱生记录整理的《送郎调之二》：

> 一送（里格）表哥（该只里格）柜子边，双手拿到（该只里格）两吊钱，一吊（里格）拿你（该只里格）零星用，还有一吊拿给你做盘钱，表哥听妹话，出门（里格）郎子（该只里格）爱惜钱……[1]

哥和妹，在赣南采茶戏中，实为情侣或夫妻。听着听着，母亲一定想起了从前，父亲总是三天两头出门，而他们的生活总很拮据，每一分钱都需要精打细算。日子过着过着啊，总算不再拮据了，而他们都已经老了。

时间不动声色地改变着世界，那些遗失的腔调又以另一种方式回到了我们的生活。四十年前的母亲，如何能够想到，需要长路迢迢追着三角班才能看到的采茶戏，如今动动手指就在眼前。我忽而想到，作为国家级非遗的赣南采茶戏，传承方式应该早已不再局限于舞台，不再局限于师徒之间的口传心授。

所有的声腔调，所有的歌舞戏，都在被记录、被传播，自然，也将翻越赣南的山山岭岭，通向辽远的未来。

那是一首永远也唱不完的长歌。

---

① 王爱生：《赣南采茶戏音乐》，中国戏剧出版社 2013 年版。

一江春水

一

从瑞金的绵江顺流而下,行至赣县,走向贡江之滨,去寻找一个接近鲐背之年的老人,寻觅江西最古老剧种之一东河戏的源头。我的鼻腔嗅到潮润的气息,尽管空气中依然裹挟着寒意,却能感觉到风比前些时温顺了许多。

这是一个春天,江边的青草认真地伸长着腰身,一棵桃树的枝头露出了点点粉意。时序更替,没有什么能够阻挡万物在季节里焕发新姿。就像一些远古的事物在时代前行中日益衰败,一些曾被人们热烈追捧的传统戏剧逐渐走向小众。

整整三年,我围绕着赣南大地,从一个县走向另一个县,从城市走到乡镇,从乡镇走到村庄。无数次翻越丘陵,或缘水而行,仿佛朝圣一般,去接近那些怀揣文化密码的人,那些攒着劲与时间为敌的人。

　　这一次，是一九三四年出生的东河戏第一代女艺人幸巧玉。

　　据《中国戏曲曲艺词典》记载："东河戏发源并流传于江西东河即贡水，故名。"一条江承载着厚重悠远的戏曲文化，汇聚于这片名叫赣县的土地上，迄今已有四百多年。

　　二〇一四年，东河戏被国务院批准列入第四批国家级非物质文化遗产代表性项目名录。二〇一九年，东河戏国家级非遗传承人钟烈萱去世。现在，幸巧玉是健在的东河戏传承人中从艺时间最长、年纪最大的一个。

　　在小区门口等候我的，是幸巧玉的二儿子。"妈妈身体不好，很久没有下楼了，今天早早起来收拾，电话一响就催我来接你。"他说。

　　我的胸腔瞬时涌过一阵热流。年事已高，行动、言语不便的非遗传承人，我已拜访过多位。我时常感到惶恐不安，担心我的到来干扰了他们的清静，影响到他们的健康，而他们中的任何一位，都以十二分饱满的热情迎接我的到来，将记忆中的人和事对我和盘托出。

　　也许，一种被时间催逼的恐慌时刻萦绕在他们的头顶，更也许，他们对终生从事的行当还有太多的不甘、不忍和不舍。一辈子在命运的江河中沉沉浮浮，眼看着热闹散场、往事寥落，总想为那份付诸过全部心血的事业留下些什么。

　　呈现眼前的，是一栋陈旧的步梯楼房。我跟在幸巧玉的儿子身后，吭哧吭哧地一直爬到顶楼第八层。一位闻名遐迩的老艺术家，住在严重影响出行的顶楼，除了生活拮据，还能是别的原因吗？

　　交谈中，幸巧玉悄悄告诉我，原本她想要六楼，包工头劝儿子说："你妈妈走不动，站在顶楼可以看到下面的风景。"事实是，当时的她根本买不起房，但人总得有个窝，咬咬牙，举债花九万三千元买了下来。

几十年前，她为了躲避家暴、摆脱控制，与第二任丈夫离婚，逃也似的奔出家门，放弃了一栋房子的分割权；退休时，她把剧团分到的房子让给了副团长："他妻子怀孕了，看他们可怜，我就让出来，自己住柴火间。"再后来，副团长卖了那套房子，挣了一笔钱，不复提及她当年的仗义一让。

这一天，幸巧玉老人以职业演员的态度，庄重而精心地拾掇了自己。大红的花袄，藏青色的花裤，眉毛弯弯地描成一对柳叶，唇上淡淡地抹过一层口红，一头已纯白胜雪的头发，也被仔细地梳理过。当她精神饱满地迎向我，又是让座，又是倒水，又是端出果品时，我竟怀疑自己是不是误读了她的年龄。

这时候，二儿子准备出门，半是嗔怪半是怜惜地对她说："我还不晓得，你一讲到演戏，病都没有了。"幸巧玉呵呵地乐了，接着说儿子最理解我。然后，她凑到我耳边说："好得有这个儿子，要不是他有孝心，恐怕你今天都看不到我了。"

她搬出一张矮凳子，让我坐在沙发上，说："两个人对着来才好讲。"我要和她交换位置，她无论如何不肯。也许，这是老艺人认定的礼数吧，我只得心怀忐忑地坐下来，同时摊开笔记本，打开录音笔。

幸巧玉的第一任丈夫，是童养媳结合的婚姻，情感不睦，和平分开了。他们育有两个儿子：大儿子一家在沈阳；二儿子为了照顾幸巧玉，从信丰县采茶剧团调回赣州，因嗓子不适合演戏，改行到林业部门工作。第二次婚姻，幸巧玉选择了同在剧团工作的舞美。原以为有感情就能得到幸福，真正生活在一起，才知道什么叫"女怕嫁错郎"。丈夫常常将她锁在房间里,不许她出去排戏。一个爱戏如命的女演员,如何能忍受这般折磨?从方家逃离出来,幸巧玉暂时住进了徒弟杨玉梅家,不敢将情况告诉自己的儿子。儿子得知消息后急得不行,立即找上门来接她:"妈妈,离开了好,咱们不要那房子了,搬到我家来住。"

严重的腰椎、颈椎病和白内障折磨了幸巧玉多年。曾经在舞台上明眸善睐、顾盼神飞的双眼,如今已视线模糊,右眼几乎无法睁开。她在演艺界摸爬滚打多年,留下的是满身病痛。最后,是那个从小缺少母爱的儿子为她洗头、洗澡,陪她上医院,给她贴膏药,拉着她走路锻炼,宽慰她,理解她,给予她一个安稳的、无忧无惧的晚年。

这无疑是幸巧玉的人生之大幸。我一边倾听,一边暗自唏嘘。

二

幸巧玉的一生,皆因戏而辗转流离。

"我的出生地?不确定。"面对我的提问,她有些伤感地说。二十世纪三十年代的流浪艺人之家,哪有什么固定的安身之所?戏演到哪,一家人就挑着行李走到哪,待产的母亲就把孩子生在哪。父亲是个祁剧演员,衣食来源全靠在戏班子里挣,作为家属的母亲总是一路跟随,煮饭、带孩子、纳鞋底……

如若这样的日子能一直平静地过下去,幸巧玉的童年也还算圆满。然而七岁那年,母亲突发急症,死在了演戏的地方。那个地方叫麻圩下,幸巧玉一辈子都不会忘记。当时,已经有了三个孩子的母亲又怀孕了。头一天她身体不舒服(俗称变症),掐人中、刮痧之后,略有好转。第二天戏班子要赶去另一个地方演戏,母亲没有力气，父亲就请人用箩筐一边挑着弟弟，一边挑着东西，母亲则拉着幸巧玉和姐姐走路。到了驻地，演员们纷纷挂帐子（旧时戏班以帐子为界睡觉）。"爸爸一边挂帐子，一边问这帐子有没挂平，母亲抱着小弟弟在喂奶，说挂平了，突然人就跌下去，死了，地上一摊尿。"讲到这里，幸巧玉已是眼眶湿润。

一个七岁的小女孩，亲眼看见了母亲的猝死，这应是她生命中第一次见识到悲凉。只是那时候年幼的她还来不及去想，这一桩悲凉将深刻地影响她的一生。

母亲被就地草草掩埋。一穷二白的人家，无力操办任何仪式。没有了家属做后勤，拖着三个小孩的父亲便无法演戏，只好领他们回老家。"老家在南康唐江，路过赣州卫府里，见到一个金鱼池，一个老庙，一般路过的人会住这里。爸爸就在这里把我卖了，卖给人家做童养媳。晚上住他们家，家婆带着我睡，给我好吃的，我好高兴，不懂是定了亲。第二天爬起来不见了爸爸，我哭得要命。"幸巧玉如念戏词般一口气说完了当年被卖的经历。

短短几天突然失去了母爱和父爱，幸巧玉陷入了无力挣脱的命运泥淖。她不敢跑，也不知道可以往哪儿跑，她只能学着乖巧、懂事、依顺，在新的家庭环境里求得立锥之地。

家公是与父亲一起演过戏的祁剧演员。演戏，是他们唯一的活路，也是他们能指给下一代的唯一出路。十一岁，幸巧玉就被安排去学东河戏。家公、家婆告诉她："学好了戏，才能挣到饭吃。"她懂，她是看见过演员们演完戏分钱吃饭的，她经常饿着肚子，眼巴巴地等父亲分钱，等母亲拿这钱去买米。

东河戏有一套约定俗成的学徒规矩：进班初期，必须自带伙食费；学会"跳刘海"（《八大仙》中的一个娃娃角色），班社免费供饭；

能在台上讲一言半语，可以领到菜金；能扮龙套、探子，走脚报信，就有少量工资。三年跟师，三年帮师，其间所得工资，均归师傅所有，学徒只能得到师傅派发的少量零用钱。

后来我意识到，讲述的过程中，幸巧玉提到最多的两个字是"吃饭"。"不演戏就没饭吃"，一句严酷的话，像一根凌厉的鞭子，催逼着她不停地练啊、记啊、背啊、唱啊、演啊……可以想见，饥饿曾是纠缠多年的梦魇，贯穿了她整个学艺过程，直到作为主角登台演戏，依旧没有完全摆脱。那是她的切身感受，也是那个年代底层艺人不得不面对的生存困境。

事实是，明清时期至民国初期，江西因着江右商与万寿宫的兴盛，尚属全国戏班子最受欢迎之地。湖南戏曲界有一句名言："要吃饱，江西跑。"湖南有很多戏班子长期在江西演出，其中祁剧主要活动在赣南一带，与东河戏并存，几乎是你中有我、我中有你的关系。进哪一个戏班子都是为混一口饭吃，这是幸巧玉的父亲幸三元和家公都曾跟随祁剧戏班演出的原因。当时有许多艺人，既能演东河戏，又能唱祁剧。幸巧玉从小耳濡目染，自然也能转换自如。

关于东河戏与祁剧的区别，幸巧玉即兴为我唱了一段。那是东河戏高腔经典剧目《抢伞》中旦角王瑞兰的唱词："满腹愁，母亲失散实担忧。耳听人马吼，忙向松林躲，只恐怕有人搜，有人搜。"当她进入演唱状态，原本苍老低沉的声音立即变得清丽婉转，高音和假声处理得珠圆玉润。她的头颈和上半身配合着旋律微微摇动着，眼神顺着兰花指的方向看去，仿佛在虚空中寻觅，又仿佛在险情里闪躲。忧愁、恐慌、祈求……那一刻，她似乎想起了永远失散的母亲。尽管只有左眼能够传情达意，依靠唱腔和神态的全方位调动，年迈的她仍将复杂的情绪表达得精准而细腻。

只需一段唱词，作为东河戏优秀艺人的素养和神采，立即将她与任何一位普通老太太区分开来。

一九五四年，幸巧玉曾作为东河戏《抢伞》的主演，在江西省首届戏曲观摩会演中获得优秀表演奖和银质奖章。我通过赣州市群艺馆的朋友，辗转从东河戏老艺人手中获得了人工记谱的手抄本《抢伞》词曲，主角王瑞兰的演唱者一栏赫然写着"幸巧玉"三个字，可见多年来她都是这部剧目当之无愧的主角。

《折柳阳关》《小尼思凡》《钗头凤》……幸巧玉提及东河戏传统剧目，如数家珍。"我肚子里装了多少部戏，哪个老戏我都记得，记不得我还算什么传承人？"那些唱词，早已深深地印刻在她脑子里。只需稍加思索，便能从存储中全部调取出来。

年近九十，生活中的许多事情都慢慢淡忘了，甚至，她连自己的出生年月都无法准确说出。她忘记了年龄，忘记了恩怨，唯独东河戏，唯独戏里的台词，记得毫厘不差，仿佛身体里隐伏着一台精密的记忆仪。

三

许多与戏有关的往事，随着一段动情清唱，绵密地浮出记忆的水面。

回过头来，幸巧玉看见十一岁的自己怯生生地站在师傅钟名鹄的面前。"学戏要吃得下苦啊。"师傅叹了一口气，对她说。有人说，一入戏门深似海。师傅自然知道，这一磕头，一拜师，对眼前这个矮小瘦弱的小女孩意味着什么。

学戏最苦是练功。从那以后，天刚蒙蒙亮，贡江边上就常常出现一个小小的身影：吊嗓子、翻筋斗、走台步、压腿、下腰、开山字、甩水袖……那是幸巧玉，唱、念、走，一板一眼、一丝不苟地苦练着师傅传授的一招一式。

更多时候，她跟着戏班子四处流浪，走到哪就在哪里练功。早上五点多，她就悄悄地起床了，艺人们都在一个房间里睡通铺，她不敢吵醒还在补觉的师傅，不敢穿着咯噔响的木板拖出门，再冷的天，都是赤着脚，手里抱一双练功的布鞋，蹑手蹑脚经过一个个帐子，走到外面再穿起来。

师傅是严厉的，所有的教徒程式皆按旧传统走。作为当年大名鼎鼎的东河戏艺人，既唱花旦又唱小生，戏路宽广的钟名鹄比任何人都懂得如何培养一名优秀的演员。

幸巧玉吃了太多的皮肉之苦。为了走台步、跑圆场好看，她在腿肚子上绑着两个沙包一遍一遍跑马路；为了开手腕，她让人用绳子反捆着双掌睡觉……胳膊肿到像馒头，身上到处是淤青，摔倒、受伤是她的家常便饭。戏班子每换一个地方演戏，原本空手赶路都有困难的幸巧玉，还要背着帐竹子负重跋涉。

最难的是从未进过一天学堂，大字不识一个。别人可以拿着台词慢慢反刍，她只能是听师傅教一句，跟唱一句，然后千方百计把这一句牢牢地刻在脑子里。五年学戏，一生演戏，每一段戏文，每一个字词，如何咬字、发音、吐词，都是她硬生生记下来的。"那时候一天到晚就讲学戏的事，晚上做梦嘴里念的都是戏词！"幸巧玉不无感慨。在艰难的学艺过程中，她已经养成了随时请教的习惯，"请你跟我讲一下"就是她的口头禅。所幸她有着引以为豪的好记性，只要别人讲一遍，就能记个八九不离十。

正沉浸于回忆之中，忽然门吱呀一声响，原来是幸巧玉的儿媳妇买菜回来了。打过招呼，她趄进了厨房。幸巧玉接着讲："不要以为我是文盲，不识谱，我唱了一辈子，自己的唱腔全都记得一清二楚。有一次，我发现他们演《抢伞》动了我的尾子。"

"尾子是什么？"我不懂戏剧专业术语，自然要问个清楚。这时她的儿媳妇从厨房里探出头来，大声解释道："就是唱到尾巴那里。"幸巧玉不禁开怀大笑，说："你看，我儿媳妇听多了，都懂了。"

聪颖、善悟、勤奋，对吃饱饭的极度渴望，共同推动着幸巧玉成为师傅的得意门生。十二岁，师傅便让她登台演戏，在《大杀四门》《盗仙草》等大戏中饰演重要角色。小小的年纪，矮矮的个子，装扮起来，嗓子一亮，架势一拉，舞台上的幸巧玉已然绽放出了自己的光芒。别看她稚嫩，一个下腰，头能埋到脚底下。观众看戏，看的是演员的真功夫，自然就买她的账。

"好在我有个好师傅。"往后的数十年，幸巧玉一次次如此感慨。她的艺名，也是师傅取的。她小名幸捡翠，师傅为她改名幸巧玉。这个名字，她用了一辈子，再没有改过。

钟名鹄唱念做打功夫一流，幸巧玉继承了他的功夫，也继承了他的荣光。直到今天，仍有许多当红的演员找上门来请教动作。"走台步，双脚要靠拢，走起来更好看。"凳子吱地一声响，幸巧玉已经站了起来，在我面前走起了台步。她的肢体，想必不复年轻时柔软轻盈，但那些融进骨血里的童子功，并没有随着时光的流逝离她而去。

东河戏又称赣州大戏，极其考验演员的艺术功底。它起源于赣县，却汇聚了全国诸多戏种的优长，昆曲、宜黄调、桂剧、安庆剧、弋板、南北调、秧歌调，西皮、二黄，赣州官话、客家方言……尽皆糅合其中。在几百年的漫长演变过程中，多种艺术元素恰如涓涓细流，汇入东河，最终形成了三行、九角，集高腔、昆腔、乱弹多种声腔于一身的地方戏曲剧种。

赣县，位于江西南部，因《山海经》所记"南方有赣巨人"而得名。自汉高祖六年建县以来，赣县便是贯通东西、呼应南北的水陆要道，中原文明与南粤文化在此群集交融，聚散合流。顺着东河戏的源头往上追溯，让时间倒流回明嘉靖年间吧。那时候，一种清唱的坐堂班在赣县流行。每逢吉庆节日、酬神还愿，坐堂班被雇主请来，围桌而坐、和琴而唱，唱的是一种受弋阳腔影响的"道士腔"。演员无须彩扮表演，形式简单灵活，至万历年间方才搬上舞台。后来，历代艺人和戏曲研究家认为，这便是东河戏的胚胎。

清顺治三年，赣县田村一带正式成立了以演唱戏曲《西游记》《三国演义》《目连传》等高腔连台大戏为主的班社"玉合班"，形成东河戏的雏形。此后东河戏不断吸收其他剧种的特点，增添演出的剧目，至清咸丰后，东河戏发展历程基本完善，成为真正意义上"三腔合一"的剧种。三种声腔齐头并进，异彩纷呈，各有所长，各怀绝技。据不完全统计，在东河戏最鼎盛时期，班社林立、名优济济，拥有声腔一千多种，剧目五百多出，曲牌三百多支。

东河戏又是接地气的，它把高雅的昆曲推向了民间，乡土化的吐字、通俗化的唱白，诙谐、爽朗、淳朴、大方，携带着浓郁的民间生活气息。从阳春白雪到下里巴人，雅俗共赏的东河戏唱腔赢得了最广泛的群众喜爱。直到今天，在贡水流域一带的乡村，仍保留着众多民间东河戏班，在传统节日和婚丧嫁娶时，人们都会邀请戏班唱上几台大戏。

从某种意义上说，东河戏是海纳百川之剧种。每个东河戏艺人的成长，都是博采众长、艰苦磨砺的结果。

四

早先，戏剧界有个约定俗成的规矩：传男不传女。历史上许多著名的花旦演员，都是男儿身。除了封建思想对女性的禁锢，个中还关联着难以言说的现实困境。

东河戏也不例外，最初没有女演员，旦角均由男演员担任，俗称男包头。大约在幸巧玉学艺前后，戏剧界开始作兴女包头，戏班子大量培养女演员。长年跟随戏班子行走江湖的幸巧玉，亲眼看见了社会加诸女演员身上的无奈和屈辱。

辛苦自不必说，戏班子一般是一个萝卜一个坑，无人替换，生意好的时候要唱到天亮，怀了孕也照样上场演戏。她们最害怕的，是受官僚和地主的欺负。

"过去的乡长、保长顶讨厌，他们看到女演员长得好，就要人家去陪吃饭、喝酒。"幸巧玉甫入师门，剧团就发生了一件大事。那是农历八月，剧团生意最好的时节，人人都在紧锣密鼓地排戏演戏。忽然有个好心的本地老表偷偷来报信，说一个当官的看上了团里的一个女演员，会来抢人。幸巧玉记得她是彭师傅的徒弟，长得特别漂亮。羊一旦进了虎口，自是凶多吉少，剧团负责人当晚就安排人把她送走了。

第二天演戏，逃跑女演员的角色由一位已婚女演员替代。官员不见这个女演员出场，大发雷霆，派人将戏班子搜了个遍。剧团里有武生，能打，好好的一场戏闹成了一锅粥。"我刚学徒不懂，吓得抖抖动。他们没抓到这个女演员，就把我们赶走，不让演戏了。"从那以后，幸巧玉再没有见过那位女演员。她也许流落异乡，继续朝不保夕的演戏生涯，也许早早嫁人，彻底断了演戏的念想。

更多时候，为了戏班子的生存，女演员们不得不出场应酬。小小年纪，幸巧玉就被师傅牵着走进乡长的饭局，对着那些看似威严的男人行礼，为他们清唱师傅教给的戏词。一切只为不惹恼乡长，准许他们在那个地方多演几天戏。在一个地方安安稳稳地驻扎下来，有固定的收入，能吃上饱饭或是难得一见的好菜，是艺人们最大的愿望。

幸巧玉出师的时候，时代已经换了新天。再没有官僚地主的欺负，再不用将姣好的容貌掩藏起来，女演员们告别了梦魇般的恐惧，可以在舞台上尽情地施展自己的才艺了。

与此同时，东河戏艺人的境遇也受到了政府的关注。一九五二年，以"改人、改制、改戏"为内容的全国"戏改"工作推进到赣州，文化部和江西省文化局派专员来了解东河戏的情况，幸巧玉所在的"玉洪台"戏班迎来了一次重大的命运转机。他们不再辗转流浪于乡村集市庙会，而是转移到赣州城内，在大华兴街的一个小剧场里卖票演出。在那里，他们和赣南采茶戏平分秋色，各演两个折子戏，一起吃大甑饭。虽然菜依然是稀缺的，但填饱肚子已经不是难事。

讲到这里，幸巧玉从小矮凳上起身，要进屋去找书："我去拿来，不要写错了。"言谈之间，能感觉到她对待演戏以及相关人和事无比严谨、一板一眼的态度。我跟随她走进了那个朝南的卧室。除了简单的生活用品，她的房间里摆放最多的，是和东河戏有关的物事：照片、书籍、奖章、行头、脸谱、戏剧人物摆件。

这时，整点的闹钟轰响。整个上午，楼下汽车喇叭声、商场广播声不绝于耳。几十年了，她就在这纷繁的嘈杂声中入眠，或从梦中惊醒。是的，这位老艺术家，好不容易垒下的窝，并不那么尽如人意。如今，我们见惯了当红明星的光鲜，坐拥豪车豪宅，动辄锦衣玉食，出行众星捧月……而幸巧玉在这套第八层的楼房里足不出户，和一位寻常老太太并无区别。她也曾红透半边天，只是所求无非饱饭安居。一道深深的鸿沟，横亘在时代之间，艺人的境遇天壤之别。

她取出一本厚厚的"书"，一页一页翻给我看。我注意到，她能准确读出其中的字句，主要依靠图片的提示。她指着钟名鹤三个字，告诉我："我师傅的名字是这样写的。那时候，多少人羡慕我，后悔没有拜他为师。"幸巧玉，是钟名鹤最后的一个徒弟，也是他最得意的徒弟。

这本"书"图文并茂，详细地记录了幸巧玉的整个演艺生涯。编"书"的人，是她的大儿子一家。"这本书印出来不容易。我没有文化，二儿子文化水平也不高。我把材料寄到沈阳，他们没有剧团工作经验，全靠电话里听我讲。"是的，我当然明白其中的不易，相隔万水千山，光是对每一张照片进行准确标记，尚需耗费大量精力，何况是她漫长而丰富的一生。若非母子情深，谁能有这份耐心？

我凑过去，与幸巧玉一道从这本"书"中回顾她的一生。除了文字介绍，里面还有许多异彩纷呈的剧照：《钗头凤》中饰演唐婉的剧照、《玉簪记》中饰演陈妙常的剧照、《芦荡火种》中饰演阿庆嫂的剧照……花旦、青衣，文戏、武戏，在华丽的头饰和戏服之下，有明媚的双眸、窈窕的身段、翩翩的舞姿，那些生命中的辉光，就这样定格在一颦一笑、一叹一念之间。

转头看眼前的幸巧玉，身形已经发福，行动未免显出了老年人的笨拙。美人迟暮，她絮叨着镶牙让自己破了相，腰椎移位让自己行动不便，动过手术的眼睛连讲话时都在痛。可是她在我面前始终强撑着一股精气神："你一个外行大老远跑来找我，对我们东河戏这么有兴趣，我一个演员，不仔细对你讲，我不是问心有愧吗？"
我登时肃然，心生一种要抱抱她的冲动。

如果不出意料，等我从这屋子里离开，幸巧玉会立刻躺到床上，
将消耗的精神一点点蓄养回来。"人都会老的，没有死就是大幸。"
她坦然地收下了缠身的病痛，并宽容了时间这个最大的敌人。

<h2 style="text-align:center">五</h2>

一九五四年，政府批准成立国营"赣州市东河戏剧团"，由钟
名鸽担任业务副团长。一时间，东河戏艺人的地位和生活发生了天
翻地覆的变化，老艺人们纷纷奔走相告，相拥而泣。

从草根到体制，他们拥有了固定的演出场所，新添置了大量的
服装、道具，获得了戏曲专家的入团指导。一九五六年，周恩来总
理在赣南观看东河戏演出，散场后合影留念，总理请演员坐在中间，
自己则坐在旁边。这些，是东河戏艺人们从前连想都不敢想的。

几经磨砺，这时候的幸巧玉很快成为团里的台柱子。除了不断
提升演技和唱腔，心无旁骛把戏演好，她不知道还有什么更足以表
达内心的激动和欢喜。

有孕在身之时，幸巧玉依然坚持上台演出。在剧目《下宛城》
里，有一段张绣追杀婶娘邹氏的武打戏。上场前，师傅特意叮嘱幸
巧玉："你身子不方便，演到那段打戏时，简单比画几下就过去。"
然而鼓声一响，幸巧玉马上入了戏，又是打斗又是翻滚，早把师傅
的嘱咐抛之脑后。台下观众叫好声不断，后台的师傅却吓得大气都
不敢出。戏演完后，幸巧玉才感觉肚子疼痛难忍，师傅心说不好，
动了胎气，赶紧找来医生诊治。所幸五个月后她顺利生下大儿子，

母子平安。

提及这段往事，幸巧玉笑言："当时心里只想把戏演好，要对得起台下的观众。"演戏的最高境界，是演什么像什么，把人物演活。观众都是明眼人，演员用了几分功力，他们心里门儿清。把戏看得比天还大、比命还大的幸巧玉，赢得了无数戏迷。他们对幸巧玉的喜爱，简直到了痴迷的程度。有一次，幸巧玉随团下乡赶庙会，一对白发苍苍的老夫妻为了看她的戏，一大早带着干粮从家里出发，赶了十几里的山路，看到幸巧玉上台，不禁老泪纵横。平时下农村演出，幸巧玉身上的行李担子，常被老表抢过去挑。

那真是东河戏的黄金时期啊，除了赣南各县区，福建的长汀、上杭、龙岩等地，都来邀请东河戏剧团前去演出。《白蛇传》《梁祝》《七姐下凡》等剧目常演不衰，场场爆满。每天节目预告的牌子一挂出来，戏迷们便带着席子睡在票房门口排队买票。剧场前的院落里，常常摆满了菜担、畚箕、尿桶、独轮车。它们的主人，全都钻进剧场看戏去了。

幸巧玉特别难忘一九五六年到北京参加文化部戏曲演员讲习班学习的情景。当时授课老师有京剧"四大名旦"之一程砚秋，程先生亲自示范京剧台步、甩水袖、出场、做派等表演程式，给了她很多启发。回来后，幸巧玉将所学大量运用于东河戏的身段动作设计，出演的剧目屡屡获奖。

作为一个东河戏演员，幸巧玉无疑是称职的。她代表江西出席了第三次全国文代会，她在东河戏艺术史上留下了太多经典的唱段和艺术形象。只是作为孩子的母亲，幸巧玉无法不感到遗憾和难过。她承认，自己根本不会带小孩。演出任务重，她长年奔波在路上，两个儿子生下来，她都没怎么带过，更谈不上一天天陪伴他们长大。

她的生命里，似乎只有演戏一件大事。除了演戏，她甚至不知道自己还能干什么。

这份亏欠，在年老体衰时，更深刻地折磨着她的内心。儿子对她愈贴心，她便愈发感到愧疚。当然，更多的是笃定、满足和庆幸。

贡水滔滔，时代的洪流在推动着许多事物革新的同时，也以凶猛之力，裹挟并覆盖旧的一切，使置身其中的人脚步踉跄，无力前行。

一九六八年，东河戏剧团停办，幸巧玉被下放到信丰县安西公社劳动。在那里，她从头开始，学习上山砍柴、生火做饭、挑粪种地、插秧割稻……她无比想念心爱的舞台，却只能默默接受命运的安排。当地群众得知她是东河戏名角后，经常请她唱上一段。为了听戏，一些好心的老表心甘情愿把她分内的农活干完。老表的热爱和支持，给了她些许慰藉，也让她始终坚信演员对社会的价值。

此后，幸巧玉辗转于信丰县采茶剧团和赣州采茶剧团工作。本来，她可以改行演采茶戏的，然而缘于骨子里对东河戏的痴迷，她无法说服自己改弦更张。那些年，她只能干些卖票、贴海报等杂活，成为剧团的边缘人物。

和所有东河戏艺人一样，幸巧玉盼望着有一天能恢复东河戏剧团。功夫不负有心人，她向相关部门递交的报告终于有了回音。一天，上级派人来调查，对幸巧玉说："从今天起，你不要卖票了，账交给李会计，你可能要去东河戏剧团了。"第二天她接到电话，通知她筹备东河戏剧团。幸巧玉的心，一下子激动得要从胸腔里跳出来。

幸巧玉四处奔走，筹钱、找场地、调演员、恢复乐队……千头万绪，终于被一个大字不识的女人捋顺了。一九八〇年，东河戏剧团重新成立。为了培养接班人，幸巧玉开始带徒。第一个徒弟便是杨玉梅，幸巧玉每天早晨五点起床教她练功，使她得了不少真传。

师徒二人感情甚笃，幸巧玉对她寄予了厚望。后来，杨玉梅留在剧团演戏，能唱西皮二黄，能演老戏《二度梅》。一九八四年，幸巧玉带队到赣南文艺学校东河戏班任教，加上在剧团带的徒弟，一大批年轻的东河戏演员逐渐涌现舞台。从前的拜师仪式被省略，带徒早已不再收费，幸巧玉无怨无悔，心中想的只是将东河戏一代代传承下去。

遗憾的是，花无百日红。一九八八年文化艺术团体整编，东河戏剧团再次解散，幸巧玉被调到赣南艺术创作研究所戏曲研究室工作，眼睁睁看着多年的心血付诸东流。次年，幸巧玉在黯然神伤中足龄退休。失去了体制的庇护，东河戏彻底沦落民间。剧本丢失、音响无存，演员们各奔东西，一种流传几百年，曾经拥有深厚土壤的古老剧种濒临消亡，岌岌可危。

一个演员的一生，能有多少黄金年华？回首往事，幸巧玉忽觉东河戏的境遇，多么像戏里的桥段，起起落落、变幻无常。

六

在赣县白鹭古村，穿过青石板路，一座古戏台伫立眼前。青瓦、红柱、翘檐，与"白鷺戲臺"四个白色的繁体大字，共同营造出悠远的意味。

早年，东河戏便从这一带发源。相传村里有一位王太夫人，原是苏州人氏，对昆曲十分着迷。她的儿子钟崇俨任嘉兴知府期间，常带江浙的昆腔戏班来白鹭村为王太夫人演出。为方便家人和百姓共同看戏，钟氏一门修建了"白鷺戲臺"。后来，深得王太夫人宠爱的"凝秀班"慢慢演变出东河戏。故事并未写入东河戏发展史，但儿子对母亲的孝心着实令人感叹，东河戏兴盛于白鹭村也非虚传。

这座古戏台，曾经是白鹭村最热闹的地方，东河戏一场接一场在这里上演，四邻八乡的戏迷云集其间，争先恐后只为一睹演员风采。一座古戏台，就是东河戏兴衰变化的晴雨表，见证了无数的人世繁华，也接纳了城市化进程之下的沉寂落寞。

时至今日，老一代的东河戏演员在世者寥寥，还在的，也大多年老体衰。东河戏传承人钟烈萱便在白鹭古村溘然长逝，永远告别了这座古戏台。幸巧玉记得，她曾经在这座古戏台上与钟烈萱一同演过戏。事实上，每一个老艺人的离去，都像吹来一阵寒风，令人心中不由一颤。

退休以后，幸巧玉组织一批东河戏老艺人，成立了一个老年戏剧团。于她而言，最愉快的事就是唱东河戏，哪怕每个星期唱一次，每次唱二十分钟都好。老年戏剧团活跃于赣南城乡各地如赣县、于都、宁都、兴国、瑞金，还有省内的广昌，抑或更远处的广东、福建。一边演戏，一边带徒，一边留住戏迷，他们为东河戏保存了一颗火种。在她珍藏的那本"书"里，有许多老年戏剧团在古戏台的剧照，其中一些，背景显见是白鹭古戏台。毕竟，这里的村民，骨子里流淌着东河戏的基因。每逢有戏开演，他们总是把戏台围得水泄不通，男女老少，挨挨挤挤，有的老戏迷情不自禁低声学唱。

是从什么时候开始，再也演不动戏了呢？幸巧玉无法指认一个确切的日子。她只记得，每唱一段，用于恢复元气的时间越来越长。渐渐地，就离开了舞台。其实，即便身体无碍，看戏的人也是一日比一日少了。改革开放之后，各种娱乐方式日新月异，从电影、电视、录像，到连接着网络的电脑、手机、平板，今天的人们，太容易获得影像的满足了。生活节奏的加快，使得快餐式的投喂无处不在，愿意挺直了腰板安静地坐在板凳上看戏的人，也只剩下少部分怀旧的老人了。

幸巧玉又何尝不是个怀旧的人呢？她担心着那些老戏会失传，坚持口述，整理出近百个老剧目。沉浸一生，她脑子里装下的几乎全是戏。戏友们常称她为"活剧本"，别人记不起来的唱词，她脱口而出。

难过的是，依然有许多老戏面临失传的境地。东河戏剧团解散后，幸巧玉最看好的大徒弟杨玉梅不再演戏。《珍珠塔》《斩三妖》《昭君出塞》……幸巧玉念及这些已经很难再完整排出来的老戏，总有一种惋惜萦绕在心头。"我不想把东河戏带进棺材里。"她真的很想振作精神，重演一遍，将那些老戏的台词和唱腔原汁原味地录制下来。可是，合适的配戏人在哪里呢？红花尚需绿叶配，演员们都是各记各的台词，如今花旦犹在，大花脸尚可，小生难寻。

东河戏被列入国家级非遗后，赣县文化部门派人去幸巧玉家学戏。幸巧玉相中了谢华琴和吕梅，一个有身段，一个有嗓子。两个年轻人在幸巧玉的严格要求下，每天早早赶来，傍晚离开。中午，幸巧玉把自己的房间让给她们休息，自己睡在沙发上。从指导化妆开始，幸巧玉一点一滴地教，将整套的《思凡》传授给了她们。趁着自己还能唱，她真想把什么都教给她们啊，可是二十一天过后，短暂的师徒时光结束了。工作、演出、家庭，现在的年轻人，无不在尘世中忙忙碌碌。再也没有哪个学徒会像她少年时那样守在戏班子里，与师傅朝夕相处，整整五年虔诚做学徒。

徒弟们一走，幸巧玉又陷入了深深的孤寂。由于行走不便，除了看病，她几乎从不下楼。偶尔，会有一些年轻人来到她家，安装好设备，请她做一场讲座。讲戏，也讲她的戏剧人生。但这些热闹都是短暂的，更多时候，她坐在沙发上打盹，在驱赶不走的疾病和疼痛中安之若素。

身体舒泰的时候，幸巧玉会站在阳台上看马路上的人和车熙来攘往，看道路旁的树叶落了又长。而在她看不见的另一边厢，一些演员正在排练新戏，《东河戏动漫书》已经发放到了孩子们手中，东河戏韵律操也在社区和学校欢快地跳将起来。

"柳啊柳，你颜色青青美如玉，笑傲风霜更浓郁……"东河戏传统剧目《折柳阳光》如是唱道。幸巧玉在舞台上唱尽了阴晴圆缺、聚散离合、悲喜忧愁、酸甜苦辣，回头看世间事，其实概莫能外。尽管总有一些老的唱腔被修改，或被重新演绎，但东河戏最初不也是从变化中而来吗？告别之前，我如此宽慰老人。

只是，我无法对自己的说法做到斩钉截铁。时间长河中，固守和发展，从来都是一对矛盾的共同体。我从八楼走下来，走到大街上，又走到贡江边上。我看见江水正在加宽它的领地，柳枝正在抽出新芽。我知道，在更广阔的天地里，会有秧苗插入水田，会有候鸟奔向春天。生生灭灭，无有止息。

恰似一江春水向东流。

至少我们可以留一盏灯亮在人间

匾　事

一

　　"升，再升，好——"年届古稀的萧天长仰起脖子，目光定定地盘住那块正朝高处一寸寸抬升的匾额。

　　那是一块"博士"匾，厚重的原木，朱红的底漆，烫金的大字，肩头披挂一朵硕大的红花。吉日、良辰、美酒，欢聚一堂的宗亲，一切都是充盈着喜气的。萧天长望着它，不知从何时起，眼睛里竟噙住了晶莹的泪花。他感到心中有什么东西也在缓缓地升起，究竟是什么，一时又说不清楚。

　　两个年轻人踩着人字梯徐徐拉动手中的绳索，所有人都被高处的亮光牢牢吸附，他们停止了喧哗和笑闹，神情肃穆，目光顺着匾额升起的方向缓缓攀爬，像看着一轮圆日渐渐跳出东方，四散它的光芒。钻进祠堂里来凑热闹的几条狗儿仿佛也被这庄严镇住，愣怔怔地站着，不再四下里闻闻嗅嗅争相觅食。

不多时，沉重的"博士"匾在萧天长的指挥下，被小心翼翼地固定在了祠堂的椽子上。"博士"二字是他亲手书写的，方正的楷书透着他一贯的书风：端庄、温厚、雄浑。博士的身份，本就拥有了站在塔顶被常人仰视的光环，而好的书法又加深了它的文化内涵和欣赏价值。

像一个身经百战的将军，萧天长差不多已经忘记，自己主持过多少场挂匾仪式了。光是这偌大的萧氏宗祠，就悬挂有堂号匾、功名匾……林林总总几十块匾。他挂过"义勇参军"匾，也挂过"人才辈出"匾，还重题过族内遗失的清代"翰林"匾。光是"博士"匾，也已经是第三块了。

但是这一次，萧天长总觉得有很多新的、不一样的情绪环绕着他，推升着他。这是上午九时，一天中最光亮最美好的时刻，他看见祠堂的天井上，斜斜地漏下一方淡金的日色。文化馆和非遗办的人看着他，一台摄像机对着他，这是第一次有文化部门和新闻媒体参加的挂匾仪式。他执拗追寻了三十多年的赣南客家匾额习俗，似乎已经不再是民间的事情，不再是他一个人在孤独守望了。

站在萧天长面前的艺术学博士萧艳平胸前佩着大红花，从头到脚都裹着春风，那么意气风发，那么卓尔不群。有资格在祠堂悬挂匾额的人，不多，萧艳平无疑是宗族中的佼佼者。

按照辈分，萧艳平应该是他的侄子。恍惚中，萧天长看到了一九六六年的自己，看到被梦想鼓胀过的短暂时光。那时候，整个会昌县仅有九十名高中生，他是其中之一，还担任着团总支书记。他的成绩像锥子一样冒着尖，好像随时都能把世界戳破。他带着天之骄子般的豪迈，正踌躇满志地期待高考的到来。他做好了一切准备去上大学，去光耀门楣，去实现人生的种种抱负……那可以窥见的未来，差不多已经向他伸出了橄榄枝。

然而命运之手并没有按套路出牌，一份《五·一六通知》从天而降，如一记惊雷，瞬间将萧天长的大学梦击得粉碎。他的心里，有一根壮硕的枝干咔嚓一声，说断就断。无数次憧憬过的大学之门，没有任何道理可讲地朝他死死关闭了。他常常想，如果时间再穿越几十年，允许他生长在这个时代，以他的聪颖、好学，那么今大祠堂里悬挂的"博士"區里，是不是也应该有他的一块？

五十多年以后，当萧天长重新回味那波诡云谲的十年，忽然觉得，自己就是在乱世中翻滚的一粒微小尘埃，被狂风吹到哪里，就在哪里安身立命。谁知道呢，阴差阳错间，他竟和區额结下了不解之缘。

掌声、欢呼声将萧天长的思绪拉回到现实。萧艳平博士正手持话筒，立于祖宗的神龛前，追怀先祖，抒发志向。讲稿是萧天长事先就看过的，通篇文言，字字铿锵。他欣喜地看着萧氏的好儿郎，一个个将文化基因带进这座祠堂，又递交给那些前来观看仪式的少年、孩童甚至襁褓中的婴孩。

萧天长对家族里走出的大学生、硕士、博士几乎如数家珍。他是萧氏宗祠理事会的副会长，每年夏天，理事会都要为氏族里新晋的大学生们举行庆典，他总是那个最积极也最忙碌的人。安排仪式，张罗酒席，归整秩序，这是属于南方也是属于学子的收获季节，他听着鞭炮在祠堂门口噼里啪啦地炸响，就像听着年轻时的理想在一节节脆响。虔敬献花的孩子，被隆重请到台前的有成学子，以及他们那被骄傲涨红了脸颊的父母、祖父母，戴着大红花拍摄的全家福，还有争相前来祝福的宗亲们，这充满仪式感的场景，总是像投进湖水的石子，激起他心中一阵阵晃荡的涟漪。

对命运的击打有多么不甘，萧天长就有多么热衷于宗族里教化育人的事情。

崇文重教、敦宗睦族，正是客家文化最根基的部分，也是客家人千百年来骨子里最看重的东西。

自宋元以来，中原地区战争频仍，生灵涂炭。饱受乱世之苦的萧氏一脉，先后从山东兰陵县一路南迁，最终选择了地理位置深僻、自带天然屏障的赣南，就此落地生根，成为历史上著名的"衣冠南渡"之一部分。客家萧氏，尤以会昌县分布最为密集。在会昌县白鹅乡，至今仍保留着古老的围屋，记录着远去的萧氏先民抵御外敌、步步为营的真实生存过往。南迁人群中多有士族望族，他们似乎始终携带着祖宗的密码，所到之处，无不修筑宗祠、延续家谱、重温祖训。求学、功名、出仕，成为他们光宗耀祖和实现人生理想的最佳选项。

的确，环顾这宽敞而幽深的萧氏祠堂，三进三厅间，悬挂最多的正是功名匾。每一块匾，又都是萧天长一笔一画、一刀一凿亲手制作的。

庆功的酒宴开始了。十几张圆桌排开在祠堂各处，人头攒动中，狗儿加快了在酒席间奔跑和争抢的速度。正午的阳光自天井和明瓦倾泻下来，热闹的人声此起彼伏，一浪高过一浪。萧天长红光满面，一次次举起了酒杯。

这一天，他醉了。

二

从会昌县城，穿过一条条被居民自建房挤得窄小密实的巷子。拐弯，再拐弯，便寻到了萧天长的那一幢楼。屋侧的空地上，有母鸡在啄食。上年纪的老人，带孩子的妇女，搬张矮凳，摇把棕扇坐在屋檐下闲话家常，其情状与乡村生活并无太大差别。

这世上，总有许多人无论走到哪里，都脱不了生命原初打下的烙印。其顽强的属性，类似于基因的序列，如此严谨而微妙，没有人能够随意篡改或者剥夺。客家文化的生长、散播以及传承便是这样，任千里万里的地域距离，任千年百年的时光隔膜，总没有什么可以令它消隐、毁灭。

迎头瞥见大门前一副手书大字对联，忽地让我心头一震，感到一种气势在空气中张扬、弥漫。联曰："云喷笔艺腾虎豹，风翻墨浪走蛟龙。"好生大的口气。笔画的枝枝蔓蔓间是掩不住的洒脱狂放，让我不由想起武林高手放大招或孙悟空翻筋斗的样子。想来，这便是萧天长的自题了。

楼梯的侧墙上，一块"国家级非物质文化遗产赣南客家匾额习俗传习所"的铜牌高高挂着，安静地俯瞰着人世。一九四九年出生的萧天长，是目前唯一登上名录的代表性传承人。

孤独吗？艰难吗？也许。

在这块牌子挂上萧天长住宅之前的几十年里，他只是一个人埋头题啊、写啊、画啊、刻啊、漆啊，他只是迎来送往，满足着民间所有找上门来的人们对匾额的需求。他与木头、刀具、笔墨、油漆、金粉和民间的各种规制打着交道，他帮助人们将喜事吉事办得隆重而体面，却从来没有将自己上升到非遗传承人的高度上看。他只是时常忧心忡忡地发出自己的呼声："这一门古老的手艺，这来自祖宗的习俗，千万不要失传了。"

他一个人，掌握着匾额制作的全套手艺。也即意味着，民俗、古文、书法、绘画、纹饰、雕刻、泥金、堆灰、上色……所有和匾额相关的技艺，他必须样样精通。我们说，一个人能精通一门艺术，已经需要付出超乎常人多倍的努力了。如果没有长久而深刻的热爱与执拗，如何能练就一个无所不能的多面手？

萧天长的书房很大，二楼，一百多平方米的宽阔厅堂，全是他一个人舞文弄墨的世界。几张大书桌连在一起，差不多可以通过一辆大卡车。环顾左右，墙上、桌上、地上尽是书、联、画、印和匾，还有堆成山的宣纸。他给自己的书房也挂了一块匾，上书"墨兰斋"。墨兰，是兰族的名贵品种，淡墨色的花，有醇厚的幽香。想必，他是时刻以一个笔墨君子的形象自持的。

萧天长的老妻端来热茶水和切好的瓜果，不多说一句话，轻手轻脚退出了书房。她好像在用身体语言告诉别人，也告诉自己，男人的世界她不懂的，便不干涉。萧天长自足地笑："真的，结发几十年了，不管我做什么，有时连外人都说我瞎折腾，她从来没反对过我。"淳朴、贤淑，是客家女人对待婚姻的本真态度。她们在席上敬酒，往往不会有太多套话，最喜欢说的祝福语是："助夫，助子，助自家。"如此简单、直接而干脆，那是她们衡量女人是否宜室宜家的不二标准。而且，永远将夫和子排在自己之前。

攀谈丝毫没有我预想中的困难，萧天长虽年过七旬，仍有硬朗的身体、挺直的脊背、浓密的头发，思路清晰得像捋顺了长的禾苗。很多时候，不是我引着他讲，而是他拽着我走。的确，最近几年，他面对的媒体实在太多了。那些朝向光明的话语，随便一出溜，便可以是一长串。况且，七十年漫长的生活，他肚子里攒下了太多的过往，触到任意一丝儿火星，他都可以将其点亮，烧起一把火来。

我要把风筝的线收回来，扯着它，回到故土，回到白鹅乡，回到童年，回到命运最初的玄机里去。

公元九百八十二年，北宋太平兴国七年，会昌置县，县名一直沿用至今。位于县境西北的白鹅乡，独得武夷山西麓的厚重，一条贡江水绕着山坡、田野和村庄慢悠悠地流啊流。转眼，萧姓人在白鹅乡就繁衍生息了五百多年。会昌萧氏一脉秉承客家传统，读书之风深厚。其间，代出士人举子。如清嘉庆年间便有萧万昌高中进士，获授"翰林"匾。

萧天长是骄傲的，他有一个参加过"抗美援朝"的父亲，是真枪实弹战斗过的飞行员。一九五四年，父亲复员回乡，带回了全村人都没有见过的玩具、连环画，还有一大堆砖头般厚实的书。更重要的，他带回了与农村所有父亲不一样的育儿理念——多才多艺为上品。"在那个年代，父亲的礼物相当于原子弹，稀罕啊，小伙伴都围着我，以我为中心。"他从没忘记，当年一个农村孩子，曾拥有过多少超越同龄人的自豪。也许从那时候开始，便注定了萧天长一生都要朝着父亲援引的方向大步狂奔。

孩子的天性是喜欢打打闹闹，而他只喜欢清清静静地读书。大一些的时候，他去了县城，上跃进班，一次次地跳级。人心乱哄哄的，只有他嗜书如命，点着煤油灯读，避开嘈杂处读，就是捡到一张有字的纸片也要读完才罢休。连学校食堂的师傅都啧啧称奇："大家都在玩、在跳，就你一个人在读、在画、在写，怕是要读出一个大学生来哟。"

校长是将他当作全县的苗子来培养的："我就是送，也要把你送到大学去。"梦想灌浆，未来可期。他又何尝不是遥望着浩瀚远方，暗暗在心中鼓足了风帆呢？

只是，时势却将他送回了白鹅乡，以一个知青的身份，重返命运的来处。

三

然而萧天长回归的，已经不是曾经的村庄了。他发现一种刺目的空荡和荒芜，像一只被戳破的气球，瘫软在天空下。俯仰间，原本无处不在的匾额，已经被洗劫一空。他从别人的讲述中，还原了当时混乱的场景。

一群人气势汹汹地冲进祠堂，将一块块匾额粗暴地摘下来，恶狠狠地扔在地上，砸烂，或当成柴火烧掉。一代代敬奉着的祖宗画像也被撕碎，被烧成灰烬。祠堂里、祖屋内，但凡带一点儿木刻与雕花的窗棂，全部被拆毁、砸掉。家家户户，尤其是被列为三查对象的家中，珍贵的书籍、文物都搜了出来。那些人多么像一阵狂风，席卷之处，无一幸免。风越吹越大，火光舔舐着木头和纸页，只有远处躲闪的眼神，印下了旧物的形状。

以至今天的会昌县，需要用一座百匾堂来修复那一场浩劫和悲伤。那些明时的、清时的匾额，那些伤痕累累、硕果仅存的匾额，终于回归了一块匾额应有的庄严，高高地悬挂在宽阔敞亮的厅堂里，被瞻仰、被怀念、被意义充满和环绕。它们立在这里，沉默不语，又似有千言万语。

我在一块"进士"匾的前方站定。准确地说，这是一方门板大小、色泽暗黄的木头。现在，时间终于赋予了一方木头安静的情状，它不用被抬去做猪栏门、牛栏门、厕所门，不用被随意地扔在沟壑间充当独木桥，不用被千万人肆意践踏，也不用横陈在肮脏的长凳上，供人们剁猪草、宰牛羊……只是，那些属于匾额的油漆已经剥蚀殆尽，甚至，阳刻过的"进士"二字凸出部分也已磨平殆尽，只能用黑色的墨水，在字的四周勾画出形状。只有那些刀斫的凹陷、钉锤的痕迹，还历历在目。

每一道伤痕，都是时间之痛。

我伸手摸过去，又像触电一般弹回来。它的斑驳沧桑，它的永无平复可能的伤口，硌疼我了。然而它终究又是幸运的，至少，没有被锯掉，没有被焚毁，没有在时间的深渊中彻底沉没，浮到了今天的水面上。那些年，所有的匾额，不都是这样的命运吗？

但是我分明感受到了它的疼痛与呼喊，它的体温和气息，还有一个前清官员对晚辈学子真诚的溢美与鼓励："钦命礼部左侍郎督学江西部院加二级记录二十八次王宗诚，为明经刘其凤立，道光元年冬月吉旦。"

它曾经是一块多么风光讲究的匾额。

木材，是上好的杉木。这种在赣南到处生长的树木，树形修长笔直，木质坚硬柔韧，不易缩水变形。精工细做的匾额，是要杜绝杂木的。匾额的四边，雕刻着精美的花草纹，画工线条流畅，弧度和伸展都那么自然贴切。尺寸的选择，是避祸择吉的。匾头的字数，按照过四字黄道"富贵贫贱"的讲究，末尾恰好落在"贵"字上。

题匾人王宗诚，是清朝的大臣，乾隆四十七年钦点的探花。官场的跌宕沉浮，成就了这一次历史性的因缘际会：道光元年，王宗诚因受处分被降为提督江西学政，认识了会昌县的儒学恩贡生刘其凤。那时候，明经进士正是贡生之美称。王宗诚为刘其凤欣然命笔，留下了至今仍可窥笔势之浑厚的"进士"两个大字。

刘其凤家族曾经用多么虔诚的姿态接过并悬挂起这块匾额。

他们需要选择吉日良辰，筹备一个隆重的挂匾仪式；他们需要抬着这块匾，伴着齐鸣的鼓乐行走在清代的街巷中，进行热热闹闹的游匾；他们需要宰杀一头大肥猪，将猪血抹在匾额上以示祭匾；

他们还需要为匾额蒙上一块大红布，请来德高望重的人揭匾……那时候，一定有成百上千的乡民跟随在游匾的队伍中，祠堂外一定有鞭炮热烈地鸣响，一定有许多人拍手相庆、啧啧赞叹，一定有长辈谆谆地教诲着家中的晚辈发狠苦读、博取功名。直到一块"进士"匾不偏不倚地悬挂在祠堂的椽子上，长久地供世人仰视和膜拜。

不用问，在崇尚读书出仕的赣南客家，这样的一块匾额，曾经为一个家族赢得了多少荣耀，曾经激励过多少少年捧起"四书五经"，不分昼夜地吟诵书写。

百匾堂里，还有"中华民国"陆军一级上将何应钦为会昌县晚清秀才、"民国"乡绅周鸣鹤题写的"德溥乡邦"匾，有明世宗嘉靖八年殿试钦点状元罗洪先为会昌县著名士绅胡庄溪题写的"庄溪草堂"匾，还有清同治七年状元洪钧为会昌县儒学生萧兴扬的父母题写的"齐眉昌后"匾……千百年民俗文化和精神文明的脉络，以匾额为载体，似潺潺流水，浸润着客家大地。无论是表彰善德名望，标榜科举功名，宣扬慈贤节孝，光大祠堂宅弟，还是互致寿辰祝福，匾额都以庄重之姿、雍容之气，赋予其独特的内涵和外延。

由什么来说出它们背后的故事？那一笔一画刻下的名字，那名字背后泛着热气的人，他们是状元、榜眼、探花、进士，他们是一品大员、七品知县、县学教谕、普通士子，他们还是生活在民间的男人女人、父亲母亲、儿孙后代……他们用美好而简洁的文字说出毕生的追求和向往，说出对天地自然的敬畏和憧憬，说出对世风德行的期冀与自律。

置身于匾额的丛林中，当我一一抚过那些竹签、补丁、印鉴、纹路，琢磨每一块匾额雕刻的工艺、字数的讲究，思考诸如"青衿继美""有敬姜风"等词语内里的要义，还有题匾人与受匾人之间的关系和情感。我知道，如果要一一追寻每块匾额背后的文化与故事、历史的迁延，也许用上一生都未必能够完成。

而这一百块匾额，仅仅是在历史星河中闪亮过的极其微小的部分。更多珍贵的匾额，被时间深埋，如石沉大海，再也无处打捞。

四

执着如萧天长，一生都没有停止过对匾额的痴迷和打捞。

他的仓库里，恭恭敬敬地摆着几十块收集到的旧时匾额。那是时间遗留的宝物啊，他像寻找失散多年的孩子一样，将它们找到、清洗、还原、供着、奉着。其中一块，还是于右任亲笔题写，有文物贩子找来，出高价收购，他不给。"已经无价了。"他说。

他清楚记得，老家进行村庄整治时，旧的房子被推倒，赫然露出了许多经年未见天日的匾额："痛心啊，有的被虫蛀了，有的被腐蚀了，有的成了朽木，有的字迹全都模糊了。"

它们究竟是被随意丢弃，还是被有心人冒着危险藏在暗黑的空间里，耐心保存以期盼重见天日的一天，没有人说得清了。只是时势的动荡不安，命运的颠沛流离，在人世中翻滚的艰辛，是记得清清楚楚的。

十年，萧天长写过大标语，贴过大字报，背过诗词语录，办过油印宣传报，还写过很多顺应时势的批驳文章。在那个乱哄哄的年代，除了服从、听话，除了组织的需要，除了跟随时代的风向飘来荡去，几乎别无选择。身处其中，谁又能看清楚时局的真相？彼时的他，年轻、稚嫩，一腔的热血都在沸腾，浑身有使不完的劲，他只是想着为时代服务、服务，再服务。是啊，既然不能上大学了，他还可以在原地向命运抗争，也许能拼出一番新的事业来。

萧天长的能干是有目共睹的，一返乡，就成了学习小组的组长，然后又参加了县水电站万人大会战，因其能力突出被调到工程指挥部政工组，之后又到县委秘书处工作，直至升任县委办公室主任一职。萧天长的聪明也是少有人及的，他甚至一个人创造发明了土法的红黄蓝三色套印，用最简陋的油印机，办出了民间鲜有的彩色报纸。《工业学大庆》《工地战报》，他办得轰轰烈烈，自己撰稿，自己刻板，自己印刷。因为名声在外，《江西日报》的记者来采访他，为他刊发了一大版的通讯。但一九七七年六月，他还是被隔离审查了。

萧天长的父亲萧炳辉，同样被卷入了疯狂的旋涡中。他在一次"集训"劳动中，从二层楼摔下致重伤，吊着绑带接受批斗，数月后辞别人世，年仅四十七岁。这，成为萧天长永久的痛。

抄家的人并没有因此罢休，他们冲进萧天长的家里，没收了所有珍贵的书籍。那些书，有历史的，有国学的，有文学的，也有艺术的。

"不过，知识都装进肚子里了。而且，后来我全都买了回来，买得比被抄走的还要多。"七十岁的萧天长自我解嘲地笑，谈笑间已经是跌宕之后的淡然。时间弥合了许多疮疤，包括父亲的英年早逝。命运是一片汪洋，他曾经身不由己在深水中沉浮，也曾经用尽全力与风浪搏斗。多少年之后，他终于浮上岸来，看着那潭深水安静地向东流去。

时过境迁，曾经处在漩涡中的人回过头来审视自己的过往，谁又敢说，自己当初走过的每一步，都是清醒正确的呢。

萧天长觉得，命运无情地嘲弄过他，但对他的馈赠其实并不少。比如回乡之后，老木匠萧先阳给予了他对木工之美的最初启蒙，比如长期书写大字标语为他的书法榜书奠定了坚实基础，比如办油印简报对他的雕刻绘画产生了长远影响。这些，都是制作匾额缺一不可的技艺，并直接促成了他对匾额习俗一生的钟情与热爱，传承和流布。

将时光回溯到一九六八年的白鹅乡，十九岁的萧天长站在堂大伯萧先阳面前，饶有兴趣地看着这个闻名四邻八乡的老木匠做木工活，看着刨子将坚硬的木头变成柔软的木花，看着洁白的木花卷成团儿，在地面上堆叠、弹跳。木屑纷纷扬扬飘起，又簌簌跌落，铺出厚厚一层软地毯。他嗅到了温暖的气息，那是木头的清香、木头的丰厚，将老木匠缠绕，将他缠绕，将村庄缠绕。

其时，萧先阳正在打造一架水车。萧天长发现每一件愣头愣脑的木工工具到了老木匠手中，都像孙悟空舞动金箍棒那样灵活，那样充满生气。眼见他不紧不慢地砍着、削着、锯着、刨着，一根粗笨的木头，就成了一块块光滑而细腻的构件。他造出的水车，不仅仅是单具使用功能的引水工具，更像是一件精美绝伦的艺术品，在白日下闪耀着光辉。他还改造打谷机、耕田机等各种农具，每一次改造都充满了独特的创意，不仅改进了内部功能，又无限讲究外在的美观。

在萧天长眼中，这个老木匠，其意义已不仅仅是一个匠人，而是一位艺术家。他被这样的艺术迷住了。

幸运的是，萧天长的父亲恰好为他留下了一套木工工具。不够的，自己再动手制。后来他想，热爱一切创造性的折腾，也许正来自骨血里的继承。没有行拜师仪式，在他心里，萧先阳俨然已是他的师傅。他喜欢暗暗地观察、琢磨，暗暗地跟自己较着劲。不懂，就问，再不懂，就买书来学。一边上着班，一边利用工余时间敲敲打打，从最简单的钉板凳开始，逐渐过渡到制作复杂的手工艺品，没想到，居然学成了。

一九七九年三月，当萧天长结束隔离审查，重新走在白鹅乡的村道上，湿冷的季风送进鼻腔，他感到空气中有一种清新的味道，有什么在悄悄地蛰伏，又有什么急切地要在这个春天苏醒。

五

赣南的春天，蒲公英和紫花地丁贴着地面轻柔摇曳，油菜花铺天盖地地炫耀着它们盛大的金黄。四季常绿的杉树，这时候也抽出了一串串新的嫩尖儿，天气暖和起来，它们又要往高处拔一节了。

萧天长打量着房前屋后临风玉立的杉树，他由衷地喜爱着它们优美的树形，喜爱它们总是踮着脚尖，向着天空、向着阳光拼命地往上长。这些都是木匠的好材料呀，做房梁、做椽子、打家具，哪一样少得了它。那时候，他还没有预料到，自己一辈子用杉木做得最多的，是匾额。

世界的变化，恰似"忽如一夜春风来"。一些僵硬冰冷的禁锢不知不觉地消失不见了，一些村民渐渐找上门来，要萧天长为他们做祖牌神位、宗祠匾额，重新供奉起来。原来，人们心中的信仰从来没有因为形式的坍塌而坍塌，那些跨越数个朝代，年长月久积淀下来的民俗文化从来没有死去。村庄里的祠堂祖庙渐渐被修复，他们需要像原来那样祭拜自己的祖先，需要在逢年过节、红白喜事来临时，在祖宗的面前热闹操办，把头牲酒果摆在祖宗的画像前，把幸福的希望和悲伤的哭泣都说给祖先听。

为什么找萧天长，原因很简单，他们觉得萧天长有文化，又会做木工。除他以外，周围再难找出一个行家里手了。起初的匾额制作，并不是轻而易举、信手拈来的。除了木工活，还有题字、雕刻、绘画、上漆等各道工序，又有尺寸的讲究、挂匾的习俗，哪一样都不能出了差池。这些，村里的老木匠不全懂，方圆几十里，更没有人懂。

一个人的才华，就像生来茁壮的种子，总要在某一个地方撑破土层，冒出芽尖，长出根茎和枝叶来。

来自民间的不竭需求，铸就了萧天长命运中最深刻的契机。没有师傅，他就找来旧时的匾额，买来相关的书籍，像挖掘宝藏一样，一寸一寸地深入进去。那分明是一座富矿啊，口子一旦掘开，他立即被匾额悠长的历史流脉，及其内里蕴藏的巨大乾坤勾住了魂魄。

回到一条大河的源头处，我们看到最初的那一汪洪流，豪迈、奔涌，携着一股王家之气，从高处俯冲直下。

关于匾额，最早的文字记载见于东汉许慎的《说文解字》："扁，署也，从户册。户册者，署门户之文也。"萧天长发现，天下第一位题写匾额的人，竟是他们上祖的萧姓人氏——西汉开国功臣萧何。羊欣在《笔阵图》中记叙了他题写匾额的故事："前汉萧何善篆籀。为前殿成，覃思三月，以题其额。观者如流，何使秃笔书。"汉高祖六年（前201年），萧何大笔一挥，写下了"苍龙""白虎"两关之匾额。可以想见，这位善于篆籀的政治家必定多才多艺，书法功力深厚。一国宰相，力透纸背，如巨龙腾空，如猛虎下山，写出了江山之气势，写出了大丈夫之威武，以至于观者如流，赞声不绝。

最初的匾额，是高居于庙堂之上的。在宫殿、城楼、关隘、府衙等雄伟建筑悬挂匾额，既为美观装饰，又彰显气势威仪，极具指点江山之意。每一块匾额的出现，都有其事件根由，又都是当朝的大书法家所题，并且，文字皆为大字榜书，笔势雄浑，厚实稳重。

故而匾额既是研究历史，又是承袭书法的极佳文化载体，正所谓："以匾研史，可以佐证；以匾学书，可得笔髓。"

此后的两千多年，匾额又经历了漫长的发展和演变进程。从形式到功用，从内涵到规制，都似河流的分叉，产生了大规模的扩展延伸。但匾额真正从官用转入商用和民用，由庙堂飞入寻常百姓家，则是在宋代完成并达到一个高峰的。摊开《清明上河图》，便是摊开一个商铺匾额的缤纷世界。在熙熙攘攘的街头，在林立的商铺正门，无不悬挂着方正的大字匾额，它们以醒目的姿态，招摇着商铺的特质。

至明清时期，匾额之兴盛已可用无处不在来形容。从楼、台、亭、阁到轩、榭、堂、馆，匾额与建筑进入了水乳交融、不可分割之境。以至于今天我们走进任意一座古建筑都会发现，高悬的匾额上，似乎有一双目光流盼的眼睛，告诉我们属于这座建筑的庞大秘密，比如主人的身份气质和处世态度，比如年代的远近、职务的高低、家族的兴衰。无论是一座高大的建筑、一幢威武的牌楼，还是一处宽阔的园林，如果没有了匾额的装饰和映衬，总让人感到一种无以名状的空，没有血肉，没有温度，也没有灵魂。匾额，真正将中国古典建筑与文化珠联璧合了。

如果要为匾额的传播流布画出一条轨迹，它必定是自上而下、由北向南的。

位于福建、广东、湖南三省交界处的赣南，是客家先民驻足的第一站。随着北方士族的大量南迁，匾额习俗也从中原迁延到了赣南。地理交通的制约以及生存繁衍的需要，使得他们大多聚族而居，这便为匾额习俗在赣南的演化埋下了伏笔。

从遗留下来的众多古代匾额可以窥知，明清时期，匾额在功用上，除了建筑装饰，已经大量演化为礼仪规范的承载体。无论是皇帝对臣民的赏赐，还是民间的礼尚往来、文人雅士的自励警勉、官吏对下属的嘉奖或同僚间的酬赠，都离不开匾额这一表现形式。这个时期，正是赣南客家文化经过不断交融渐至稳固的时期。

远离政治、经济、文化中心，远离祖业、祖地的赣南客家人，一刻也没有停止过对文化火种和基因的追寻与复原。为着寻根问祖、凝聚宗族力量，赣南客家人以姓氏血缘为纽带，大量修建宗祠、族祠，枝蔓分明。他们在祠堂里悬挂的堂号匾，则清楚地道明了先祖的来处，如萧姓的"心传堂"、黄姓的"江夏堂"、周姓的"成德堂"……

走进赣南，你会发现，从斋堂雅号到官府门第，从修身立志到旌表贺颂，匾额文化已经深刻地渗透了客家人生活的每一处肌理和细胞。随着他们在南方生存和发展的实际需要，其形制又日臻充实完备、规范考究。再后来，逐渐衍生出教化乡邦和乡村管理的功能。

一种跨越千年的文化，宛如一根环环相扣的链条。从萧何到萧天长，是天意吗？是宿命吗？萧天长不知道。他只知道链条的断裂处正裸露着伤疤，等待有人去医治，去平复。

六

一九八三年，会昌县唯一一家制作匾额的门店开业了。店主正是萧天长。

在这之前，到处都有打听做匾额的人，找不到。"没有了，恐怕就要失传了。"一些老辈人摇着头，叹息道。萧天长下了决心，要把那些折断的、丢失的东西，一点一点赎回来。

一个关于文化和未来的梦想重新升起，他知道，这一次要走的，是一条维艰之径。这时候的他，多么年轻，多么孤独，又多么固执，像一个手持利斧的人，在已经荆棘遍布、密密封锁的古道上，重新劈开一条路来。

与之相伴的，时常是艰苦、危险和懊恼。

写榜书，是萧天长的拿手好戏。从前的祠堂庙宇匾额，经常要请书家现场书写，腰上绑着绳索，登上长长的梯子，悬在高处，一气呵成，不容有半点差池。父亲从高处摔伤，四十七岁逝世，是萧天长内心挥之不去的隐疾。他一次次强硬地制止父亲的面容浮现，一次次克服身不由己的战栗和惊惧。

他写过最大的字，现在还嵌在会昌县珠兰乡雁湖村的山岭上。每个字直径接近十五米，恢宏大气，一天只能写两个。有时候，他举着扫把，粗犷横扫；有时候，他拿起刷子，精细研磨。那饱蘸着油漆的"果丰民富"四个大字，鲜亮亮地敞着怀，仿佛是大地对天空发出的宣言。

"现在写不动了，也没人敢站上去写了。"萧天长唏嘘感叹着，"很多程序都改成机器操作了，连雕刻也是。哪像从前，一毫一厘都纯粹靠手工。"这几十年，学着他的样开店的人有十几家，但真正能掌握匾额深刻内涵和全套技艺的，还是稀有。

萧天长对匾额的要求严谨到了极致。因一字而废全匾这种事，就他狠得下心。十几天的汗水浸泡，昂贵的工料成本，他可以做到说弃就弃。某年小密乡有人请他做一块匾，好不容易大功告成，送到人家里，他忽然发现匾头少了一个字，不细看是发现不了的。但是他没有将错就错，而是立即收回重做，声明损失全部由自己承担。

在骨子里，萧天长仍旧是一个读书人，儒家文化的"仁、义、礼、智、信"无疑是他行为处世的准则。

　　那一次，他几乎是耗尽全力，日夜赶制，终于在客户喜庆的日子里如期完成了悬挂。前后多次的远途往返，主家的怨言，加上费工费料，让他饱尝了尴尬的滋味。但是此后，废匾事件几乎再没出现过。事故于他，是教训，更是慢工出细活的一把标尺。

　　一个不停为他人刻下丰富内涵的匾额的人，又何尝不是在完成自体的修身养性。

　　慕名而来的人越来越多。先是会昌县周边的瑞金、于都、寻乌，再后来，广东、福建、河南，以至香港、澳门、台湾也有人找过来了，有部队的司令员，有省政协副主席，有八十多岁的老太太，有毕恭毕敬的年轻人。无一例外，都是要他亲手题的字，亲手做的匾。络绎不绝的求匾人，总是以客家人居多。用客家话讲，就是"很作兴"。祖宗堂号、乡规民约、家风家训、德行善举、功名福禄，都是他们挂匾的缘由。

　　萧天长亲手制作的匾额像天女散花，开遍了大江南北。他渐渐觉得，一度被拦腰斩断的客家匾额习俗又回来了。那是祖宗的乡愁，带着墨水和木头的香味，重新弥漫在赣南的大地上。

　　他们积极入世的态度，还是那么鲜明；他们对老庙和祠堂，依旧充满了敬畏；他们尊长爱幼的民风，仍然没有改变；他们恪守的伦理纲常，照样不可撼动。每当隆重的时刻到来，他们还会像从前那样，扑通一声跪拜在祖宗的面前。赣南客家凭借一种代代相传、历久弥香的文化传统，护住了那一股源自上古的清流。

　　萧天长怎么也没有想到，在技艺日臻炉火纯青的老年岁月里，他还会遭遇木头的难题。几十年了，与杉木朝夕相处，早已如同身体发肤，他熟悉着它的气味、纹路和脾性，也将生命的一部分揳进了杉木中。可是现在，压制的板材大量涌入市场，人们正竭力将居室装饰得越来越豪华，越来越精美，而上好的杉木已经难觅了。人类砍伐的速度远远快于树木生长的速度，原本丛丛簇簇的杉木，在赣南迅速锐减。十多年了，萧天长已经找不到成材的杉木，市面上所见的杉木板都是由嫩木拼接的，一刀刻下去，就起了毛刺，雕刻出来的匾额，再也无法呈现厚实、光滑、美观的效果。

他是抗拒杂木的，他觉得，杂木配不上匾额文化的源远流长和博大精深，也配不上他的手艺。无奈之下，他试验过用红木代替，一块十平方米的巨型大匾制作出来，看着那样端庄、稳重、气派，却在挂上去一个多月后崩坏了。最后的折中方法是，红木只用于制作小规格、大厚度的匾，并采用通体做漆的办法，减少木头受潮受热的机会，这才解决了崩裂的难题。

乡间长寿的老人是一年比一年多了，前来求寿匾的人也越来越多。一旦匾额发生开裂崩坏的情形，总要被看作是不吉之兆。萧天长无论如何也不愿意这种事发生在自己亲手做的匾额上。因为，每一个百岁老人，都是整个宗族的荣耀，老人的子孙后代是那样虔诚地敲锣打鼓，迎它、挂它、信奉它，并祈求它福佑家族里更多的人。

他的手工，他的缓慢，他的考究，赢得了多少民间的信赖和长久的需要。

然而时间终究是不饶人的，萧天长感到他老了，渐渐力不从心了。匾额制作，是脑力活，更是体力活，他再也不能彻日彻夜地劳心劳力，赶工赶时了。二〇一四年的一个春日，他戴着老花镜，弓下身去，一双骨节粗大的手在木头上灵活游走，一笔一画，一刀一凿，一研一磨，完成了最后一件手工雕刻作品。然后，起身离开操持了三十多年的"美境工艺室"。

他背着一个随身多年的旧工具包，从那条大街的门脸前抽身，身后响起隆隆的机器声，木屑纷纷扬扬。他知道，现在的匾额制作，早已从纯手工过渡到以机器操作为主，书法、雕刻、装饰无所不能，即便是充满文化意味的题词，也可以在网络中随意搜索到。

"很多人做匾都不讲究的。"萧天长说到这，是叹气，是惋惜。英雄迟暮，那种悲壮，也许无人能懂。经济大潮无孔不入的冲刷之下，从前慢的匾额时代结束了。

七

一根沉甸甸的接力棒，交到了徒弟萧伟明手中。

当全中国众多非遗面临传承乏力、出路艰难的困局，纯粹依赖财政支撑为继时，我们发现，萧天长从一开始就实现了传统文化与市场经济的结合，并以师承的方式，织就了一条薪火相传、生生不息的纽带。

在将断层的客家匾额文化接驳回历史的长河之后，萧天长不能不考虑传承这一无法回避的命题。他想着，一把种子撒下去，总有一株，根子会格外正，枝干会格外粗壮。历史的偶合如此惊人地相似，这一次，仍然是萧姓子弟。萧伟明，是他最看好的一个徒弟。

萧伟明几乎走着一条和萧天长同样的人生之路。二〇〇二年，他高中毕业，大学之梦折戟，贫寒的家境等着他去撑起。彼时，年轻人正纷纷朝沿海发达城市拥去。打工、挣钱、回家盖房，几乎成为小地方的人固有的生存模式。

而他却下意识地挪动了步子，朝萧天长的匾额店走去。他的心里揣着一只不安的兔子，忐忑地跳："萧天长是有大名望的匾额专家，他会收下素不相识、身无长技的我吗？"当萧天长问他为什么想来学徒时，他的脸上泛着羞怯的红："因为喜欢。"单是这一句，对萧天长来说，便足够了。

从事匾额行业多年，萧天长收过的徒弟以几十计，多数人是抱着谋求生计的目的来的。萧天长不想勉强年轻人，总是让他们先跟着适应一段时间，然后来去自由。匾额制作不是一件轻松的差事，有的年轻人吃不得苦，学着学着就离开了。

哪里有祠堂，哪里就有匾额。萧伟明第一次跟着师傅下乡，就是为一座祠堂现场题写匾额。榜书，讲究的是古朴雍容、端庄稳重。他看着师傅运笔从容，一气呵成，将汉字之美之气势展现得淋漓尽致。仅这一次，师傅精湛的书艺和受人尊重的威信带给他的震撼，就远远超出了他的想象。原本，他也想着先试试看的，但是那一天，在匾额高悬、庄严肃穆的情境之中，他忽然觉得，客家人骨子里的血液和基因在翻腾、在飞升。他想起小时候，曾以仰视的目光看见过萧天长。他穿街走巷跟在大人们身后，看着他们敲锣打鼓去送匾，而大踏步走在最前面的正是萧天长。那热闹，那排场，那气氛，至今让他心里感到热热的。他还发现，一块匾挂上一户人家，那家人的腰杆便挺得更直了，似乎为人处世也更讲究德善修为了。

师傅学识的丰富和人格的魅力深深吸引着萧伟明，他在心中暗自打定了主意：不需要再考虑了，就追随师傅，一辈子从事并热爱匾额事业，做一个师傅那样的人。

萧天长喜欢这个徒弟，他有文化功底，悟性好，又肯吃苦，踏踏实实地跟着打下手，从无怨言。他还按古时的学徒那样讲究着礼数，逢年过节，总不忘登门谢师。二人虽为师徒，其实情同父子。带徒弟，萧天长从来都是没有保留的，诗联、书法、礼俗、雕工……主动教，手把手教。榜书，就数萧伟明学得最好。没过多久，便可放手让他操作了。

当我找到萧伟明，他的言语中却没有得意门生常含的自足："匾额蕴涵的内容太丰富太深广了，几乎是无穷无尽的，我不能说我全部都学会了。只能说，还在摸索中前进。"如今，"美境工艺室"扩大到六个门面，萧伟明的家庭经济状况早已今非昔比。时间飞速前行，尽管快节奏的现代生活取代了太多旧时的繁文缛节，但客家人对匾额的崇信和需求并没有改变。

当然，也不是完全没有改变。电脑和机器的加入提高了效率，也满足了不同人对价格和审美的不同取向。与老辈人相比，萧伟明的眼光和对新生事物的接纳程度，正悄然发生着改变。

由萧伟明来继承衣钵，是萧天长思虑良久的安排。三十多年了，他没有一天不忧心着这门古老手艺的传承。老木匠萧先阳早已不在人世。人啊，就像这田里的稻子，割完一茬又一茬。世事更替，谁也不能阻挡。

但他还是觉得，这远远不够。

他曾持续多年奔走呼告，只因那些凭一己之力无法完成的事情太多了。比如匾额文物的抢救、整理、展出，比如将匾额习俗和技艺向更远更广处传播，比如发现和培养更多能接班的好苗子……他执拗地走在这条路上，抱着希望又不敢有太大的奢望，直到等来了惊喜交集的那一天。

二〇一一年，《中华人民共和国非物质文化遗产法》颁布施行，为之呼号过的，一定有许多像萧天长一样深怀远忧和近虑的人。对民间濒危文化的保护，从官方到民间迅速形成了上下联动的一股合力。在会昌，文化部门伸出了橄榄枝，要和他一同追寻与打捞这即将失落的世间珍存。没过多久，一百三十多块珍贵的匾额汇聚在一起，一百五十平方米的"百匾堂"落成了，一本讲述匾额前世今生的书《百匾大观》也付梓了……

这期间，萧天长结识了会昌县非遗办的曾敏。让他吃惊的是，这个看起来憨憨的八〇后小伙子竟是个研读古籍的专家，博古通今，出口成诵。两个人以传统文化为媒，迅速碰撞出学识的火花，成为惺惺相惜的忘年交。"年轻的夫子。"萧天长总是这样笑吟吟地称呼他。人生的不孤单，在于子期遇见了伯牙，流水穿过了高山。题写匾联的时候，萧天长有了一位可以切磋的高手；非遗传承的路上，萧天长有了一位发力奔跑的伙伴。

二〇一四年，会昌县申报的赣南客家匾额习俗被列入国家级非遗名录，为之呕心沥血几十年的萧天长，顺理成章地成为非遗传承人。

萧天长在多次参加非遗传承人培训之后，回来又成为越来越多人的师傅。

二〇一七年六月，清晨的曦光像往日一样照临会昌，全国首个"自然和文化遗产日"到来。与之一同到来的是现场匾额榜书电视大赛。呼啦啦飞转的电风扇驱不散场馆内热腾腾的气息，三十多名书法家现场挥毫，楷书、隶书、篆书、行书，各显其长。作为评委的萧天长欣然颔首，一面评点，一面示范。

二〇一八年九月，赣南客家匾额习俗匾额制作技艺培训班开班，三十多名匾额制作爱好者坐在教室里，托着腮，像小时候上学一样，聆听萧天长时而幽默风趣、时而郑重其事的讲课。

那些聆听过萧天长讲解的人，那些被他手把手教习过的人，都说自己是萧天长的徒弟。那些人又汇入了更广阔的人群，和更悠长的时间之河。

八

高低错落的青山，围裹着一个古老而恬静的村庄。位于会昌县文武坝镇的古坊村，房屋井然有序，溪流、凉亭、人工湖各安其位。新农村建设修改了村庄的面貌，没有改变的，是世代在此生存繁衍着的邹、刘、范、凌、陈、李、朱、欧等姓氏的人家。

一位老妇从自家大门跨出来，走到午后的阳光下。她眯缝了眼睛，张嘴打着哈欠，似乎整个身体都在舒张着对生活的满足感。她的头顶上，悬挂着一块古铜色的大门匾，"如埙如篪"四个金黄的大字耀人眼目。我问老人，知道这块匾说的是什么意思吗？老人摆摆手，有些羞涩，说自己七十多岁了，没有进过学堂，一个字都不认得。但对门上的匾，却是欢喜的。问为什么欢喜，她说就是好啊，老祖宗都知道的，好人家才挂匾。这质朴的欢喜，像屋后坡上的野生植物，风一摇就是满头满脑的惬意。同行的曾敏告诉我，老人的两个儿子都在外打工，兄弟俩相扶相携，感情极睦，"如埙如篪"，正是他们一家的真实写照。

我们沿着林荫道一路走过去，挂着"克绍箕裘"门匾的主人在广东经商，子承父业，生意做得很好；挂着"冰清流芳"的人家，主人姓凌，据说，凌姓的祖先曾经是专为皇室制作冰块的，被皇帝赐姓为凌，职业名称即为"凌人"；而"文正遗风"的门匾下，住着的正是范仲淹后人范氏人家。

复前行，又有"一诺千金""让枣推梨""务本力稼""戏彩娱亲""明德惟馨"……不用说，每一块匾额的题写，都对应着每个家庭独特的命运和形态，都是有名有姓、有血有肉有面容的。在这里，匾额文化为村民揭去了远古神秘的面纱，在现实的土壤中落地、生根，开出花来。那些量身定制的佳言良谕和其对应的家庭，既相互成全又相互辉映。总是这样，一块匾额的价值，由制作它和使用它的人共同成就。我们走到名叫邹运金的村民家中，属于他的匾额上写着"奋发有为"，这个每天起早贪黑做小生意的中年男人嘿嘿地笑着，说："好像知道我的心思似的。"他们开着一爿小店，他的妻子正拿着海绵拖把，将镶着瓷砖的地板擦得锃亮。屋子旁边，几只老母鸡正窝在枇杷树下打沙窝。

我忽然想，如果世上真有天堂，是不是恰好就像古坊村的样子？

二〇一七年九月二十六日的那一场挂匾仪式，像放电影一样，一帧一帧地复现了画面。

那一天必定是个吉日。六十六方匾额，要同时挂上同一座村庄的六十六道门梁。这在古坊村，在会昌县，在全国，乃至在匾额起源绵延到今天的两千多年光阴里，都是头一回。匾文的拟定，是萧天长和"夫子"一同商榷过的；匾额的书写，是榜书大赛的获奖者完成的；匾额的制作，是萧天长的徒弟们分工合作的。掰着指头数一数，如果搁在从前，萧天长一个人要加多少班，熬多少夜才能完成呢？

村民们无不早早地收拾停当，朝着村口的方向伸长了脖子，等待一桩大事的降临。从前都是跑去祠堂看别人挂匾，今天，这匾就要挂到自己家里来了，每个人都像被注入了一支兴奋剂，怎么也按捺不住弹簧一样蹦跳的心。鞭炮从村头响到村尾，小伙子抬着匾额排成一条长龙走过来，锣鼓队、腰鼓队在一旁壮着声威。老人家瘪着缺了牙的嘴指指戳戳，议论纷纷："还是小时候才见过这样热闹的阵仗呀。"说话间，有人抬起衣袖，擦去因激动而纵横的老泪。盛大而庄严的仪式，带领他们重新回到童年和少年时光，重新触摸到久远的乡愁，重新将先人恪守的祖训、家教和名节在生命中流动起来。

当一种文化与老百姓的生活结下因果之时，也正是它的生命力从幼苗发育成参天大树之日。匾额，终究走到了与时代、与日常鱼水交融的今天。

岁月将诸多古物钉死在历史的板壁上，而客家匾额习俗以非遗这样独特的形式活了下来。只有那些被木头磨钝的刻刀，那些被匾额装饰的客家建筑，那些浸润在骨髓里的疼痛知道，一个七十岁的老人，为之走了多么长的路，跨过了多少难以逾越的坎坷，直到将自己的名字走成了老字号，将匾额文化走成了大众文化。

一次次地，萧长天在村镇、在祠堂、在百匾堂、在匾额传习基地来回穿梭，为前来参观的人讲述匾额习俗和匾额故事，为需要悬挂匾额的人家主持仪式。凡是与匾额相关的地方，总饱浸着他的生命、他的情感、他的汗水、他的体温，还有他从命运的低处浮将上来的自豪。

在一段不长的视频里，我看到一群十几岁的孩子拥在萧天长的书房里，他们叽叽喳喳地围着他问长问短，他们拿起毛笔来学习书法，他们兴奋地举起来让萧爷爷看……萧天长成为全县中小学校外辅导员，已经好几个年头了。在这些充满好奇的孩子中间，会不会出现一个执着如他、如萧伟明的传承人？我们只能等待时间给出的答案。

萧天长仍然是那个庄重的司仪，指挥着后生们将匾额一一抬升、定位，直到将刻有大字的一面对准太阳，让它们反射出闪闪的金光来。匾额，是用来仰望的。萧天长抬起头，热泪又一次充盈了他的眼眶，顺着眼角皱纹的深沟滑落下来。他感到天空中日色愈加明亮、晃眼，一抹金色的云霞正从天边缓缓升起。他注视着那匾额，像是看到上古的灵魂自那木头那文字间沁出，将他日渐衰颓的肉身向上托举，渐至轻盈。

他想起了老木匠，想起白而松软的木花，想起为他备下第一套木工工具的父亲，想起往后的许多年，木屑纷飞，生命的剧情一幕幕掀开，想起年轻的后生们一个个从祖宗的祠堂里走出去，他们收下他的祝福，替他圆着年少时未竟的梦。

而他还留在原地，只有一身老而弥坚的骨头，含着命运的悲欢，咯咯作响。

传 灯 者

一

　　几声含着警惕却并不怎么凶狠的狗吠，提示我已经进入村庄的腹地。那时候天空刚刚收起了雨势，太阳半隐半现地探出头来，显出笑脸相迎的意味。一棵大樟树伸长了胳膊，以一个母亲的姿态，将一座砖混的二层楼揽在她绿色的宽阔的胸怀里。

　　作为店铺兼作坊的一楼，卷闸门洞开着。我要找的那个叫黄加茂的纸扎艺人从竹椅子上站起来，有些不知所措地环顾着一屋子的凌乱物什：大的小的纸箱，横的竖的竹子，剪了花纹和没剪花纹的彩纸，还有案板上随意摆放的剪刀、锉刀、彩线、麻绳、记号笔、硬纸板……仅余的一小块空地上，也星星点点地撒满了五颜六色的碎纸花。

　　有二十四年了，黄加茂坐在这样缤纷的物什中央，破竹子、片竹篾、支骨架、画图、剪纸、糊纸，偶尔抬起头来，放下手中的活计，

181

与前来问话的人攀谈几句。自从二十三岁那年一脚跨进纸扎行业，坐着，便成为黄加茂一生中最漫长最持久的动作。

他清瘦、腼腆、羞涩，从喉咙里蹦出的字句少之又少，像个语言的极简主义者，撤除了多余的形容词，也撤除了情感的高低起伏。多数时候，他是沉默的，不动声色的，任凭刀具在竹子上、彩纸上嘶嘶作响，任凭春夏和秋冬的日月，轮流以黑夜和白天浸透琐碎的光阴。世间的波澜和浪花于他，似乎是身外的事物。

他只顾安静地埋着头，在简易的作坊里制作出一个又一个形状和颜色各异的灯彩，一批又一批源源不断地运送去民间。

这是石城的民间。灯彩，是石城人割不断的爱恋，是中原汉人与畲瑶土著长久交融绽放的异彩，是生生世世亮在客家人命里的光。

自秦汉、西晋至明清，五次战乱，五次人口大迁徙，那么多的惊涛骇浪、生离死别，都在这群山环绕中安歇下来。然而，他们还是要面对那么多无可抵抗的自然之力，虫、旱、涝、风、雷，灾害从来不分青红皂白，也从不怜惜弓身劳作之人的艰辛。人们也说不清，左右世界万物的是天地神灵，还是妖魔鬼怪？他们敌不过的，便只能讲和，只剩祈求。

幸而，他们有他们的精神图腾。舞龙、舞狮、点亮灯火，祭天、祭神、驱散邪恶，祈福、祈收成、祈家口平安，那些存留于记忆中，渗透进血液里的中原传统习俗，自北向南，跟随人的脚步和思想挪移，渐渐扎根于赣南石城的深厚土壤中。

从南唐初期扎起第一只秆龙灯起，石城民间的灯彩从来没有停止过丰富和发展。歌，越唱越欢快；舞，越跳越繁复；灯，越做越多样。船灯、蛇灯、狮灯、马灯、花灯、风车灯、蚌壳灯、鲤鱼灯、箕笼灯、凤凰灯……人们无节不灯，无灯不欢。石城灯彩，早已脱离了最初祈雨除灾的单一意义和用途。以至于每个石城人都在心中镌刻下"事事当中有规矩，样样规矩不离灯"的文化基因。

二〇〇八年，以石城灯彩为内容的"石城灯会"被列入国家级非物质文化遗产名录。一种延续千百年的民间习俗，以文化的形式被传承和稳固下来。

我被一只已经完工的茶篮灯吸引。绷得紧致结实的骨架上，装饰着红的、绿的、蓝的、黄的鲜艳彩纸，纸上，是丰字纹、菊花纹、铜钱纹、水果图，明丽夺目，又各具寓意。每一个接口处，都镶着荧亮的金边，灯的顶端棱角上，各垂挂下一串长长的流苏。底座上，有紧俏的腰身和脖颈，中间却又鼓突着肚腹，将一只大容量的茶篮模拟得惟妙惟肖。

茶篮灯，是石城最常见也最多用的灯种。创造的奇思妙想，源自客家人种茶、采茶、制茶的劳动场景。

我想象着一个女子托着茶篮灯起舞的样子，她应该也有和灯一样纤细的腰肢和脖颈，和灯一样艳丽的华服与头饰，和灯一样轻盈的体态及身形，她将一遍遍还原着采茶女灵动的手指、丰收的喜悦，用甜美的笑靥，盛装下一整个春天。

二

早在春天到来之前，我就与石城的朋友约好，春节要来石城看灯彩。我知道，每年的正月初一到元宵夜，龙灯、狮灯、荷花灯、走马灯……多姿多彩的灯队会遍布城乡，挨家挨户舞灯祝福。这样的年，这样的热闹时光，像一块巨大的磁石，将他们牢牢地吸附在欢乐的磁场中。

　　终于，春暖了，花开了，我迫不及待地打电话给石城县文化馆的馆长熊军斐。"你来吧，"他说，"随你什么时候。"我一发足，第二天就拉了先生驾车奔过去。要见什么人，要看什么灯，都由我提。这不，一见面就领我来到了琴江镇坝口村黄坊小组，见到了黄加茂。

　　将这只茶篮灯提在手上，足有半人多高。舞动它，我自然是不会的，只好为自己的笨拙暗自羞赧。文化馆的小赖示范给我看，托着底座，平举、高举、转圈，像灵动的少女捧着一篮子刚摘的茶叶，小心翼翼，又开合自如。"其实，平时用来舞的茶篮灯没有这么大，"他们说，"这灯，是用来展览的。"

　　"对面屋子里还有好多，我带你去看。"黄加茂身子一扭，出了门，也不回头看人。我跟在后面，忽然发现，他的左脚每一次点地，都比右脚要轻一些。仿佛，是试探到危险之后的小心和畏缩。

　　原来，他少时学过泥水工，却因一次意外摔伤，致左腿留下永久疾患。他再不能从事重体力活了，只有另寻出路。纸扎于他，是一门谋生的手艺，是一家老小的衣食，是三个子女的学费，是安身立命的依靠。

　　一栋三层的楼房，我咚咚咚地跑跳而上，从厅堂到里间，几乎无处不摆放着制作灯彩的工具和材料，完工的和未完工的灯彩。走进一间层层叠叠堆满茶篮灯的房间，我仿佛置身于灯彩的海洋，口鼻眼耳，都被色彩的波浪簇拥。灯上，约略翕张着许多唇舌，将"福、财、寿、禧"等吉庆词汇，一一拢在人世的祝福和憧憬中。

　　去年腊月二十八，黄加茂接到博物馆的一个订单，茶篮灯、宝伞灯、牌灯共七十八只，大大小小，价格不一，总价五万八千七百八十元，需要在今年四月上旬交货。他将自己的生产力计算得清清楚楚，从来不接无把握的订单。因为雇人或发包给人做，都是不可能或亏本的事情。

每道工序都是时间的排列组合。

他坐在那张工作的长凳前，一天至少要坐十二个小时。早上起来，第一件事就是将身子安放进椅子里，晚饭过后，又陷将进去，夜里十点多方得歇工。除了吃饭、睡觉，日复一日的光阴便都是这样坐着，手头忙活着。他常坐的那张椅子，已经在身体和竹子长期的亲密接触中磨得光溜顺滑，像要渗出油来。

他给自己算了一笔账，这样的一天，最多可计二三百元收入。材料倒并不贵，他所挣的每一分钱都由时间换得。而且，还搭上了妻子的时间。假期里，儿女们也来帮忙当助手，剪剪贴贴，做些简单的装饰活。

现在，黄加茂的妻子正端坐在厅堂的案几前，为一只半成品的茶篮灯贴上剪好的花纹纸，细细的鱼尾纹上漾着一圈笑意。如果不是我们进来，偌大的厅堂，应该是极安静的，应该只听得见手中纸张窸窸窣窣的声音。

我问她，做这些活辛苦吗？"还好，比起种田，倒轻松得多，就是要有耐心。"说话间，她将一张玫红色的菊花纹纸撕了衬底，比对着一个长方形格子的空白处，要粘贴上去。

黄加茂眼尖，一步跨将过去，带着责备的声气高声叫道："贴反了。"妻子讪讪地将手缩回，看了一眼，把花纹纸倒了个个，重新寻找正确的位置贴了上去。

及时阻止了一次"事故"的发生，黄加茂长吁一口气，好像要将一个技术精湛、直觉敏锐的艺人对帮工不争气的无奈全都从这口气中吐出来。

而我，在反复比对之后，仍无法分辨，那繁复的对称图案，哪一边代表着正确的方向。

三

我们从灯彩的海洋里抽身，回到作坊，坐进纷乱的竹木器具中央。家狗不再用陌生敌对的眼神注视我们，而是温驯地摇头摆尾将我们迎了进来，又自顾自出了门，重新担负起巡逻的职责来。

春风摇曳着屋侧的樟树枝条，我们呼吸着若有若无的香气，开启了一段简洁却又直奔主题的谈话。黄加茂坐在他惯常坐的那张竹椅上，并拢着细瘦的双腿，微偏着脑袋，看向墙上的一个挂钩或一张蜘蛛网，目光极少与我短兵相接。我发现，一个内敛的语言极简主义者，自有他的长处，每一句话都干脆利落，砍除了闲余的枝蔓，而且永不因情感的奔涌跑偏了方向。

在成为一个优秀的纸扎艺人之前，黄加茂满打满算跟了师傅六年。

师傅可不是想叫就能叫的。石城纸扎行业历来有个不成文的规矩——传内不传外。在手工业主导的慢时代，一门手艺意味着家族姓氏生生不息地承继，意味着无论世事如何变迁，都能获得保障和生存的饭碗。

规矩，为手艺人建构了一堵自我保护的围墙，也为手工艺代代良性相承提供了依凭。

琴江镇的两个纸扎老艺人都姓陈，还都是黄加茂岳父的同学。岳父着急着他的生计，抑或说着急女儿的后半生。他先是找了名气大一些的陈广银，求他收下黄加茂。然而陈广银是个倔脾气，坚称祖上有老规矩，像攥紧了一个大铁拳，怎么也掰不开一条缝。

岳父只好讪讪而辞，寻到了另一位老同学陈文桃家。是怎样的机缘巧合呢，让黄加茂成为陈文桃破格收下的第一个徒弟。陈家也因此开了带外徒的先河，再往后，作为大师兄的黄加茂，又有了十几个师弟。

我猜想，二十三岁的黄加茂应该比此时还要腼腆，还要沉默。当他走进那间凌乱琐细的纸扎作坊，他对这一门陌生的手艺有过欢喜吗？我满心希望从他喉咙里掏出某种热烈的情感来。"没有——"他的眼睛正对着墙面上那一片白，轻描淡写地说，"只为了谋生。"那么直白，那么简单，省略一切人们期盼的套路。说得我竟不由泛起了一丝辛酸。

无非因为，纸扎是手上的功夫；无非因为，对一个受过腿伤的人而言，再没有比这更合适的职业了。

直到今天，诸多手工艺遍寻不着一个满意甚或说愿意的学徒，那些旧式的规矩和祖训不可避免地日益式微。在改革开放的风声已然吹开内地冻土的二十世纪九十年代，陈文桃何以答应收下黄加茂，或许自有他的勇气和先见在。

他知道，如果家庭内部无人继承，则意味着手艺的失传。失传，是他正在面临的困局，也是今天大多数手工艺行业面临的困局。

当然，作为师傅的陈文桃仍然是谨慎的。对外收徒，必须有熟人介绍，必须是可靠的人。一个村庄只能收一个徒弟，他要让徒弟们有各自的立锥之地，他还要防范师兄弟们争抢生意，引发后患。

一封恭敬书写的拜师帖，一个装有一千一百元学徒费的大红包，是黄加茂献呈师傅的第一份诚意见面礼。在拜师帖中，他要用人格做保证：三年不拿工资，不脱离师傅身边。

一日三餐，米是自己带的。每年的三大节日——端午、中秋和除夕要带上礼物，虔诚地给师傅送年送节。"刚入师门的徒弟，不仅赚不到吃，还会浪费材料。"黄加茂的嘴角抿出一丝不易察觉的轻笑，似乎仍为最初的生涩感到不好意思。

第一年，时间都浸泡在打下手和苦练基本功上。破竹子、刨篾子、扎线绳、剪纸、糊纸……无数次重复着砍砍削削、粘粘贴贴的动作，在唑唑啦啦、窸窸窣窣的声响中，把一双手练得熟练而活络。

第二年，师傅开始教他学设计。要按照客户的思路设计出灯彩的结构和样式，计算出尺寸和比例，摹画出完整的骨架图，再依图纸备料制作。从具象到抽象，考验的是一个人的悟性。

黄加茂只有初中文化，对那个年代普遍不被重视的美术课堂并没有表现过浓厚的兴趣。我半开玩笑地问："你觉得自己的悟性怎么样？"他又是腼腆一笑说："很一般吧。"可是，陈文桃收了十几个学徒，唯有他，一个人掌握了灯彩制作的全套技艺。要不是熊军斐馆长从旁补白，他只字不提。

第三年，黄加茂俨然已是个可以独当一面的熟练工。师傅让他挑头店里的事务，经手把关最重要的工序，也带着师弟们学艺。这一年，他仍然不能领到工资，按照民间的说法，叫"做白工"。

第四年、第五年、第六年，出师后的黄加茂，没有选择自立门户，而是留在了师傅店里。唯一不同的是，作为一名熟练工，他可以拿到属于自己的一份工资，实现学艺以养家糊口的最初目标。师傅已然年老体衰，需要他张罗店里的大事小情，还需要他挑起师门传承的大梁。他知道自己刚出师还没有名气，他也知道，师傅对他的倚重。

"要回报师恩的，师傅的店也要生存。"仍然是不加修饰的内心自白。

人说三十而立，我忽然想，人格上的立是不是比事业上的立更为重要？

我想起了我的二伯父，曾跟随一位外姓的老师傅学做篾匠。每逢大年大节，他都准时拎着酒果奔走在同一条道路上。师傅亡故之后，他仍时常去看望那个喊了多年"师娘"的女人，直到师娘也辞别人世。

客家人有句话叫"有篮子上下"，意思是亲戚或关系特别好的两家人，遇婚丧嫁娶等大事提篮相互走动。从前，因拜师学徒，两家践行亲戚往来之礼数的，数不胜数。这样的一种亲缘纽带关系，也许早已越过了手艺传承本身。

今天，谁还愿意经历长久的忍耐和等待，为学一门手艺奉上三年白工？现代机器隆隆开启，流水线的作业，单凭肢体健全便可快速掌握。每个刚刚进入工作环境的人，都希望立即获得收入。二十世纪九十年代之后，像黄加茂这样从没有外出打工的青壮年屈指可数。因此，需要等待收成的农田被撂荒，需要漫长时间浸淫的手艺被抛弃。当人们选择快捷和便利的同时，许多古老的传统不可避免地被边缘化了。

黄加茂所在的坝口村，正在开发一个大型的温泉旅游景区。可以想见，村庄原有的生活秩序将会很快打破。许多人正热烈地等待搭上一列经济发展的快车，看着家乡成为城市的一条华丽尾巴。

许多年以后，陈文桃去世，大儿媳接手了他的店铺。他所带过的若干徒弟中，只有黄加茂能够制作各种精美的灯彩。而那个不肯收下黄加茂的陈广银如今已八十多岁，再也做不动了。他的店铺关了张，租给了售货商人。他带出的三四个徒弟，在乡下做纸扎活。只是，那些散落在各处的纸扎店，无一例外地只做相对简单的红白喜事纸扎。偶尔接到做灯彩的订单，他们就转手给黄加茂做。

短暂的沉默之后，黄加茂忽然起身，从里屋取出几张设计图纸，摊开在地板上。

在那泛黄的纸页上，描画着线条、角度和形状，标注着密密麻麻细如蚂蚁的数字，它们是宽，是高，是长，是一次次精确计算之后的最终结果。从签字笔一锤定音的线段下，看得见被轻轻擦过的铅笔勾画和书写的印痕。

其实，他用不着这么小心的。因为每个灯篮分几层，由几个面组成，在他心中早已生出根茎，长成一棵固定形态的大树。但是，他又不得不如此小心。因为师父教给他的谨慎，仍像琴江的河水，在他的生命中缓慢而持久地流淌。

我侧过头去，在视线的左后方，斜靠着一摞由细竹弯成的正六边形。每一个都像从图纸上走出来的孪生儿。它们将构成若干个茶篮灯最饱满的肚腹部分。

四

从一片吹打乐和一丛肃穆的面孔中寻找一个人的身影，并不是件容易的事情。我记得黄加茂日常的装束，深棕色的皮衣外套，湖蓝色的水磨牛仔裤，套一双浅棕色的旧休闲皮鞋。虽寡言少语，却并不显得多么老成持重。

可是现在，我不敢相信那个身穿黑色长袍、头戴道士帽、口中念念有词的人是他。在一场名叫七郎醮的庙会里，他是一个做醮事的道士。锣、鼓、钹和唢呐不停歇地吹打着某支传统曲牌，墙上的挂画不动声色地讲述着诸多古老故事，案几上的蜡烛不悲不喜地团簇着密密麻麻的光亮，庙会现场的罗汉灯、八仙灯和各种故事人物正跟随在菩萨后面热热闹闹地巡游。

此刻，黄加茂已化身为通往凡界与天界的那座桥梁，他诵念着冗长的《启请科》，要将天尊请到道场中来，听到并成全人们的众多祈愿。这是他每一次进入道士角色的必修课，他沉着而笃定的眼神，似乎在告诉人们，天尊的真身即将或已经驾临。

做道士，是黄加茂灯彩艺人之外的另一重社会身份。

自然，这也是一门谋生的技艺，在纸扎行业同步代代传承着。他说，要背很多经书的。真君醮、七郎醮、后稷、城隍、天符、依公等庙会，每次用到的经书都不一样；《启请科》《莲灯科》《十王科》《过十殿》《快七字句》……每一本都要背到滚瓜烂熟；而他每一次出场做道士，都要完整地诵出相应的课书。

那么多的纸扎徒弟，师傅陈文桃唯独将这一门堪称压箱本领的技艺教给了他。教习的时间，正是他出师后留在师傅店里的那几年。

见惯了死生的黄加茂，不曾用因果之类的词语总结过自己的前半生。只是在香烛的缭绕烟雾中，他常常依稀瞧见师傅郑重其事的面庞。会做道士的人不多了，整个琴江镇找不出十人。再往后，这一身老手艺该教给谁，他还不知道。

石城人对待一个人的死远比生看得更重。请道士，请乐器班，布置道场；一天，两天，甚至三天，热热闹闹，吹吹打打将亡人送往极乐世界。其中，自然也离不开灯彩。四十九盏点莲灯，是亡灵被超度的最后仪式。一个生命结束，是石城人最爱的灯彩为之开道，亦为之送行。

每一年，黄加茂都要进入三四十个这样的白事现场。他要做的有很多，扎花圈、装饰灵堂、制作点莲灯，样样都离不开纸扎手艺。

而这些，正是他所擅长、所赖以生存的一部分。

我惊讶于一个人角色分身的自如。多数时候，他闷声不响地扎着灯，像一条连泡泡都懒得吐出的鱼。而当他穿上黑色的长袍，坐上那张方桌中作为主事的首席位置，口中汩汩流出的话语，多么像一股奔涌不息的泉。

在那些充盈着悲伤的夜晚，点莲灯的微光于风中轻轻摇晃，黄加茂诵念着《七字句》《铙钹记》《怀胎歌》……引领亡灵归大道、游地府、过十殿，超度亡灵去往西天的极乐世界。这时候，光线幽暗，乐音空灵超脱，人们静默而又端肃。夜色越来越深浓，被大人背着抱着的孩童耐不住困已经睡熟了。他还在虔诚地念，喋喋不休地念，一直念到深夜十一二点。他要不厌其烦地劝解世人，多行善事，勿要作恶行骗。因为，有好生之德的人，方可上天，而作恶多端者，要下地狱。

四十九盏点莲灯，照耀着逝者离去的道路，也照耀着生者处世的敬畏。

一千多年了，灯彩贯穿着石城人的生老病死、喜怒哀乐，贯穿着他们一生的荣辱兴衰。他们像瘾君子那样依赖着灯彩，举着灯彩起舞，点着灯彩祭祀，在节庆日，在隆重的事件当中，用力和美，用群体的执着，建筑起生命的仪式感。欢乐、祝福、祈祷、赞颂、哀恸，各色各样的情感，无不融进那跳荡的灯火之中。

多年前，我曾在石城有过短暂的从教经历，并顺利地掌握了当地方言。我知道，在石城人的口中，灯和丁有着完全一致的读音。于是，灯，寓意于丁，人丁兴旺的丁。他们喜欢敞开厅堂接灯，即使需要付出一定的物质代价。当他们一次次地迎进灯彩，便是一次次迎进祈盼中的幸福和吉祥。

每个乡镇都有灯队，每年春节都要迎来灯会的高潮。每次灯队活动之时，都有鼓乐齐鸣、载歌载舞。他们在祖宗的牌位上点燃灯烛香火，他们举起雄鸡喝彩祭祀，他们噼里啪啦地炸响鞭炮，他们将新春的憧憬和渴望都寄予灯，寄予信奉的仪式。

有灯，就有未来，有长路，有人世光亮，有生生不息。

五

时间真是捉不住的泥鳅啊，一眨眼，二十多年就滑了过去。从青年到中年，黄加茂还坐在椅子上扎灯。时间赠予他的，除了一家人的丰衣足食，还有怎么也赶不走的腰肌劳损。赶着接单，赶着交货，岁月何曾宽容过一个日日夜夜坐成一尊雕像的人。"年纪越大，越害怕长时间坐了。"他发来一个捂脸的表情。

请黄加茂做灯彩的，有石城本地的灯队，有赣南各县的博物馆，也有上海、广东等地的收藏家。世界上，许多物品的生产都机械化了，然而灯彩是工厂无法做出来的。整个县城，有九成的灯彩出自他手。据说，还有一个许师傅会接少量的活计，但他已经很老了，快要做不动了。一九七三年出生的黄加茂，是全县最年轻的灯彩手艺人。

当清晨的霞光催促黄加茂赶往庙会或丧事人家，当五颜六色的蜡光纸、拷贝纸、电光纸包围了他的沉默和呼吸，他一定看见过人世的花团锦簇，也看见过生命的盛衰荣枯。

从前，石城有几十支民间灯队，按照"一个灯队九个灯"的规矩，每年的冬天，灯队都要来下单扎灯。元宵谢灯时，灯队要将灯彩尽数烧掉。然而现在，民间的灯队渐渐萎缩，需要扎灯的时候越来越少。

越来越少的，还有纯粹的手艺人。

　　黄加茂曾站在那棵大樟树下，迎接过好几个想来学徒的年轻人。他说他愿意收下年轻人，拜师钱一分都不收，只是发不出工资。这条件，与他学徒时相比，已经宽厚太多了。然而年轻人摇摇头，一个一个打退堂鼓走了。

　　黄加茂不能也无力奢望或勉强他人，他只是觉得，现在的人太焦急了。恨不得一下子将手艺学走，恨不得一伸手就拿到高报酬。那些需要长期浸淫和缓慢等待的职业，被人们远远地抛在了身后。

　　从前慢的时代，再也回不去了。黄加茂将女儿送上了大学，又送去了广东实习。儿子一个上高中，一个上初中。他关心他们的成绩胜过关心世事的变迁，他深信把书念好了才是正道。除非迫不得已，他不会将自己走过的路，铺在孩子们的脚下。

　　熊军斐曾有个大胆的设想，将灯彩制作引入流水线，公司化运作。这样，每个工人只需掌握其中一道工序即可。设计的归设计，篾艺的归篾艺，贴纸的归贴纸。然而想到经费，想到市场，想到工人，想到效益，又黯然神伤地摇摇头。至少在最近的几年里，这个设想难以变成现实。

　　即使灯彩依然为石城人所热爱，即使国家级非遗的金字招牌为其传承注入了新鲜活水，但手工艺人的日趋锐减，仍然是不可回避的现实。

　　于是，黄加茂之于石城灯彩的意义，便愈发显出珍贵。

　　这几天，我不停地通过微信和电话继续向他求证着一些事。当他明白我要将他写进文章里的时候，突然惊慌失措："我没啥好写的呀，平民一个，人家看了，还不笑掉大牙？"附上一个尴尬的表情。直到被我说服，并相信了自己的值得，才呵呵一笑。

　　翻开他的朋友圈，从二〇一七年开通微信至今，他发送的信息不足十条。有限的几张相片，全是他的灯彩作品：鲤鱼灯、兔子灯、蚌壳灯、莲花灯……连文字都没有配过一个。唯一在评论区看到的几个字，大约是他回复别人的："再寒都得做。"如他所言："我不懂那许多，我只会做事。"

我的脑海中不禁浮现出他做灯彩的样子来：夜色笼罩，四周万籁俱寂，他从长久的坐姿中起身，撑住酸疼的后腰，一阵凉风经由半开的卷闸门钻进来，停在一声缓慢的叹息里。

擎着灯火的村庄

锣鼓声喊破了正月十五的天光

锣鼓声喊破天光的时候，大由乡濯龙村的村民全都支起了耳朵。

孩童一骨碌从热被窝里拱出头来："今晚要舞蛇灯喽——"女人一边披衣起床，一边催促着丈夫："快，起来糊灯。"然后，脚步轻盈地拐进厨房，起了锅灶，升起炊烟。

空气里弥散开一股子摁不住的兴奋气息，仿佛鸡雏要破壳，仿佛笋芽要冒尖。

这是正月十五的清晨，薄薄的湿雾还在屋顶、树梢和村边的小山包上缠绕，南方的湿冷在敲锣人的鼻尖上贴伏为一股白气。灯会负责人杨贵钦走在通往江东庙的小路上，与敲锣的族人交换了会意的眼神。鸡啼声、狗吠声此起彼伏，加深了好事将至的热切感。

外出打工的村民回来了，上大学的年轻人回来了，嫁出去的闺女也回娘家来了。还有一些爱瞧热闹的亲戚，早早地赶到了濯龙村。

每个人都在翘首企盼着这一天的到来。他们等这一天，等一年了。

锣鼓声是一个信号，一种指引，一颗确切无疑的定心丸。村庄很大，有十三平方多公里，七百多户人家。声音穿不透的地方也不要紧，反正一传十，十传百。上千年来的约定俗成，早已妇孺皆知。

舞蛇灯，无疑是濯龙村一年中最盛大的事件。家家出灯，人人参与。胜过婚丧嫁娶，胜过两委选举，牵动着全村男女老少每一颗跳动的心。

位于赣水之南的石城县，早在一九九二年十月便被江西省文化厅命名为"灯彩之乡"。至二〇〇八年六月，石城灯会（彩）又被列入第二批国家级非物质文化遗产名录。在这里，盛行着异彩纷呈的各色灯种。无论繁华的城区，还是偏僻的乡村，龙灯、马灯、蚌壳灯、茶篮灯、罗汉灯、荷花灯、八宝灯……年年舞动于集市门庭、村头巷尾。

石城古为百越之地，后多畲瑶土著居住。自西晋至明清，大量的中原汉人携家带口南迁避祸，其中一部分选中了山环水绕的赣南石城。他们在此定居、繁衍，和畲瑶人经过漫长的血肉与精神交融，最终形成了一支独特的民系——客家人。

客家灯彩，最早即脱胎于中原的舞狮、舞龙文化。然而他们在继承中又有诸多创造，依着石城的自然环境和生产生活，发展出许多灯具和灯舞，其种类之繁复，形式之多样，可谓琳琅满目，美不胜收。

在石城人的生活中，几乎无物不可入灯，无人不会舞灯。

清乾隆乙丑（1745）《石城县志》有载："元宵前后，城市挨户悬灯于门两半，星桥辉煌若画，兴酣者张鼓乐……乃终月罢。"

从赣南的崇山峻岭间剔出石城县的版图，活脱脱是一条头大身长腰细的龙。不息流淌的琴江，是这条龙身体里的血管，从龙头到龙尾，缓缓地穿过县境。人们以县城所在地琴江镇为轴，将县域内的十个乡镇分称作上水和下水。

自上而下，浸润在丰沛支流中的每一座村庄，相对独立地栖身于绵延的丘陵间，诞生并延续着自己独有的古老民俗。又以地域、姓氏和亲缘关系，相互渗透，相互迁延。

各色灯彩、规约、民俗、风情，便像河流一样从上水流到下水。水，滋生万物，也滋养文化。水过之处，乡音和乡情相互交融，又相互补充。呈现出你中有我、我中有你的近亲式关联。

譬如在全县城乡各处都作兴的秆龙灯、茶篮灯、风车灯、荷花灯、宝伞灯；譬如上水的木兰乡木兰村、小琴村、田江村、杨坊村、新河村等地作兴的板桥灯。

然而唯独蛇灯，仅为大由乡濯龙村所独有。

由北而南的琴江，流到下水的濯龙村，变成了东西走向。此处河道弯曲，犹如巨龙蜿蜒，因而得村名濯龙。这个已壮大为两千八百多人口的村庄，拥有自己独特的气息和密码。从最初的开辟家园、艰难生存，到如今的安居乐业、繁衍生息，他们用上千年的光阴，将蛇灯舞成了石城灯彩中最耀目的一朵奇葩。

每年的正月十五元宵节，濯龙村都要举行盛大的舞蛇灯活动，至今已有四百多年历史。其参与人数之众、场面之壮观、气氛之热烈，年复一年吸引着四邻八乡的人们前往观望助兴。

乡间舞灯，都为着吉祥与喜庆、祈福和祛灾。故灯彩多取吉祥美好之物、艳丽和暖之色，以表达人们对幸福生活的热烈追求和殷切向往。但是濯龙村人何以独钟情于人人敬而远之的蛇，并将之编织成灯舞，年年不亦乐乎地舞之蹈之，至今仍是一个没有确切答案的谜。

人们在故事中征服蛇妖

蛇，历来为世人所惧怕。尤其是在草木深深的山区，它们的神出鬼没、善于伪装和阴毒牙舌，给山民们带来太多突如其来的伤害。

小时候，我亦生活在虫蛇出没的山区，上山砍柴、下地劳作，甚至上学放学，皆可与蛇狭路相逢，及至发现，已近在咫尺，每每吓得失魂落魄，奔走如护命之小兽。有时，蛇还偷偷钻进我家的房屋，鸠占鹊巢，或盘踞于鸡窝，或潜伏于床榻，像随时伺机作案的贼，虽未造成明显伤害，但我母亲着实为此受过惊吓，大病了一场。

许多年来，我曾无数次做梦，梦见被蛇追赶，或面前一个深坑，里头全是纠缠扭曲的蛇，而我无路可走，于失声惊叫中挣脱噩梦。逃离蛇，逃离由它制造的危险和恐惧，成为我少年时发奋读书的巨大动力。

直到今天，我仍没有勇气细看一张蛇的图片，余光瞥见，只觉倒吸一口凉气，浑身泛起鸡皮疙瘩，只得将目光赶紧抽离。我只愿，这一生都不要再与它遭逢。

在人类文明的进程中，一直上演着驯化畏惧之物，使其为人所用的现实剧目。譬如野猪成为家豕，譬如野狗成为家犬。如果现实中无法驯服，便用传说故事和万般想象去驯服它。

事实上，我国古代神话中的重要元素"龙"，很大程度上取材于蛇。它时而隐形，时而现身，时而变长变短，性格阴晴不定。还有那虬长的体态，弯转盘旋的姿势，浑身覆盖的鳞片，皆与蛇无异。

《史记》有载："蛇化为龙，不变其文（纹）。"人们在想象中美化着蛇的形态，幻想着冷血的蛇从此具有了神的灵性，学会护佑苍生。人们愿意俯低身段去敬它、拜它、讨好它、祈求它，以获得和平共处的生存空间。

每一种独特的习俗，都有其生发的情由。在生产力落后的山村，几乎都流传着降妖除魔的故事，其版本五花八门，代代传讲又不断发生变化。从小，父亲就和我讲过许真君降伏孽龙的故事。其间千难万险，但到底是正义战胜了邪恶，颇符合中国民间的精神胜利法则。

濯龙村制服蛇妖的故事与之类似。在人们的口耳相传中，关于舞蛇灯的来历，留下了多个不同版本的神奇故事。我没想到的是，其中的细节如此多样，牵涉的人和事也如此纷繁。

我先是来到了一九四二年出生的杨群寿家。这位多年沉浸于蛇灯制作的老人，对于舞蛇灯的来历语焉不详，只说最初大概是蛇妖在村中作乱，神托梦给村中几位老者，要大家舞起蛇灯，以保一村平安。这个说法与我翻到的一本资料书相对应，梦语正是："身灯相连长蛇灯，引出藏蛇前来跟。引到西山化蛇洞，濯龙年年保平安。"

我又找到了一九三九年出生的杨贵钦。这位从一九八二年便开始担任灯会理事人的老人则告诉我：相传当年蛇妖在城门渡兴风作浪，翻掉渡船、糟蹋庄稼，后来是杨大伯公镇住了蛇妖，人们从此舞起蛇灯纪念杨大伯公。村民们还为杨大伯公塑了菩萨，供奉在江东庙。

故事发生的地点城门渡还在，只是不再设渡口了。河上架起了水泥桥，人们安然通行，蛇妖的故事如此久远，仿佛从来没有发生过。

在大由蛇灯传习点，我看到了另一种版本的讲述：村中有位杨姓祖师，学法三年后回家，发现当地狮子岩常有蛇精出动，在村间作恶多端，于是施展法术，将其击死。不料残余寸许的蛇身化为小蛇，数年后将他咬死。临死前，他嘱咐村民于元宵之夜，装置蛇灯于全村阡陌之上，巡游村寨田间，以威震蛇精，免遭祸害。村人遵照，果然物产丰盈、人畜吉祥。

还有一个故事说的是：濯龙村河东刘员外有女名鸣凤。一天，鸣凤被一条毒蛇惊吓，少年石广英雄救美，将毒蛇打死。鸣凤与石广长大后，定了百年之好。花轿经过西山莲花寺时，突然狂风大作，暴雨倾盆。莲花寺老方丈急将鸣凤与石广藏于寺内。两条蛇妖为报石广打死毒蛇之仇，请来好色的南海四龙子抢亲。他们冲进寺庙，将鸣凤、石广捆绑起来，准备带走。这时，华光大帝领五百火鸟前来助阵，数只火鸟将一条蛇妖杀死。另一条蛇妖藏进了山洞，村中勇士"圣英公"率领几名壮汉冲入洞内，又将之杀死。村民们为纪念华光大帝和"圣英公"的救人驱妖之功，每年都要摆蛇灯，进村入户巡游，祈祷平安。

当我饶有兴致地翻阅资料，发现相关的传说至少还有三五种，每一种都活灵活现，从各个角度诠释了村里为何必须年年舞蛇灯。有祈求蛇精不再作恶的，有用火光赶走蛇精的，还有纪念和朝拜斗蛇英雄的。

譬如这一段："后人为杨生建七公庙，庙正对着狮子岩，旨在守住蛇精。村人每年串蛇灯纪念杨生，吓走蛇精。有一年没有串蛇灯，涨大水，绕河都是蛇。蛇灯自此沿袭下来。"

如果历史上真有其人，不知这位杨生和杨贵钦所说的杨大伯公是否为同一人？

我欲寻找七公庙，却被告知已然冲毁，只能从远古的传说和老人的回忆中知晓它的状貌。据说，庙很小，仅三平方米，土砖砌的墙，背后有棵大樟树，庙中祀奉的，是一块人样的石头。

后来，他们重新塑了两座杨大伯公菩萨，供奉在江东庙，日日享用村民的香火和敬意。每当蛇灯灯队开始游村时，这两尊菩萨便被精壮的汉子虔诚地抬着，在灯队前做引导。

六个篷链接着血脉亲情

杨贵钦已经不是第一次在晨光曦微中开启他的理事人职责了。当他熟练地打开江东庙的大门，为八尊菩萨分别点上香火，心中不禁又一次感慨万千。为旧历年在按部就班中平安度过，为新一年的灯会即将盛大启幕。

是的，如今的蛇灯舞，早已不再局限于濯龙村村民的自娱自乐，而是牵引了全乡、全县乃至更广大人群关切的目光。这一天，从四面八方赶来观灯的人们络绎不绝，他们将填满村庄的每一个空隙，等待一场壮观的好戏上演。

村庄里实在容不下了，又有许多人爬到对面的山上看。其中有瞧热闹的普通人，也有媒体记者、专业摄影师、民俗爱好者。

一场民间的灯会办到如此声名远播，杨贵钦是骄傲的。但一年一年，要将灯会办好看办圆满，杨贵钦又是深知责任重大和诸事艰辛的。

自从一九八二年被村民推举为杨姓灯会理事会会长，他已经为此奔忙了近四十年。从壮年到老年，从大年初七的襄神到正月十五的蛇灯，四十来年的光阴，在一个人身上烙下的深刻痕迹，与蛇灯舞的兴衰沉浮相互印证，也与濯龙村的人心聚散休戚与共。

从大由蛇灯传习点到杨贵钦家，仅几步路程。一包熟豆子哧啦拆了封，哗的一声撒在桌面上。杨贵钦把我们当成了小孩，爱围着桌子拣豆子吃的小孩。我坐下来，看见几个真正的小孩正在宽阔的厅堂间钻进钻出、嬉闹追打，声音尖细又响亮，像酷夏里不息鸣叫的蝉。他们的小书包凌乱地扔在桌面上，卡通图案里的小猪佩奇瞪大了眼，盯着骨碌碌转的豆子。

那是杨贵钦的曾孙。现在，他已经是一个有着三个孙子、一个孙女、四个曾孙的老辈人了。像老树开枝，一代一代的人层层生发，血脉亲情于是从一个原点出发，朝着四面八方连绵迁延开去。

很难相信眼前的老人已年逾八旬，他腰背挺直，声如洪钟，牙口完好如青年。一件高领的黑色紧身上衣，胸前印有金色的"OK"字样，充满诙谐意味，仿佛随时准备咧开嘴笑出声来，像极了他此刻的表情。想必，他经常拣年轻人抛弃的衣服来穿。乡村的老人多如是，将节俭恪守成了一辈子的习惯。

然而对于村里一年一度的蛇灯灯会，杨贵钦却是个极其慷慨的公益人。

石城的灯会多以村落、庙会、姓氏、宗族为单位，成立自发性民间组织。灯会的理事，多为地方上有威望的长者。他们需要分工合作，诸如募集资金、物资采买、准备灯具、组织排练和表演。他们需要付出比村民多数倍的心力，甚至捐出更多的钱物。

会长不是官职，在村民们心中却有着比肩于官职的重要性。他们有的是责任和义务、付出与担当，却唯独没有物质上的报酬。然而他们又无时不感受到精神的充盈与获得，那种一呼百应的满足，那些热气腾腾的场景，还有全村人齐心协力做一件事的欢喜，支撑着他们一年一年乐此不疲，反复奔忙。

"我们的蛇灯舞，上了江西电视台和中央电视台呢。"杨贵钦亮着大嗓门对我说。抬眼看他，眼睛里闪着晶亮自得的光，像一盏燃着的灯火。

说到如何组织灯会，杨贵钦伸出两根手指，做出六的手势："六个篷。"我所理解的篷，是遮盖之物，是竹篾、苇席或布。但在他们的方言中，却是一种姓氏的组织。当我想到篷的荫护之意，心中不由会意。乡间的方言，竟无比简洁和精准。

已繁衍至七百多户人家的濯龙村，杨姓是最早定居于此的姓氏。而后张、熊、陈、李陆续加入其中，构成了以五大姓氏为主，几十个杂姓共居的格局。于是，五大姓氏各为一篷，其余姓氏共为一篷，是为百家篷。六个篷每年轮流主持灯会，将蛇灯兴兴旺旺地一直舞到今天。

当然，不管轮到哪个篷组织，其他篷仍然要前去帮忙。"同在一个村里，都希望和睦团结、和谐相处。"杨贵钦说。他们既精诚合作，又在暗中彼此悄悄地较着劲，谁都不愿意输了排场、丢了面子。灯会如此，庙会如此，禳神活动也如此。

究竟是谁最先发明了篷这样的组织，如今已不可考。但我们知道，串联在其间的是血脉亲情，是姓氏荣耀，是命运将各色人等推到同一个地域讨生活时的相互妥协、依存和交融。

民间活动，经费全凭村民自愿捐集。理事会的人上了门，家家户户便都不愿落于人后。按家中红丁（男丁），一人一份，二十元、五十元、一百元……或有经商收入颇丰者，会捐出更多的份额。为宗族公益出钱出力，任谁，都觉得是积德积福之事。何况红丁款交得越多，则意味着人丁越兴旺、兆头越吉祥。

各个篷将收上来的钱，又交给当年主事的篷。他们用这钱买烟花、买爆竹，还请来师傅敲锣鼓、吹唢呐、抬菩萨、抬轿子。将灯会办得欢喜而盛大，是他们共同的心愿。

捐资的红榜就张贴在江东庙的外墙上。仿佛古时候看科举揭榜，人们抬头看见自己的大名赫然在列，脸上不由就泛起了志得意满的红光。

收支明细也在江东庙逐一公示，若有节余，还可留到下一年继续用。有时，也用来修桥补路、修缮庙宇、维护菩萨，总之，一切的用度，都围绕着全村人的公益事项。

这些事村委会从不插手干涉，轮到自家时，都恭恭敬敬地奉上红丁钱。

六个篷，如同呼吸系统中的鼻、咽、喉、气管、支气管和肺，形成了一套有条不紊的顺畅机制。像日出和日落，像花谢与花开，如此自然，如此有序。

灯彩辉耀的童年与成长

一盏花灯插在杨贵钦家祖宗神案的香炉里，简易的细竹骨架，糊着喜气的艳色彩纸，几条流苏垂挂下来，像旧时的王冠顶戴。不舞灯的日子，多数人家长年都会在灶上、神龛上供着灯，两边一对红烛，从清晨亮到黑夜。

这是属于孩子们的花灯，自幼年起，他们就擎着花灯戏耍，也模仿成人舞灯。既为玩具，也是习得技艺的媒介。我想起儿时玩过的鸡公吹，每年春节几乎人手一个。竹制的公鸡糊上彩纸，尾部插一根鸡毛，模样昂然，前胸处还藏有一个竹哨子，吹起来呜呜响。吹累了，玩够了，便插在灶台上，像个守灶的大将军。只可惜，这些年再去赶圩，鸡公吹已不见了影踪。

见我好奇，杨贵钦便将花灯取了下来，点燃一支蜡炬，插进了花灯的小孔里。我举起它，双手被灯烛映红。我想象那些被映红的小脸蛋和荡漾着涟漪的笑靥。在电子时代，他们仍然拥有这样传统而温暖的玩具，真是不一般的幸福。

每年春节，他们举着一盏专属于自己的花灯，一路游戏，一路歌唱："花灯进屋，不要你的盐，不要你的米，只要你的蜡烛。"无论走进村庄的哪一户人家，他们的愿望都将被充分满足。一支蜡烛燃尽了，又点上一支，仿佛这烛火永远不灭，童年就永远闪耀着快乐的光芒。

在乡村，灯彩的传承是群体性的，也是自发性的。耳濡目染与兴趣盎然，构成了灯彩习俗一代一代延续下去的依凭。

杨贵钦也有过这样的童年，和所有的石城人一样，他的一生都与灯彩结下了不解之缘。然而他最感兴趣的，却是濯龙村的蛇灯。

桌面上的煮茶器呼呼地响，他动情地回忆起儿时去看蛇灯舞的情景，矮矮的个子，举一盏小小的花灯，和一群年龄相仿的孩童一起，相跟在大人的侧畔，一路兴奋地奔跑着、呼喊着，直到声音嘶哑，满头大汗。

元宵节的夜晚，似乎世间所有的热闹和喜庆都汇集在了他们的村庄。土铳响起来，锣鼓敲起来，鞭炮炸开来，吹打乐不停地强了又弱，弱了又强。他是那样地盼望着长大，盼望着有一天，可以像村里的成年男子那样，拥有出灯的资格，汇入那长长的队伍，纵情疾走。

这一天，杨贵钦一直等到了十八岁。从某种意义上说，舞蛇灯，便是濯龙村男子的成人礼。因为从这一年开始，他们便可以像真正的大人那样参与蛇灯的接龙，成为气势磅礴的蛇灯舞中的重要一员。

蛇灯舞从来没有彩排，成年的男人们一边舞灯，一边将技巧教授给身边的子孙辈。男孩饶有兴致地跟在旁边，除了在奔跑中且观且学，他们还有一个重要的任务，携带蜡烛以备父辈随时更换补充。因为，整个夜晚他们的灯都不能熄灭，是为吉利。

一个男孩长大，一个家庭便需要为之打造专属于他的蛇灯器具了。

较之于孩童戏耍的简易花灯，蛇灯的结构显然要复杂得多，也隆重得多。一块长约两米的木板，板面上支三根弓形的篾条，便可安装三个蛇灯。一家人或一个男人出一板灯，也叫一条灯。灯是规整的立体八角形，中间方、两头尖，需要请手艺人专门扎制。然后在竹篾的骨架上糊纸，一面一张，有的贴上鸡、鹿、蝴蝶、人物、树木等图案的剪纸，有的写上诸如风调雨顺、五谷丰登、添丁发财等祝福语。

每个男人都会有一根独一无二的木棍，上面郑重地写着自己的名字。他们在木板的一头一尾挖出两个圆孔，构成可以自由连接与拆卸的榫卯装置。将木棍安插进圆孔中，一板蛇灯便可高高举起。出灯的时候，从蛇头开始，后来的人一个一个跟上前去，与前一个人榫卯相合，几百条灯连在一起，就形成了一条蜿蜒的长龙。

十八岁，杨贵钦顺利地完成了一个男人立世的仪式。此后的每一年，他都是蛇灯舞中的中坚力量，也是俗世风雨中顶天立地的汉子，承担起了一个男人应该或不得不肩负的全部责任。

是啊，回头想想，这一生他都经历过多少坎坷呢：好容易经营起来的碾米小作坊，被大水一朝冲了个精光；长到二十八九岁的小儿子，因一场车祸猝然离世；年轻时染上的慢性支气管炎，缠了他大半辈子……这一生，他都没有离开过村庄和土地，种烟叶、栽水稻，以换取生活的所需。小孙子自三岁起，便由他接过了抚养责任。直到七十五岁那年，实在耕种不动了，他才从田地里退了出来。

再苦再难的日子，都熬了过去。如今，小孙子业已成人，去年春节前打工回来，恭恭敬敬地奉上三千元钱，杨贵钦感到前所未有的满足。他为孙子置办好了蛇灯灯具，他要将不灭的灯火和家庭的希望，手把手地递交下去。

就像他们的灯会理事会，其中有老年人，有中年人，也有年轻人。在一场一场的蛇灯会中，他们不动声色地培养着接班人，像一场没有尾声的接力赛跑，要将这延续了几百年的老规矩，一棒一棒地传下去。

杨贵钦相信自己这一生虽遭遇太多困厄，却仍硬朗地活着，看得见希望地活着，是有着灯在护佑的。他掐指一算，除了一九五八年到一九八二年间因为特殊历史的缘故停办了灯会，其余的每一年春节，灯火如常点亮村庄。

这年复一年的蛇灯舞，寄托了濯龙村人多少的虔诚祈求和精神依赖。一代一代的男丁在出生，在长大，在欢笑歌哭中习得生存的能力。当他们在元宵夜开始擎起专属于自己的蛇灯，也便擎起了生而为人的责任。

蛇灯旋舞的欢腾之夜

在千万人的热切期盼中，夜幕终于降临了村庄。

家家户户，该糊的灯都糊好了，该备的蜡烛也备好了，该置办的酒菜置办好了，该铆的劲头也铆足了。傍晚六点，锣鼓声咚咚敲响，老弱妇孺奔走相告："赶快吃好饭，摆好灯，今天晚上是确定要出灯了。"

待到晚上七点半，禽畜归巢，人们屏息凝神，酒足饭饱后的乐队再次前往江东庙，敲起了锣，打起了鼓，向全村发出了正式出灯的信号。负责出头龙的杨姓男子早已候在杨家祠，与从江东庙走来的乐队会合。他们搬出灯具（蛇头和蛇尾由理事会统一制作、保管），由两尊菩萨在前方引路，开启了蛇灯舞的第一幕。

上元夜，蛇灯总是由杨氏人起头龙。这，是一种荣耀，也是一种约定俗成的规矩。因为濯龙村街头所在地岭背小组，最早即为杨姓定居。几百年前，是杨家人出钱修建了江东庙，至今为全村诸姓共同祀奉与使用。

举蛇头的木棍总是最长的，无论远观还是近看，无论走着还是停下，蛇头必高高昂起，彰显着领头者的气势和威风。一根绳子连接着蛇头的下颌，绳子一拉、一放，蛇头的嘴巴就一张、一翕，于是平日可怖的蛇形，也便现出了几分憨态。

大戏开幕，一节一节的灯不断地加入进来。像是牧羊人打开了羊圈，在头羊的带领下，队伍越拉越长。头龙所到之处，锣鼓一路敲过去，大串的爆竹一路炸过去，家家户户取出精心制作的灯具，依次接续在灯队的后面。有男子成人的，有添了丁的，也有娶了媳妇的，各自擎出一条板凳的灯。也有一家人、一小房或几兄弟共一条灯的，数量不等，形式自由地表达着参与的热情和对生活的祈盼。

队伍渐渐逶迤开来，踩着固定的路线，从岭背、丰火、新屋、伊家、上张、上屋、屋背、下屋，到下村、陈家、中村、下新，一条长蛇穿田塍、过山坳、占谷坪，队伍每经过一户人家门口，村民必安放供品，燃放鞭炮和烟花迎接，祈求丁财两盛，孩子们则提着花灯倾巢出动，寸步相跟。不多时，整个村庄热闹非凡，舞动着的蛇灯好比一条披着金甲的巨龙，在屋宇和田畴间盘旋飞舞，欢呼声、鞭炮声、喝彩声交织成一部大型交响乐，响彻云霄。

一路游走，长蛇已绕全村一周，相连几百米。这时特制的蛇尾早已接入蛇身，高高翘着，所谓有头有尾，完整而吉庆。

游村途中，遇有姓氏比较集中的村庄，又有大块的空地时，蛇灯就要进行一次盘龙，俗称"打团围"。在庙门口、在学堂下、在岭背、在大门前、在正对狮子岩的桥头，都是固定要"打团围"的地点。因为在村民们的心目中，每一次"打团围"，都会给自己和村庄带来好运。

杨贵钦记得，年轻时他们游龙走的是田塍路，坑坑洼洼，一步一惊心。现在，每一条路都被拓宽、被硬化，成了平平整整的水泥路。村庄在变，唯一不变的，是雷打不动的蛇灯舞，是足以淹没一切的欢乐海洋。

夜幕越发深沉了，漆黑的夜空下，只看见蛇灯在游走，白的蛇头、红的蛇身、细的蛇尾，左右摇摆着身子。吹打乐不停歇地响着，烟花不时升上几十米的高空，铺开一朵又一朵的姹紫嫣红，推动着这个夜晚的热烈。人群越聚越密，他们拥向每一处盘龙点，摩肩接踵，引颈张望。呼唤的、议论的、加油鼓劲的，此起彼落。

最隆重的盘龙仪式，在江东庙举行。吹打乐掌控着金蛇游动的节奏，几百米长的灯队，起初是缓慢地行走，逶迤盘旋，蔚为壮观。而后持灯人脚步越来越快，至疾走，至奔跑，金蛇开始狂舞，鞭炮更加热烈，人声更加鼎沸。已经分不清哪一盏灯擎于何人之手，只是看见无数的灯盏连成一条火线，明晃晃地亮着、旋转着、飞舞着，令人目眩神迷，令人要将整颗心都提到嗓子眼去，想尖叫，想呼喊，想大笑，又想哭泣。

这是集体的力量，是几百个男人共同烘托的勇力和雄壮。他们动作粗犷、豪放，将男性的阳刚之美展现得淋漓尽致；他们喊着号子，跑得虎虎生风，跑得忘乎所以。

一条好似着了火的长龙，时而缠绞，时而舒张，时而高昂着头，信子伸向远方……仿佛在回望那延续千年的火神崇拜，是如何从中原出发，扎根于赣南石城，扎根于客家人的灵魂之上。多少年过去，火，仍然是火，驱散黑暗中看得见和看不见的不祥之物，擎起大地上不灭的信仰和希望之光。火到之处，万物安详、人心安宁。

杨贵钦站在不远处，一边鼓劲、呼喊，一边维持着观众的秩序。他已经老得跑不动了，再也不能回到那个队伍中了。他试图从长长的队伍中找到自己的孙子，然而未果。火光映亮了他的双眸，在他的眼中幻化、重叠，他想起了自己的十八岁，第一次的激荡和忘情。仿佛回到想象中，便又一次重返了昔时的威武。

一整个晚上，狂欢的浪潮漫涌着，从这头到那头，从山坡到平地，从小径到大路，持续达三四个小时之久。直到尾声来临，灯队在江东庙绕行一周，完成最后的"箍庙"仪式。

这最后的隆重仪式，演绎着蛇灯舞最深刻的寓意：蛇精把神庙箍住，千钧一发之际，人们拆下板凳，卸了蛇灯，吐出一口大气，各自回家。这时，蛇灯散去，蛇精解体，喻示除妖人牺牲了自己，与蛇精同归于尽。

灯火在千家万户次第亮起。余下的，尽皆是憧憬和守望。

结 绳 者

一

"八根线，七个面，四十八个结。"七十九岁的老人杨群寿一边念念有词，一边在竹篾骨架的交会处熟练地打上一个结。

说到"结"字的时候，他忽然将声音顿了下来。顺着他的目光，我望向厅堂里那一地已经完工的蛇灯骨架。金黄的竹篾间，一个个乌黑的绳结如繁星点缀其间。我被一缕叹气般的余音怔住，不敢伸手去数，也无法计数。

从总角之年到耄耋老者，这一生，杨群寿已经打过多少个绳结，谁能说得清呢？

关于扎制一个蛇灯的程序和数字，杨群寿熟悉得仿佛是自己的左手和右手，伸出手来，十个手指头，即便在黑暗中也连接着内心的亮光。

那是怎样的一双手啊，苍老、枯瘦、斑驳、粗糙、青筋暴突，指甲正在无可挽回地向内萎缩。然而这双手又是如此灵巧，它们和竹子、刀具、绳结、彩纸打了一辈子交道。砍、破、削、剪、剐、糊、扎、凿……所有的动词，都和这双手有关；所有的动作，都经由这双手去完成。

"做这些活，累吗？"我说。

杨群寿却避开了我的话题，颇有些自得地说："做纸扎能锻炼身体，还能动脑。"我又一次打量着眼前的老人，的确，他人虽清瘦，却精神矍铄，连腰板也挺得直直的。

不经意间，他吐出一个词：轻功。我心里一惊，莫非这老者是隐匿在民间的武林高手？为了消除我的惊愕，他实地比画给我看，用极迅速的动作，在蛇灯骨架上糊好一张纸。然后，抬起头来看我，意思是，这便是他说的"轻功"。

我笑了，他也笑了。

事实是，这一个看似简单的动作，个中包含着修炼多年的手上功夫。那纸薄如蝉翼，一不小心就有可能糊爆，力度把握需又快又稳又准。而那些琐碎的工序，哪一道不是看似轻易，实则考验着人的巧劲和耐心呢。

年复一年，杨群寿坐在这里做灯，就像坐进了往事之中。

"我们石城人制灯舞灯的历史，有一千多年了啊。"他说。没有任何铺垫的，他为我讲述了一个远古的故事：相传，古时候黄帝手下有一条神龙叫应黄龙，它有蓄水行雨的本领。在黄帝和蚩尤、夸父作战中，立下赫赫战功。后来，他到南方山泽洼地，主宰降雨。每逢干旱之年，百姓就祈求于他，用稻草扎成应龙王，是为秆龙灯，到田间地头舞动，以求降雨祛灾。

这便是石城最早的灯种了。

后来，在人们无尽的想象和多层次的精神需求中，又有了河灯、罗汉灯、茶灯、花灯、狮灯、马灯、蚌壳灯……只要人们愿意，只要人们需要，万事万物皆可入灯，皆可被赋予他们所期冀的寓意。

因着北民南迁，因着中原习俗在赣南客家的传承演化，作为客家民系的石城人是那样炽烈地喜爱着灯彩，从大年初一到正月十五，全县城乡无不沉浸在灯彩的热闹和喜庆之中。他们舞着灯彩，追述渊源、庆祝新春、祈祷好运。全县上下，真可谓是"妇孺知灯，人人会灯"。灯彩最鼎盛的时期，甚至发展到"月月有节，节节有灯"。

这样的盛况，持续了几百上千年。直到某一天杨群寿陡然惊觉，偌大一个村庄，竟只剩下他一个人在扎灯制灯了。

就好像，你同一群人热热闹闹地朝前方走着，走得越久远，人声越寥落。当你猛然回头，环顾左右时，发现四周空空荡荡。

二

事物总在时光中上演荣枯和盛衰的戏码，曾经淳厚的乡间民俗也概莫能外。然而总有一些人还矗立在原地，像一块倔强坚硬的磐石，试图拦挡那股从四面八方刮来的风。

可想而知，这样的人少之又少。当现代文明的车轮在城市乡村隆隆驶过，当时间、速度和金钱左右着人们生活的节奏，一个孤独的背影显得如此落寞，如此不合时宜。

反过来说，这个背影，又以他的孤独辉耀了整座村庄，整部石城灯彩史。

我决定去寻访杨群寿。是的，我无力捉住那些正在消逝的事物，但至少可以留住那风中执着的背影。

从石城县城去往大由乡濯龙村，大约有四五十分钟的车程。车子在公路上蜿蜒前行，我见缝插针地眯了一个午觉。待摘下眼罩，午后的阳光明晃晃地包抄过来，地面的温度已升得温暖热烈。

这时候惊蛰已过，春分将至，池塘里的春水活泛开来，鸭群在水中扑腾着翅膀觅食、叫唤。我跟着村主任走在水泥铺就的村道上，道路两边，是新翻耕的水田，粼粼地漾着波光。

春天一到，乡村干部就要踏上这样的村道，挨家挨户动员农民下种、插秧，因为，许多人都不愿意栽种水稻了。耗时、费力、收益低，人们把这笔账算得清清楚楚。现在，政府只能以发放补贴的方式，激励一些留守村民的种粮热情。一幅千年繁荣、人人争先恐后的春耕图景，渐渐淡出了乡村。

就像，村子里曾经家家户户都会扎制灯彩的盛况，也一去不复返了。

具体的时日已不可考，只知道有四百多年了，每年正月十五，濯龙村民都要举行盛大的舞蛇灯活动。长长的蛇灯队伍，由无数个小小的灯笼串连而起。每个家庭的男丁都要出灯，都会扎灯。

杨群寿还记得小时候的情景。父亲领着他们三兄弟，郑重其事地坐在厅堂里，准备正月十五的蛇灯。破竹、塑形、结绳、糊纸、贴花……一招一式、一板一眼，父亲都要求他们认真看、仔细学。父亲总是说："等我老了，这灯就要由你们来做了，门户也要由你们撑起来了。"那时候天气还很寒冷，杨群寿不时地搓着双手，往手心里吹一口气，好让自己暖和暖和。然而父亲的端肃，又分明让他感受到作为一个男丁的责任，以及蛇灯在家族传承中的分量。

稍加留意，杨群寿发现，做蛇灯这件事，村里的张家、熊家、陈家、李家……都有男性长辈带领着后人学。男人们很难将事情说得头头是道，只知道小时候他们就在这样的训育中长大，如此再往前追溯，祖祖辈辈皆如此。以至于一年一度的制蛇灯、舞蛇灯活动，在人们心中渐渐升起了一股神秘的意味。

杨群寿便是在这样一种神谕般的氛围中，从最简单的结绳开始，逐渐掌握了制作蛇灯的全套技艺。从十几岁开始，他便能独立制作出一个漂亮的蛇灯了。与许多纯粹为了顺从长辈的男孩不同，他是热爱扎灯的。在他们三兄弟中，唯有杨群寿对父亲的教习孜孜不倦，仿佛父亲领他进入的，是一个华美无比的殿堂。

上过初中的杨群寿又提及了一个令我惊讶的词：艺术。是的，总有人身处乡野，却对艺术有着与生俱来的感悟力。在他眼里，灯就是艺术品。

那么，一个为灯倾注了毕生心血，并能制作出精美灯彩的扎灯人，无疑可称之为艺术家。

三

午后的时光静寂安然，连最爱闹腾的大公鸡也卧在草丛中休憩了。

呈现在眼前的，是一座前后栋相连的新屋，气派又亮堂，这是杨群寿和他三个儿子共同的家业。如今，日日守在这幢大房子里的，只有杨群寿夫妻二人。

能飞的年轻人，都飞出这山窝窝了。愿意待在家里，安安静静完成一只蛇灯的人，也只剩下一九四二年出生的杨群寿老人。

门前的白墙上，钉着一块竖式木牌，上书："各种纸扎联系处。"黑色的宋体美术字，在以拙朴自然为主调的乡间，显得有些扎眼，也有一些老夫子般的学究气。

杨群寿穿着蓝色卡其布的旧中山装站在门厅内，像一竿笔直的瘦竹。他的身旁，摆放着一张工具和物品杂陈的方桌。剪刀、木尺、钢锯、蜡烛、凿子、线绳、竹片、短木棍……还有一副黑框的老花镜。什么时候开始，他需要借助老花镜才能完成无比谙熟的工序呢？在我的提问中，他似乎忽然感觉到了光阴的汹涌。屈指算算，从第一次跟着父亲学扎灯，七十余年的岁月匆匆而过。

在濯龙村，几乎每个人都使用过杨群寿制作的灯彩。

"以前，各家各户自己做灯时，能手到处都是。后来啊，大家都不愿意费时费力了，就来找我做。"杨群寿眼睁睁看着古来流传的东西，就这样渐渐式微了。别人都嫌麻烦或偷懒，只有他不。每拿走一个蛇灯，村民们给他六十元。而完成一个蛇灯，他需要花上两天时间。

杨群寿历历地数着其中的甘苦："一个灯，扎好骨架就要一天，糊好纸又是一天。六十元，交换的纯粹是两个白天黑夜的时间。"是啊，在快节奏的时代，即使是做一天零工，也不至于收入如此微薄。

划不来吗？当然。可是他偏偏不愿意丢了这门老手艺，不愿意村里再寻不到一个扎灯人。"我不做，谁来做呢？"他看着我，眼神中写满无奈，仿佛天问。

幸而，蛇灯的骨架是经久耐用的，好的竹框架可以用十几年不烂，每年舞灯前糊好纸就可以了。或许，这就是杨群寿一人扎灯仍能支撑全村年年舞蛇灯所需的缘故。每一年，只有家中添了丁的、娶了媳妇的、建了新房的，会添置新灯。更多人拿骨架请他帮忙糊纸，二十元一个，每户三个灯，也只能挣六十元。他掰着指头数了数，这些年，全村人舞动的蛇灯有一半以上是经他手出去的。而他一年的收入总和才三千元左右。如果单靠做灯来谋生，只怕老两口早就无法生存了。

二〇二〇年春节，来买灯的人更少了。一共只卖出四条即十二个灯，那还是家有喜事的户头，依习俗买一条灯供在家中的神位上，叫作彩头。也即意味着，在一年中唯一可以有扎灯收入的春节里，杨群寿仅挣了七百二十元。这可怜兮兮的数字，像一个荒诞不经的笑话，嘲弄着这个顽固坚守的老人。

三个儿子，一个在机关工作，一个开车跑运输，还有一个名义上是农村户口，实则年年外出打工。除了扎灯，杨群寿夫妻俩守着儿子的责任田，辛勤耕种，以收获日常的口粮。儿子们要老两口在他们家轮流吃饭，他们不肯，只愿夫妻俩相守相伴，一口锅吃饭。

杨群寿的妻子，也已七十三岁。她穿着日常干活用的格子罩衫，精精神神地站在他身边，有些骄傲地说："不和他们一起吃，自己还能做得动，这样更自在。"

一代人有一代人的生活方式，谁也勉强不得谁。现代人的处世哲学，早已潜移默化至山野乡村。

正如杨群寿希望三个儿子跟着他学扎灯，像他继承父亲的责任那样，将手艺一代一代地传下去，但是三个儿子没有一个愿意学。

"年轻人，吃不得这苦。很苦，很累啊。"他反复喃喃道。

四

从一个以家族传承为主的乡村扎灯人，最终进入纸扎艺人行列，于杨群寿而言，皆缘于超乎寻常的痴迷。

在竹与纸之间消磨时光，是他从小的爱好。因着对艺术天生的敏锐和直觉，他不需要手把手教便能模仿制作很多东西。他常常在睡梦中牵挂一件尚未完工的作品，为之铺开无比绮丽的想象，而后千方百计地实现它。

在多年的细心观察中，杨群寿渐渐发现，乡村有一些制灯人，可以凭着手艺养家糊口。那就意味着，他们生命中的每一天，都可以与灯为伍。那时候，他还不知道什么是活着的理想状态，但潜意识中他觉得，这就是了。他甚至暗暗选定了一位手艺很好的老人，决心拜他为师。

然而命运却给他安排了一份大多数农村人都梦寐以求的工作。因为，他是乡村少有的初中生、知识分子。在计划经济时代，进入供销社，便意味着一口咬住了香饽饽。衣食，生存，永远被人们排在首位，谁能够拒绝一份光明的前途呢？在所有人眼中，他理应为此感到庆幸。

一个人的前半生，仿佛倏忽而过。杨群寿回忆起那些年，有些讪讪，目光中充满了难为情的神色。他像一个意志不那么坚定的战士，一边混迹于队伍之中，一边又随时伺机做一个逃兵。他总是在节假日暗暗拾起怎么也丢不下的嗜好，去破篾，去结绳，去接近他一直没有完成的梦想。不为挣多少钱，只为过把瘾。有时候，他请假出去帮人做活计，整个身心都沉浸于纸竹的馨香之中。可心里却像做贼一般，忐忐忑忑。

一九九二年，杨群寿从单位退休。这时候，改革开放恰好也来了。人心都在浮动，许多新鲜的观念和事物向着人们招手。于杨群寿而言，退休不是为他画上一个休止符，而是一片广阔天地朝他欣然启幕。

一个终于拥抱了自由的人，不管不顾地扑向了与手艺为伍的生活。

回到老家，杨群寿立即拜师开始学习纸扎。是的，他有着很好的灯彩制作天分和技艺，但在石城乡村，一个真正的纸扎艺人需要掌握的远不止于此。他们要应对所有的节庆及装饰灯彩，还要能替主家操办红白喜事。石城的灯彩种类浩繁，纸扎的规矩复杂琐碎，点点滴滴都必须由师傅手口相传。

我想象这样一幅画面：一个六十岁的花甲老人，像十几岁的小学徒那样，在师傅的面前低眉顺目。"师傅会不会像教训小学徒那样教训你？"抛出这个问题时，我不禁扑哧一声笑了。他搓了搓手说，有时候会的，也不好意思地笑了。

杨群寿的双手依然灵活，悟性也依然很好，只是他怎么也不能像一张白纸那样，接受完全崭新的涂抹了。他需要比别人更加刻苦，更加谦逊，并忍痛清除掉许多固有的认知。

当然，这注定是要吃苦的。

最苦的，是坐。做纸扎，全是手上的活计，必须坐得落心，定得住神。整日整日地坐，整日整日地保持一个姿势。"像块木头。"他说，"坐久了，再站起来时，常常连路都不能走。"我能领会这样的一种艰苦和枯燥，若非内心充满兴趣，坚持本身无异于一种酷刑。

可以说，石城的纸扎艺人，每个人的生命中都饱蘸着久坐的辛酸。杨群寿难道不明白这些吗？当然不是。只是自己找的苦头，含泪也要吞进肚里。何况，他是真诚地将之当成艺术来热爱的。

最终，所有的苦又都化成了甜，化成了梦想照进现实的成就和满足。

杨群寿有些得意地告诉我，自己记性非常好，学什么像什么。进入纸扎业后，杨群寿接触到了更加丰富多样的灯彩样式。他经常观察别人做得好看的作品，回来就自己做，能做得一模一样，甚至更精美。

他拥有一种常人所难以企及的能力，仅凭目测，便能够记下任意一个灯彩的结构、尺寸和样式。我好奇地问："有什么秘诀吗？"他有些羞涩地说："熟能生巧嘛。"

此后，无论是船灯、鲤鱼灯、金鸡灯、凤凰灯、铜钱灯，还是云灯、堂灯、如意灯、风车灯、走马灯，凡石城县所有的几十种灯彩，他都可以做得惟妙惟肖。

五

作为纸扎师傅的杨群寿，曾有过一段辉煌的辰光。出师不久，他俨然就是一个老师傅了。把顾客的活计完成得干净利落、漂漂亮亮，是一个纸扎艺人行走乡间的通行证。

杨群寿回忆起那样的好日子，仍觉得无比怀恋。那时候真可谓是上请下迎，吃香的喝辣的，每天都过得欢喜而热闹。宁都县固村乡的纸扎行情尤其好，价格也高，他在那里做了很长时间才回返濯龙村。

那时候他怎么能想到呢，好时光如同天边的晚霞，美则美矣，终将呈现出越来越暗的景象。

电影、电视、网络……各种新兴媒体像雨后春笋，纷纷显露出新鲜的吸引力。人们的业余生活中，可供选择的娱乐方式何其多也。而新一代的年轻人，从小在流行音乐、快餐文化中长大，灯彩在文化基因中所占的分量越来越轻。

这时候的灯彩艺人，多么像传说中的鸡肋，陷入无比尴尬的境地。

杨群寿将一应工具搬回了自己的家。最后，他从一个替千家万户制作各种纸扎的热门师傅，退回到了最初那种单纯制作蛇灯的平淡岁月中。大半辈子已经过去，除了做灯彩，他仍旧没有别的兴趣爱好。他只能守在自己家里，等待村民们寻上门来，请他做一条（三个）灯。这是一户人家，或一个男人进入蛇灯队伍的准入基数。

在一个杂物间里，杨群寿搬出了一块两米长的木板。木板两头，凿有两个大圆孔，中间是六个小孔，均匀地插着三根弯下来的竹篾。他将蛇灯套在竹篾上，又将可活动的圆木置于大圆孔中，向我演示了蛇灯榫卯连接的机关。做这些的时候，他是那样郑重其事，仿佛每一个动作都对神灵充满了敬畏，仿佛即将开始一场真正的蛇灯舞。

木板和圆木还很新，显然是他们家为新近加入蛇灯队伍的男人制作的。如果三个儿子不分家的话，他们是可以选择只出一条灯的。我看见那根圆木上写着"大林"二字。大林，是杨群寿的儿子。拥有了写上自己名字的蛇灯板，便意味着已经自立门户。而这块灯板，亦相当于一户人家的传家宝。

人们对灯彩的热度越发消退，杨群寿对制灯并参与蛇灯舞这件事便越发执拗。

生意是一年比一年冷清了，只有妻子作为坚强的后盾永远支持着杨群寿。有空的时候，妻子也帮着做些简单的活计。譬如，当杨群寿画好人物或动物图案时，她可以照着样子剪纸。村里人对剪纸的要求不高，粗糙一些也无妨，样子看着像，有个吉祥的意思就行了。

时间如流水冲刷着乡村固有的秩序，许多人和事，甚至曾经多么不可更改的神圣风俗，都在悄悄地发生变化。杨群寿必须接受一个事实，他的身边只剩下妻子这个制灯的同伴了。他招不到徒弟，没有一个人愿意跟着他学纸扎。

杨群寿不无遗憾地看着我说："可能会失传了，人的性质变了，没人爱学了。不像以前，讲德行、讲厚道。现在的人，越轻松赚钱越好。"

是啊，谁还愿意像他那样，花上两天时间去挣六十元钱呢？更何况，连这样的收入都无法得到保证。对那些古老的手工艺、古老的风俗，总有一些人在拼命挽留，另一些人则弃之如草芥。

杨群寿比任何人都清楚，消逝正在一寸一寸地迫近。作为全村最后一个扎灯人，他喜欢未雨绸缪，提前做好许多蛇灯的骨架。若非下地干活，他总是坐在厅堂里，破出细细的竹篾，依长度根根截断。然后，将这些篾片用火烧软了，弯出恰当的弧度。在竹子的打弯处，有四十八个交会点，需要他一一系上绳结。

大多时候，杨群寿都是只影孤灯，用那双业已老迈的手，默默地忙活着。他的脑海中，总是映现出童年的场景，父亲、兄弟、村庄里所有为着灯彩、为着节日而忙碌欢笑的人。而现在，陪伴他的，只有竹子窸窸窣窣的声音。

关于意义，杨群寿似乎没有想好怎么回答我。"能做一天是一天吧。"他说。尔后，又低下头去，捻动手中的细绳。

我的眼睛忽然有些模糊，仿佛眼前的老人每打一个绳结，都在为往事束一支挽歌。

岁月忽已晚

夜 色 起

琴江镇润源路。夕阳的最后一缕余晖从天边退去，夜色笼罩下来，像是有一只巨兽，忽然一口吞掉了白昼的光亮。

这是石城县郊区，众多的建筑显得灰暗、模糊，状貌千篇一律。从一条狭长的小道拐进，又拐出，他在哪里？仿佛一个很难揭晓答案的谜语。

电话铃响，他的带着方言腔调的语音一个字一个字滚落下来，坠地，咚咚有声。幸而，我在石城县生活过一段时间，对于他们话语中石头般的坚硬和重量并不陌生。

一块大石头，默立在小小的街心景观带上，我长舒了一口气。他说，你找到大石头，我家就在对面。

"环山多石，耸峙如城"，这是史书中对石城县名的来历记载。没有想到的是，我与黄运兴的第一次见面，也离不开一块石头的指引。

等待的当儿，我在心里反刍着有关他的信息：一九三八年出生，国家级非物质文化遗产石城灯彩省级传承人。导演、编剧、演员。一个和民俗、和舞台爱恨纠缠了一辈子的人。

不远处，满城的灯火亮了起来。只是在这儿，一切仍显得幽暗、静谧。一个黑影高而瘦，急急地走到大石头的旁边，左右巡睃着。

"黄老师。"我轻声喊道，试图确定来人的身份。果然是他，一顶鸭舌帽，一身黑衣，将眼前的夜色映衬得愈加深浓。

我跟在他的身后往石头的对面走，往一所温暖的居所走，往灯光照彻的地方走。

上楼是一项体力活，而他步态稳健，几无迟暮之感。我不由心中暗喜，也许，接下来可以期待一场顺畅的、内容丰富的对话。非遗传承人，大多是年迈的老者，在为时三年的辗转采访中，我遇到过各种艰难。

然而，他却领我走进了一座山重水复的迷宫。

我坐在沙发上，摊开了笔记本。而他刚刚在我对面坐下一会儿，就猝不及防地弹了起来。从客厅，蹎进房间；又从房间，蹎到客厅……在这套并不算宽阔的居室里，一遍一遍，搜寻着往日的记忆。

"我现在找一份资料怎么都找不到。"他说。

"年纪大了，来不及了，我天天都在整理我的东西。全国的、省里的、地区的、县里的。"他又说。

他的儿子从某个房间里走出来，朝我摊开双手，神色中掺杂着明显的不耐烦："他糊涂了，不要听他说那些。"

我愕然，但又不甘心就此放弃。我跟随着黄运兴的脚步，从客厅，蹎到房间，将目光投向他的书架，投向那密密匝匝的故纸堆里。

他像得了援兵，又增添了几分信心，很快将大半个身子埋进比人还高的资料里，像一个婴儿，沉迷于乳母的怀抱。

他翻阅着它们，耐心地，缓慢地，电影倒带般地，一本一本，一张一张，回望着自己一生的高光时刻。

"我的一辈子，和灯彩有关的事，全都在这里了。"他示意我看他的资料，从中找到我想要的答案。仿佛除此之外，再没有更珍贵的物件，值得他如此用心守护。

一股南方潮湿的味道，伴着些微发霉的气息沁入鼻腔。那些油墨、纸张、印油、塑封，曾经散发过干净的气味、新鲜的气味，只是，岁月常扮演侵蚀磨损的狠角色，最终，陈腐而老旧的气味取而代之。

我们先是翻出了一大摞荣誉证书，暗红的外壳里，包裹着泛黄的、零散的甚至破碎的纸页。我一一辨认着那些或行或楷、或横或纵、或繁体或简体的文字，还有浑圆的大红公章。是的，它们印刻下了黄运兴六十多年漫漫追寻路上的荣耀和足迹。

其中有的指向编剧，有的指向导演，有的指向理论研究，有的指向编舞，有的指向搜集、整理、编撰……可以想见，他这一生都浸淫于石城灯彩，每一个与之相关的领域，他都愿意尝试，愿意将旺盛的精力投注其中。

两本颁自一九九四年的证书，被他端端正正地摆在桌上。他心疼地抚平有些皱褶的纸页，像抚摸自己心爱的孩子。这是一种特制的荣誉证书，底版上还勾勒着淡蓝色的舞蹈群像。赣州地区文化局为他的同一个歌舞作品，分别颁发了两张证书。

那正是曾为黄运兴的事业带来盛大喜悦和辉煌的作品——《喜相逢》。按照他的回忆，这部作品参加赣州地区会演，获得了六个一等奖，也即囊括了全场所有项目的最高奖。

还未等我开口表达钦佩和赞美，忽然见他站了起来，面露惶急之色："对，就是这个《喜相逢》的剧本，怎么也找不到了。"

"别着急，慢慢找，总会找到的。"我试着安慰他。

橘黄的灯光打在黄运兴沟壑纵横的脸上，他的眼睛里竟急出了泪光："我这么老了，再不整理就来不及了。肯定失踪了，不知道谁拿走了。"

这是一种旁人无法企及的悲伤。当他下定决心日夜加班，把一生中行过的路、写过的字、获得过的殊荣分门别类地整理出来，无疑是给西山日迫的自己设定了一座难以攀爬的高山。

他想掉头重返生命的丛林，寻找那一路埋下的宝藏，然而那森林于他，早已是寻不到出口的迷宫了。

唯有夜色，会愈加深浓地弥漫在他的光阴里。

盛　年　时

如何想象一个陷入记忆僵局的老人，曾经是一个活跃在灯彩舞台上的王者？

作为编剧，他左右着情节的走向；作为导演，他把控着场面的呈现；作为研究者，他可能还影响着石城灯彩的发展变化；作为编舞，他应该就是一个眼波流盼、身段柔软、闪转腾挪的舞者。

在非遗的追寻路上，总是充满这样那样的遗憾。时日久远，我已无法再亲见他舞台上的神采。

一段视频，打开了我关于黄运兴的想象盲区。米色的中式布衫，短而精神的平头，挺直的腰背，意气风发的样子。彼时的他，七十七岁，面对着摄像头，身姿矫健，言笑晏晏，话音铿锵，表情生动。

那是他在向观众示范石城灯彩的舞蹈动作。他说，灯彩舞蹈有多种形式与步法，比如举灯舞、持灯舞、背灯舞等。他比画着舞龙灯的姿势，形象地阐释道："就像农村人拿勺子打水那样。"说到背灯的主要动作，他强调要把劲用在腰上，然后灵活地转动自己的腰身，如同一枝柔软又不失劲道的柳条。

接着，他示范了蚌壳灯的动作，时而弓下身子，时而挺直腰杆，口中念念有词"开——合；开——合"，同时张开或合拢自己的双臂，像极了一只正在逗人捕捉的栩栩如生的蚌。

表演茶篮灯的动作时，他一边说明要保持上身的平衡，一边将身子蹲下来，且行且舞。他的一只手臂向上前方伸长，掌心里空无一物，却又仿佛托举着一只真正的茶篮灯。

七十七岁，当多数老人已经形貌枯槁、身体垮塌、头颅低垂，视频中的黄运兴仍保持着年轻的体态、矍铄的精神、含义丰沛的目光。

表演艺术，无外乎手眼身法步。于黄运兴而言，几十年的身心浸淫，无论是转扇花、过跳石，还是马灯步、行走步、云步、碎踩步、矮子步……一切都谙熟在心。

作为非物质文化遗产的石城灯彩，与始于西晋末年的北人南迁密切相关。它们蕴含着客家人对光明的崇拜，对故土和过往的追怀，还有对丰收、吉祥、喜庆和人丁兴旺的永恒追求。

从最初的先民扎制并舞动第一只秆龙灯起，灯彩便作为留存中原记忆的一种民俗，在石城县城乡大地日益兴盛。后来，又结合地域特点，不断繁衍出新的样式。

如歌谣所云:"灯彩纸扎随意变,海阔天空万物全。扎物似物凭巧手,以假乱真难分辨。"龙灯、蛇灯、狮灯、马灯、麒麟送子灯、观音坐莲灯、罗汉灯、板桥灯、船灯、宫灯、蚌壳灯、鲤鱼灯、茶篮灯、宝伞灯、寿桃灯、荷花灯……在石城人眼中,万物皆可入灯。

拟物,为石城灯彩的表演带来了无限丰富的内涵与创新空间,也将舞蹈动作引向了无比广阔的自然。上至风雨雷电、四时节气,下至耕牛犁地、渔樵采茶,无不再现了客家人丰饶多样的生活片断。

二〇〇八年,石城灯彩被列入国家非物质文化遗产名录。其中,黄运兴是最早被颁发证书的传承人。他的一生,恰好见证并参与了灯彩表演从民间走向舞台的完整发展历程。

石城灯彩的舞美设计,大多取材于生产劳动和生活内容,象形的灯具、粗犷豪放抑或优雅柔美的舞蹈、诙谐幽默又不失庄重得体的表演,像一面巨大的镜子,映照着千年客家的万种情态。

其中的蚌壳灯与茶篮灯,正是石城灯彩中典型的拟物表演。这两种舞蹈常取阴柔之美,多由女性表演。有意思的是,它们却以一种花开的姿态,在七十七岁的男人黄运兴的身体里自如绽放,毫无违和之感。

显然,黄运兴曾无数次实践过女性的角色表演。

步入耄耋之年的老人,常常情难自禁地回味从前。黄运兴想起了他的盛年时光:一九五四年,十六岁的少年模样俊朗,小有表演天分,刚刚初中毕业,就被招工进了县文化馆。其时,他是整个单位最年轻、最早参加工作的一员。

那是一段多么快活的青春时光。黄运兴天生热衷表达,他仿佛置身于一个广阔的天地,舒展了全身的筋骨,兴高采烈地学表演,做宣传,参与各种活动。像一株接收到阳光雨露的健康幼苗,每一天都在茁壮拔节，每一天都过得充实忙碌，每一天都有新的收获和进步。

然而他又深深地感觉到不满足，他需要学习，需要汲取更多的养分，需要成长得更快更好。一九六〇年，石城县筹办并成立了采茶剧团，黄运兴调入剧团工作。他准确地把握了这个时机，写下一纸大胆的报告，争取到难得的学习机会。当年，全团演职人员被派往赣州市文艺学校系统学习采茶戏。

正是这一次专业学习，打开了黄运兴真正走向舞台表演的大门。他压腿、下腰，他对着镜子哭、笑、转身、回眸，他独自一人歌唱、念白，他在风中旋转花扇、甩动水袖……最终，他以扎实的基本功和夸张的表现力，成为一个足以胜任多种角色的台柱子。

有时候，他佝偻着身子，迟滞了脚步，饰演老态龙钟的老太婆；有时候，他扭动着腰肢，步履如云朵般轻盈，饰演风摆杨柳的采茶女；有时候，他亦歌亦舞、仪态万方，饰演泼辣大胆的刘三姐。他有着修长的身材和清秀的面容，无论扮演什么，总能很快进入角色，尽量做到惟妙惟肖。

中年、老年、青年、少年，男的、女的，正派、反派，几乎没有黄运兴未曾涉足的角色。

那些年的黄运兴，真是活得热血沸腾啊，他尝试着表演的无数种可能，也接收着无数的掌声和钦羡的目光。他还自己创办了一个宣传队，在城市，在乡村，在人声鼎沸之处，释放着生命蓬勃的能量。

那鲜衣怒马的青春啊，那将命运紧紧攥在手中的美好时光啊，多么像转瞬即逝的海市蜃楼。

盛年不再来。反复地怀想，一方面强化了生命价值的自我认可，另一方面，又深刻了倏忽已迟暮的无奈和悲哀。

外 婆 家

如果允许时光倒流，谁不愿意像刚刚丰满了羽毛的小鸟，张开翅膀在天地间自由地歌唱、飞翔。

是的，年过八旬的黄运兴，比任何人都更容易沉湎于那样的好时光。这时候，他的嘴角浮动天真的笑意，像一只雄蝶，正在挣脱困囿身心的厚茧。穿过无数记忆的分岔小径，我们一起走到了他的少年时，走到了他的外婆家。

一九四九年，从小在县城长大的黄运兴，开启了一段难忘的山区生活。事情还得从头说起，石城县曾是原中央苏区反"围剿"的重要后方基地，在红军长征后，重新沦为国民党统治区。其间，石城人民经历了游击战争、抗日战争、反对国民党的斗争。乱世之下，人人小心翼翼地活着，一个孩子所能拥有的自由实在有限。

直到一九四九年九月，石城县全境解放，迎来新中国的成立。

一切百废待兴，大人们热火朝天地投入了工作中。十一岁的少年，被安排到乡下外婆家读书。一只曾被关在笼中的小鸟，一下子扑向了广阔的天地。他和一群同龄的山村孩子一同上学、放学，一同劳动、放牛、摸鱼、爬树，森林、草地、田野、河流、花朵、虫豸……一齐为他铺展开一个新奇的世界。

最重要的是，黄运兴在乡下真正接触并爱上了灯彩。

新中国成立，沉寂一时的乡间民俗活动迅速复苏，人们借着各种节庆日和红白喜事，大胆地表达喜怒哀乐。灯彩，历来是石城人民的最爱，全县几乎每个村每个家族都有灯队，最兴盛的时候，可谓是月月有灯、节节有灯、事事离不开灯。

年轻而孔武有力的舅舅，成为黄运兴灯彩生涯中的第一任老师。

元宵节的外婆家，被灯火映照得欢乐又祥和。人人满面红光，喜气洋洋。村庄里最盛大的活动就数舞龙了。年轻人聚集在一起，组成一条长长的龙灯，舞得虎虎生风。从清晨到夜晚，从这个村组到那个村组，穿过一个田塅又一个田塅，吉祥的话语说了一遍又一遍，香甜的米酒喝了一碗又一碗。

那是多么美好的春天啊，寒风尚未完全退却，新生的叶芽已在春风中摇曳。老人们守在家里等龙灯进屋，孩子们倾巢而出闹个没完。黄运兴跟在舅舅的身后，走村串户，一边观看，一边吃糖果，体味着前所未有的兴奋和激情。

等回到家里，他缠着舅舅说："我也想学。"舅舅喜出望外，一招一式地教。想不到少年如此聪敏，很快掌握得八九不离十。舅舅眉开眼笑地拍着少年的肩膀："细赖子（客家方言，专指小男孩），有出息。"

转年，又长高了一寸的黄运兴，被舅舅带进了龙灯队。他像一匹骏马，奔跑在青草丛生的草原，四面都是方向，四面都是歌声。他舞动着龙灯，专注而投入，感觉到浑身充满力量，真正将双脚扎进了大地。

吉庆的元宵夜，村里新娶的媳妇也要迎来一个隆重的仪式。黄运兴跟着大家跑去瞧热闹。这一瞧，又发现了一桩有意思的事——打甑盖。

这一天，新媳妇的娘家人和族亲好友都来了。他们为新婚夫妇带来一盏麒麟送子灯，祝福新媳妇早生贵子。这边厢，婆家一边隆重地将灯接回家中，宴请来宾贵客，一边准备好当晚在新房举行的打甑盖活动。

甑盖，自然是农家常用的饭甑盖，竹篾制成，平日用来盖饭甑用的。少年新奇地看到，供奉在主人家厅堂神台前的甑盖，盖顶上扎了一朵大红花，充满了人间的喜气。

少年还看见房间里摆满了丝瓜络，是农村瓜架上寻常可见的累累垂垂的老丝瓜。这种丝瓜络结籽特别多，稍加思索，便明白它和"早生贵子"意趣相通。只不过，如今它们被扎上了一圈红纸，其中一端被平平整整地切去了（为的是敲打时瓜籽可以顺利掉出来）。

夜晚，人们济济一堂围拢在新房，饶有兴味地等待着仪式的进行。新娘端坐在房屋中央的高背椅上，头顶甑盖，羞涩地低垂着头。当房族至亲长辈往甑盖上敲动第一只丝瓜络，众人随之上前，每人用手中的丝瓜络在甑盖上敲打一下，霎时，瓜籽纷纷脱落。众人边唱边喝彩，词曰：

男领：哟嗬，打甑盖啰！

众唱：子啰啰子叽叽，子叽叽子啰啰！咳！咳！

男唱：一打甑盖打来个二龙来戏水，

女唱：三打甑盖打来个三星高高照。

男唱：六打甑盖打来六畜多兴旺。

女唱：九打九九长九九，十打十满满堂红。

众：（喝彩）有嗬

……

少年大着胆子，抓起一只老丝瓜，敲出了充满仪式感的人生第一次。

此时，鞭炮齐鸣，鼓乐喇叭齐奏，伴和着观者的吆喝喧哗声，象征子孙满堂的打甑盖仪式进入高潮。

在外婆家,少年黄运兴还发现一种特别有意思的灯,叫尿勺灯。尿勺,是赣南乡村常见的浇菜农具,人们将之入灯,实在是脑洞大开、想象力丰富的表现。当它成为灯彩,便化身为人们赞颂劳动、祛除邪魅、祈祷丰收的一种象征。

此后,在丰富多彩的乡村民俗活动中,黄运兴又接触到各种各样的灯,那些形态各异的灯彩,那些热热闹闹的舞灯情景,从此驻留在他的脑海中,一直没有消散。"那段农村生活经历,是我的宝贵财富。很多灯彩都是我最先发现挖掘出来,成为创作元素的。"年老的黄运兴,不无自豪地对我说。

许多年以后,黄运兴的舅舅,他生命中最初的舞灯师傅已经去世。只有各式各样的灯彩和民俗,一个一个被他编成了舞蹈,搬上了舞台。

在华丽的布景和璀璨的灯火中,外婆家的旧日和少年的理想,无不发出透亮的光。

喜 相 逢

顺着记忆的河流一路上溯,总有零零星星的浪花重新浮泛上来,润湿了老人的眼眶。

十六岁,少年从乡村返城,像一个被时代眷顾的幸运儿,拥抱了终生热爱的文艺生活。

在乡间,他曾无数次围观过诸如打甑盖这样的婚俗仪式,看见过许许多多或羞涩或大方的新娘子,也曾无数次憧憬和想象过未来的爱人。她应该美丽端庄,又活泼轻盈,她最好还能和自己意趣相投,携手走一条志同道合的路。

像所有青春期的少年那样，他在寻觅，在期待，那个她，会在哪里呢？

这时，黄运兴翻出了两张保存完好的黑白小照。一张是年轻时的他，一张是年轻时的妻子。彼时的他，黑发浓密，棱角分明，眉目间英气逼人。彼时的她，扎两条又粗又长的麻花辫，柳叶眉，丹凤眼，笑意盈盈。

黄运兴反复地摩挲着照片中那张圆润饱满的脸，目光中充满了怀念和爱意。仿佛不愿惊动了她的亡灵，他连提及她的名字都是那样声音轻柔。赖佩佩，一个在当年堪称时尚的名字，一下就让我记住了。

如果允许我慢慢铺垫，故事应该还有个盘根错节的背景。赖佩佩，正是大名鼎鼎的国民革命军第十四军军长赖世璜的长孙女。赖世璜出生于石城，早期入读军校，随后南征北战。可是这位战功卓著、威望极高的将才，最终遭到了白崇禧的忌恨。一九二七年，赖世璜遇害，成为北伐战争中第一大冤案的男主角。一九二八年，国民政府为赖世璜平反，以陆军上将因公亡故例予以抚恤。

在这样的家庭中出身的赖佩佩，注定不会是一个平庸女子。她天生丽质，又能歌善舞，多才多艺。在剧团，黄运兴初次与赖佩佩相识，便被她深深吸引。那正是他理想中爱人的样子啊，一切都像是来自上天的宠爱，梦想如此轻易地照进了现实。

两颗年轻的心，两个同样俏模俏样的人，上演了一生中最重要的喜相逢大剧。

此后的几十年，赖佩佩不仅成为黄运兴生活中的和谐伴侣，还成为他事业上惺惺相惜的完美知音。黄运兴编舞，妻子是他最好的参谋，也是最优秀的演员。那些年他为石城灯彩编了多少舞啊，

《蚌壳舞》《倒采茶》……那些舞蹈，有三个被收入了《中国民族民间舞蹈集成》。说着，黄运兴就搬出了那本厚厚的《中国民族民间舞蹈集成》。他要把自己的作品翻给我看，上千页的书，一页一页地找过去，每找到一个，他就兴奋地叫起来。只可惜，还有一个怎么也找不出来。黄运兴合上硬壳封面，又一次陷入了沮丧的情绪中。

年轻时，黄运兴花了很长的时间搜集石城民间舞蹈。像第一次向舅舅学习那样，他走村串户，找到灯彩舞蹈的行家里手，虚心地学，一个动作一个动作地记。这是一个浩大的工程，民间舞蹈是多么丰富，多么无穷无尽啊。身为舞蹈行家的妻子，仍然是他坚强的后盾与帮手。

那些年记录下的成果，经四人小组合作，编纂成了一本《石城民间舞蹈》，印刷出版，真正将民间舞蹈从手口相传的师徒传承方式转化为图文并茂的典籍。后来，石城被命名为全国"灯彩之乡"，与黄运兴的民舞普查和《石城民间舞蹈》的出版不无关系。

然而时隔多年，这本书也是遍寻不着。我试着在孔夫子旧书网搜索，发现唯一的一本，竟已辗转流落到了香港。是的，那儿也生活着数量庞大的客家人。封面上，一个四肢纤长的女子，甩着长长的马尾，翩翩起舞，仿佛从未经历过岁月沧桑。

那些年，黄运兴意气风发、干劲十足，凭借自己的初中文化水平，竟琢磨起了写剧本这件事。他觉得，剧团没什么好本子，演的都是些老掉牙的旧戏，是时候创造些老少咸宜的新戏了。没有任何可供借鉴的资料，他就看书、看电视，然后自己思考、琢磨、创造。有时候看到一个节目很精彩，有启发了就动手写。从第一部大戏《斗四亭》被排演开始，黄运兴一发不可收拾，写下了大量融合石城民俗的剧本。

自然，好运不会一直眷顾着他。时间走到了一个荒诞多于理性的年代，黄运兴的剧本被枪毙，他也被赶下心爱的舞台，承受"莫须有"的罪名。可他有一副硬骨头，坚信自己没有做错什么，顽强地抗争着。然而这一切犹如火上浇油，他被吊起来狠狠地打，直到遍体鳞伤。最艰难的时候，同事反目，众叛亲离，唯有妻子不离不弃地站在他身边。

对于那段疯狂的岁月和那些曾经伤害过他的人，年老后的黄运兴已经没有了愤恨，有的只是一种最终赢得胜利的骄傲。他说："我相信世间自有公道，组织迟早会分清好人坏人。"

我想，正因为一个人从未丧失过希望，才会在劫后余生时，很快写出了一部充盈着生命大欢喜的剧目——《喜相逢》。

这是一部婚俗表演戏，客家风情弥漫在每一个情节里。红红的盖头，红红的嫁衣，美丽的新娘，欢快的唢呐，串联着十几种民俗，热热闹闹地上演着人间喜剧。它让人联想到阳光、希望、未来、生生不息，也让人对婚姻产生强烈的渴望和信任。

也许，他真是将少年时对婚姻全部的畅想都写进了戏里；也许，他还想用这个舞台，为妻子赖佩佩补办一个最盛大的婚礼；更也许，他要用那些热闹和欢喜、光明与希望覆盖过往的灰暗、委屈、绝望、悲哀和痛苦。

现在，一本一九八九年第四期的《戏剧》杂志摆在案头上，黄运兴仍未放弃对《喜相逢》剧本原作的寻找。可是，他翻了又翻，没有。我替他翻，还是没有。

无可否认，这部戏为黄运兴带来了诸多的荣誉，又因为剧本的销声匿迹，给予他深深遗憾。很多时候，悲和喜，不过是一枚硬币的正反面。

马 鞭 草

时间在艰难的往事搜寻中一点点流逝。我有一些不忍，毕竟，黄运兴年事已高，我担心他会累。

而他告诉我，前不久有人找上门来和他聊石城灯彩，从晚上六点多一直聊到凌晨三点多。光是蛇灯的传说，他就讲了很长时间。

许是因为热爱，因为明白自己身上的传承责任。一提起灯彩，他就浑身充满了热情。我也有过这样的感觉，还在学校教书时，无论身体多么不适，只要一站上讲台，就又有了劲头。

事实上，黄运兴经历过一场生命的大浩劫，直到去年，他的精气神才得到了些许恢复。

二〇一五年五月，一场车祸，带走了连同他爱妻在内的六个亲人，也摧毁了他的健康和活力。妻子、儿子、孙女……每一个，都是连着血脉和灵魂的挚爱。在此之前，他儿孙满堂，个个英俊美丽、活泼大方，他们曾经是多么幸福，多么令人羡慕的一家人。

那一年，正是他录下前文所提视频的当年，就在车祸发生的不久前，他还生龙活虎、容光焕发，奔走于灯彩传承的各个场合。

黑夜降临得如此迅疾，如此猝不及防。黄运兴忽然意识到，自己编导了太多的节目，却唯独不能编导自己的人生。噩运对他施以沉重一击，几乎达到了致命的程度。他的身体和精神无可挽回地垮下去，疾病侵袭了他，他变得消瘦、消沉、萎靡，丧失对生活的一切兴趣。最严重的时候，他被转到赣州的大医院抢救，幸而送得及时，又遇到一位有着博士学位的主治专家。他的身体里安装了三个支架，总算活了下来。

说到这里，他感慨万千，不停地感谢着那个主治医师。他说："我还是运气好，现在靠着每天服药维持，慢慢恢复了一点。"

只是，再也回不到从前了。妻子去世后，他不再热衷于参加活动，而是躲进了那个书房，如同躲进自己的秘密花园。

人老起来真是快呀。很多时候，一次意外的打击就足以成为白天和暗夜的分水岭。相对于光明，黑夜是永恒的、静默的、强大的、人类无力掀翻的。

趁着身体在逐渐恢复，趁着还没有老迈到无法掌控行动的时辰，黄运兴继续着一项在我看来几乎无法完成的浩大工程：整理一生的资料，写作一部家族史长篇小说。

小说的标题，他早就想好了，叫"马鞭草"。甫一听，我的脑海中立即浮现出家乡大地上几乎无处不在的一种野草，它有着厚实的叶子，紫色的小花，紧紧扎进土壤的牢固根系，它总是贴着地面匍匐生长，不娇嫩、不鲜艳、不张扬，生命力却极其顽强。在乡村，农妇们还会将它采来做酒曲。

黄运兴说，马鞭草，就是任人踩，踩不死的意思。对往事，他有长舒一口气的释怀，又有刻骨铭心的追念。看似相悖，又如此真实。是的，一个赣南家族的变迁史，背景正对应着一个国家百年的革命动荡史，怎么能没有经历过深刻的磨难和教训。

黄姓，曾经是石城的望族，向以诗文传家为荣。到了黄运兴的祖父辈，家里穷困得只能以挑担卖水豆腐谋生。所幸，姑父长期跑长汀贩卖烟叶，家庭条件好，支持祖父开了一家店，才令父亲和叔叔有了上学的机会。父亲发奋，是琴江中学首届毕业生，考上了早期的宁都师范学校，宗族奖励了学租粮三千斤谷子。叔叔虽然只念到小学毕业，却也算个文化人，享受过学租粮的待遇。国民党执政时期，一个家庭中的两兄弟，一定要有一个去当兵。父亲主动承担起了家族的义务，一度官至国民党部队的副连长。后来，革命和战争，打破了他们一家的生活秩序……

　　黄运兴捧出了他的手稿，一百七十多页的信纸，密密麻麻地记录着他对这个家族的回顾和认识。写完宗族家谱和祖父、父亲两辈，接下来，他要写自己的一生了。要把吃的那些苦，受的那些打击，还有收获的那些大小确幸，全都留给后人。

　　可是，他又感到了巨大的困难。往事在消逝，漏洞百出。历史需要一次一次地考证，而他文化程度并不高，改了一稿又一稿，仍然不满意。"唉，要做的事情太多了，而我年纪又这么大了。"一声叹息，又一次将谈话的氛围推到了压抑的深渊。

　　直到我将话题引向灯彩的传承，引向他的徒弟，引向他艺术生命中充满意义的时刻。

　　细说起来，没有一个人正式向黄运兴拜过师。因为，传承从来都是他的工作抑或职责所在。他培养了好几代人，却从来没有以师傅的名义自居过。如今活跃在石城灯彩舞台上的中青年骨干，几乎都曾跟着他学习。没有行拜师仪式，没有送年送节的礼俗，充其量，应该叫学生，而非民间传统意义上的学徒。他只是尽心尽力，手把手地教，只是希望，这宝贵的民俗能长久地在这片土地上扎下根系，长出茂盛的枝干和茎叶。

　　在二十世纪八十年代的普查统计中，石城县有三百五十多个灯队，平均每个村有近三个灯队之多。最景气的时候，一个灯队一年可以创收十几万元，每个队员可以分得六七千元。现在呢，市场在日益萎缩，人们在追求新生活的同时，渐渐冷落了那些古老的遗俗。

　　一种不可逆转的时势正在到来，黄运兴感到极度的担忧。他想做很多事，想用自己剩余的灯火点亮人们心中的珍惜和热爱。

　　身体硬朗的时候，他经常去校园里，义务教孩子们制灯、舞灯，组建灯彩队。

在一个采访视频中，黄运兴意气风发地对记者说："灯彩传承必须从娃娃抓起，只要我还能动，就会一直把灯彩技艺传授下去！"

直到现在，找黄运兴辅导节目的人还是络绎不绝。因为，他导演的节目，为那些单位带来了太多的成功和荣誉。

石城灯彩节目第一次登上中央电视台，是黄运兴担任的总导演。他一个人承担着五个灯彩节目的辅导，调度着几百号人的表演，舞台上没有一盏重复出现的灯。此后，石城灯彩表演出现在中央电视台已不再稀罕。二〇一九年，他们还登上了春节联欢晚会。

黄运兴历历数着这些成绩，又有了诸多欣慰。是的，从乡野民俗的小打小闹，到大雅之堂的恢宏巨制，从口口相传、师徒相承到图文记录、有章可循……石城灯彩进入歌舞灯服饰的复调结合，要为黄运兴记上一笔大功。

自然，这些过往他都要一一写进《马鞭草》。我想，这应该成为整部小说暗色基调中一抹明媚的暖色。

许多个日夜，他安静地伏在案头，努力完成着小说的创作。妻子的照片就摆在书桌上，只要时不时抬起头来，就能看见她和他对视、微笑、鼓励、支撑，有时，又像是一种诱引、召唤。

黄运兴说，《马鞭草》出版后，要送我一本。我愿意虔诚地等待。

不 停 留

橘黄的灯光透着暖意和慈悲，我们几乎已忘记了时间。

在对生命历程的错杂叙述和对过往细节的打捞中，黄运兴挣扎、沉浮于记忆的河流之中。最后，他终于想到了往后余生。

是的，即便他仍习惯高昂着头颅，保有良好的精神状貌，即便他完全没有老人常见的大肚腩和松垮相。但衰老的到来，没有人能够抗拒。以他八十三岁的高龄，余生不会太过漫长了，他知道，亲人们也都知道。

放不下的是他的作品，还有对石城灯彩的痴迷之爱。

当他一次次地翻找出他的奖牌、荣誉证书，发表过作品的刊物，收录过作品的选集。作为一名写作者，这样的珍爱我再熟悉不过。我和他一样，柜子里有着多得无处安放的所谓成果。我敬服眼前的这个老人，在那没有网络的时代，用最传统的邮寄方式和最耐心的等候，让自己的作品登上国家级的专业刊物。

其中一部作品，署名"德兴春"，那是他和另外两个人各取名字中的一个组合而成。事实上，作品是他一个人写的。在漫长的艺术生涯中，他必然也有过许多妥协，许多身不由己的示好。他说，那时候他就决定，要把这些全都写出来。

他还说："我不想停留，我没有时间。"

我懂得，那是他辛劳一生、奋斗一生、珍视一生的东西。可是他带不走它们，他唯一的期盼是，将来这个世界上还有人继续走在这条传承的路上。而在这个家庭里，也许当他真正离去之后，所有的一切都将被清空，最后被遗忘。

从表面上看，黄运生的一生儿女成群，瓜瓞绵绵。晚辈们一个个事业兴旺、学业有成，是他内心里引以为傲的资本。家庭的熏陶，使得孩子们大多走上了艺术的道路。说起他们，黄运兴几乎如数家珍。

五个女儿，一个在非洲，已是国际上很出名的艺术家。黄运兴八十大寿时，她一个人寄回了八万元。疫情期间，女儿还以华侨身份为国家捐款三万元。还有一个女儿在中山，也擅长唱歌跳舞。一个孙女从武汉音乐学院毕业，现在深圳从事舞蹈工作，买了五百多万元的房子。去世的大儿子，曾在纪检部门工作。大儿媳去了深圳，与孙女儿共同生活。二儿子在交通局工作……

可是，他们活得越热闹，黄运兴就越寂寞。如今，他与小儿子一家生活在一起。白天，儿孙们上班的上班，上学的上学。日子，留给他一个巨大的空洞。

一个人，太孤寂了。

"我随时都准备走，如果可能，就去敬老院养老，那里人多，不那么孤单。"他说。

对身后事，他进行了细致安排。遗嘱，早就写好了。他要把三年的非遗传承人补助金共一万五千元全部捐给文化馆，作为基金，专门用于灯彩比赛。他说："我有退休工资，还有老年补贴金，是文化馆第一个取得馆员职称的人，享受工程师待遇。"的确，从物质层面上，他是富余的。名利于他，早已没有太大意义。

儿子又一次从屋子里走出来，呵斥老父亲糊涂。有时候，一个人越往衰老的路上走，言行举止就越像一个小孩。显然，在儿子的眼里，父亲的诸多言语是幼稚的，不合逻辑的。他像孩子那样，喜欢炫耀，又对亲人特别依赖。老人口中提到的决绝离开抑或坦然面对死亡，也许未必代表深刻思考过后的豁达，而是一种变相的撒娇。他要用这种方式，向亲人寻求慰藉，获得爱的稳定保证。

只是，一个孩子的幼稚或痴愚，总是令成人欣赏、喜爱、鼓励，获得加倍的庇护，他是新鲜的、干净的，让人充满期盼的。而一个表现出同等行为的老人，却常常令子女感到耻辱、可笑，抑或不耐烦。

正如现在，黄运兴的骄傲和落寞皆被儿子反对与制止。他嗫嚅了嘴唇，仿佛一个在长辈面前做错了事的孩子。

我知道，是该告辞了。

黄运兴将金色的非遗传承人荣誉牌挂在脖子上，左手拿着非遗传承人纸质证书，右手端着内容一致的台式证书，在沙发上坐直了身子，让我为他拍照。也许，他以为我和从前纷至沓来的摄影记者是一样的。他的表情如此郑重其事，他甚至还褪去了方才的委屈，换上了一副标准的微笑。

我端着手机朝向他，装出高兴的样子，一边调门高扬地提示着"一二三"，另一边，眼泪却不听话地在眼眶里打着转转。

事实上，在强大的时间面前，谁又能够真正停留呢？

一个人，无论曾经活在多么华丽的场景中，那些被时间驱赶或抛弃的悲伤、遗憾、痛悔，几乎注定要到来。

我想起小时候，正月十五的夜晚，我去圩上看闹花灯。小孩子的脸涂得红红的，穿得花花绿绿，摇晃着各色各样的灯四处游走。背着蚌壳灯的女人每合上一次蚌壳，都让我产生神秘的猜想。如今，我已有多年没看见花灯表演了。那些骑着马灯、表演着马故事的人，那些挑着茶灯的人，如今又在哪里呢？

尾随着永不停留的时间，我坐上一辆汽车，汇入深夜的灯火中。如此忧伤，又如此笃定。

如果身后的一切都是尘土和灰烬，至少我们可以留一盏灯，亮在人间。

执斤墨者

建筑应该说出时间和地点，但又渴望永恒。

——弗兰克·盖里

李明华和他的沙坝围

三月，濂江河水加快了奔流的速度。

龙南市里仁镇，一座土黄色的围屋静卧在濂江河边。削直的外墙，高耸的炮楼，深邃的枪眼，噙着春天也不能撼动的庄重和森严。

一九六二年出生的李明华，一头钻进拱形的青石围门，就像钻进了时光的隧道。

"我就是在这围屋里出生、长大的。"李明华站在自己居住过的房间门口，嗅到了遥远又熟悉的气息。阳光自头顶的天空倾泻下来，木门槛、鹅卵石回廊、爬满青苔的天井、吱吱呀呀的木阁楼、迂回曲折的地下通道……熟悉的场景，熟悉的物事，裹挟着记忆汹涌而至——

爷爷是从里仁镇的鸳鸯围抱过来的。太奶奶二十多岁时，太爷爷出去当兵，再没有回来。太奶奶就在这围屋里等啊，守啊，一直守到韶华已去。家里没有男人怎么行，老太爷就把爷爷抱回来继承了家业，延续了香火。

那时候，一同居住在围屋里的都是李姓同族亲人，家禽家畜也在围屋里养着。一间和叔叔共有的厨房，后来被叔叔让了出来。一日三餐，家家户户的炊烟几乎同时升起，呼鸡唤狗，吆儿喝女，割不断的亲情，热气腾腾的生活，有着说不尽的温暖和安宁。

围屋名叫沙坝围，同大多数围屋一样，大门门额上题写着醒目的围名。它背靠青山，建于清咸丰年间，至今已有一百五十多年历史，是赣南唯一一座有地下通道的围屋。地下通道的墙上布满枪眼，既用于防卫，又可做通风口。围屋四周没有村舍屋场，仿佛孤悬于世。住在围屋里的十几户人，便自成村落，围屋也成了赣粤古驿道上的重要客栈。

李明华记得，每年春天洪水猛涨时，沙坝围的老弱妇孺便在围屋大门前的坪坝里坐着聊天，看大水。青壮年男人则守在濂江河岸，看河里是否有柴、竹、木顺水漂下来。先前，围屋人不需要上山砍柴，每年光捡大水柴就足够烧一年。运气好的时候，还会捡到不少木材，运到市场卖又是一笔经济收入。

只是现在，围屋空了。从前的亲人悉数从这里搬出，像脱了框的算盘珠子，各散西东。恰似李明华的心，在记忆满溢之后，突然陷入一片更加辽阔的空。抬起头来，看见一株小型灌木高高地立在围门的青砖上，青枝绿叶。

其实，围屋搬空后，也曾有过短暂的人气。二〇〇九年，沙坝围与深圳大芬村开展文化交流合作，将这里开辟为油画创作基地。

围屋的照壁上，至今仍残留着深圳大芬画家驿站的介绍。环围屋一周，能看见每一间围屋的门楣上，都挂着一块刻有画家名字的画展牌。然而，几年后合作方撤出，沙坝围再一次陷入沉寂。

一次次，李明华在这方圆不足九百平方米的围屋内踱着步子，望着那丛生的杂草、垮塌的屋檐，抚摸着斑驳的墙面、残破的木楼梯，内心被无力左右的现实深深刺痛。

作为赣南围屋营造技艺的省级非遗传承人，这些年，他像推动巨石的西西弗斯，辗转于龙南的一幢幢老旧围屋之间。古建修复，是一场与时间的艰难缠斗。二〇〇三年，曾为木工的李明华一脚跨进了古建修复这一行，从此再没有离开。太平桥、关西新围、西昌围、乌石围、燕翼围、龙光围、烟园围、栗园围……每一座被修复的围屋，都留下了他精心打磨的痕迹。

相对于说，李明华更习惯于做。他的朋友圈久未更新，置顶的一条发表于二〇一九年五月十六日。简短而朴素的一句话，吐露出他的心声："我作为一个手艺人，能用自己学到的技艺，为家乡出一点微不足道之力，也算是一种荣誉。"

沙坝围，是他修复的第一座围屋。政府和户主共同分摊了修复的经费，按照房产证的份额，李明华拥有两间房屋，出了一千元。那一年，他重新住进了沙坝围。三个月的漫长日夜，他像一个耐心细致的绣娘，一榫、一卯、一椽、一梁……将所有毁损的部分都织补得完好如初。

撤离沙坝围的时候，他长舒了一口气，仿佛消逝在围屋里的时光又活过来了。谁知道呢？十年之后，仍敌不过光阴侵蚀、人去楼空的现实。

在龙南，这样的围屋有三百多座。尚有人居住的，是极少数。

那极少数里，留下的也是垂暮的老人。还有一些，成了鸡鸭禽畜的居所。几乎每一天，都有门框在坍塌，楼面在腐朽，屋脊在倾颓，雕花门窗、刻字石板等珍贵文物在丢失。投入的人力物力总是有限，并不是每一座围屋都能被幸运选中，余下的，只能听天由命。

最难过的，是修复后又重陷衰朽。无人居住，无法利用，是一个解不开的死结。

他也曾一次次扪心自问，愿意携家带口回归围屋生活吗？然后下意识地摇摇头，脸上浮现一丝苦笑。

退而求其次，他只能期望沙坝围能像关西围、燕翼围等大型围屋那样，打开围门，引资开发，让更多人亲见围屋的神奇，体味那独一无二的文化精髓。

最重要的，进入旅游循环的围屋，日常可以得到精心的维护，安然屹立于世。

围屋最多的地方

龙南，地处江西省最南端。南唐保大十一年（953），以县治在龙头山之南，定县名为龙南。二〇二二年撤县设市，即今天的龙南市。境内山脉分明，河流密织，大大小小的村落繁衍于山水之间，构成了独特的人文风貌，尤其是建筑文化。

这里，是客家人的主要聚居地之一。千百年来，客家人携带着中原的文化和基因，从广袤的平原上连根拔起，自北向南，一路开疆辟壤，建造屋宇，寻觅生存的空间。从临时的茅草屋到简陋的土屋，再到坚固美观的围屋，功能一步步完善，构造愈来愈精巧，生活逐渐如鱼得水。

无疑，客家人的迁徙史是一部漫长的血泪史。自初来乍到，终至根基稳固，客家人在扎根于斯的艰难过程中，经历了太多的动荡和不安。频仍的战乱令他们心有余悸，盗贼的滋扰使他们惊魂不定，原住居民的排挤让他们忍辱负重……

他们只能一步步地后退，退进深山老林，退到无路可退。无路可退的最后是绝处逢生，是奋起勃发。明清时期，龙南客家人以宗族为单位，在纵横交错的山坳之间，建筑起了堡垒式的家园——围屋。

林徽因曾说："建筑是时代和环境的写照。"围屋亦如是。

那是客家人倾其所有营造的安身立命之所。建造一座完整的围屋，短则五到十年，长则几十年。譬如，关西新围从动工到竣工，前后耗时三十年，耗费白银百万余两。

一幢围屋，就是一群血缘相近的客家人栖身的至美天堂。偌大的空间，是家园，是祠堂，也是堡垒。在这里，同宗同脉的人们聚族而居，相互取暖，共同守护着来之不易的日月光阴。围屋内房间众多，功能分明，生活设施齐全。有卧室、厨房、大小厅堂，有水井、猪圈、鸡窝、厕所、仓库，有坚固的外墙、专设的炮楼、灵活的射击孔，进可攻，退可守，形成一个自给自足、自得其乐、自我防御的社会小群体。

关上围门，屋里屋外，仿佛两个世界。

如果再往前追溯，早在唐代，距龙南两百多公里的福建永定便有功能和结构类似的堡垒式民居——客家土楼诞生。当这些神秘的建筑被研究者发现，一步步深入其内部时，人们发现：无论围屋还是土楼，均为赣闽粤客家人艰难生存直至发展壮大的坚固物证，是客家人经历一次次现实捶打，将生存主动权牢牢握在手中的伟大产物。

最后，他们在这片土地上站定，根茎发达，枝叶茂盛，成为当地最强大的民系，造就了人类发展史上的一个奇迹。

至今，在龙南的乡村陌野之间，还散落着几百座各具特色的围屋，存量占赣南客家围屋的百分之七十以上。龙南围屋涵盖了客家围屋所有的建筑样式，其中客家方形围屋数量之多、风格之全、保存之完好，居全国之首。

龙南，因此被称为世界围屋之都。

二〇一二年十一月，以龙南围屋为主体的赣南围屋入选中国世界文化遗产预备名单，获得了通向世界文化遗产的入场券；二〇一四年十一月，赣南围屋营造技艺被列入第四批国家级非遗名录；二〇二一年七月，龙南客家围屋登陆威尼斯国际建筑双年展，展期半年。来自世界各地的嘉宾和观众在《围屋之变》主题系列作品前久久徘徊，声声赞叹，盼望着有机会到中国龙南亲自看一看。

某种意义上，当围屋被珍视和保护并进入世界的视野，恰恰对应着这一建筑艺术瑰宝逐渐消亡的事实。

四百多年过去，一些原本坚不可摧的围屋正在一天天老去、倾颓，被族人遗弃。就像濂江河水年复一年向东流走，无法挽留。

龙南市文物局原局长张贤忠曾参与围屋普查工作，见证了围屋一点点湮灭的过程。二〇〇六年，全市第一次普查尚存完整的围屋三百七十六座，到二〇一七年七月第四次普查，只有两百五十五座保存尚可，其中明代建造的围屋仅剩七座。这意味着，短短的十年时间，已有一百多座围屋仅剩残垣断壁或不复存在。

这不能不说是中国建筑史上永远的遗憾。毕竟，每一座围屋都有其特殊的历史背景、文化属性、家族烙印，都是不可复制的宝物。

房屋需要人气涵养，方可百年不败。然而，这封闭或半封闭的居住环境，早已无法适应现代人的生活需求。至今，留守围屋的人寥寥无几。

一位仍在围屋里升起炊烟的老婆婆感慨地说:"以前,三层屋子都住满了人,可是年轻人嫌窗户小,光线不好,一个个搬出去住,不愿回来了。"

是的,享受过现代舒适便捷生活的人,谁愿意回到古老而原始的生存状态?于是,几百年风吹雨打去,多少围屋被包围、被蚕食,无人维护,最终消失于时间的巨大黑洞。

最令人啼笑皆非的是,一些围屋因为主人请的师傅不懂专业维修技术,将围屋修成了四不像。

张贤忠无奈地说:"有时候,保护也成为一种破坏。"

钟彦鹏,木工或泥工

一九五一年出生的钟彦鹏,则在里仁镇目睹过另一种破坏。

二十世纪六七十年代,一群喊着口号的人冲向围屋,举着大锤,一锤一锤重重地砸下去。还有更激进的,抱来了炸药。祠堂、祖牌、石雕、木刻……那些曾被族人引以为傲的祖产,在时势的洪流中,失去了原本的神圣和光辉,变成要彻底抛弃的"四旧"与"封建迷信",必欲除之而后快。

一些墙体轰然倒塌,一些物件七零八碎。场面乱哄哄的,没有人敢上前阻止。围屋破坏的程度,几乎是一个地方民风善恶的晴雨表。只有那些隐蔽于深山老林、与世隔绝的围屋拥有难得的幸运。在疯狂的人群外围,钟彦鹏悄悄地退到一边,默默流泪。他心惊肉跳地聆听着重重锤打的声音,每一锤,都像砸在他的心上。

作为一名木工,一位围屋建造和修复者,钟彦鹏比任何人都懂得围屋的珍贵，前人智慧的价值。"都是老祖宗留下的宝贝啊。"今天，坐在茶桌前与我对话的他，仍感到痛心疾首。他眉头轻拧，微闭了双目，声音低沉下来。能不难过吗？那些围屋，一窗一棂、一榫一卯，都饱浸过他和师傅辛勤的汗水。

钟彦鹏的木工生涯，也与那个时代不无关联。他的父母原本是龙南师范学校的老师，他们兄妹四人皆出生在县城。如果命运按常理出牌，钟彦鹏应该能接受完整的学校教育，成为一名知识分子，拥有一份无须下苦力的工作。可是，"文革"来了，不那么明亮的成分出身，无法承受的痛楚磨难，将他们全家推向了故乡里仁镇。名为下放，实则是彻彻底底做了农民。无论如何，在老家有族人护着，可少吃些苦头，保障生命安全。

一家六口缺乏务农的本领，生存便成了第一要务。十六岁，钟彦鹏辍学了，请生产队出了一纸证明，去当木工学徒。他心有不甘，但又不得不接受时势的安排。至少，学一门手艺能减轻父母的负担，自己挣一口饭吃。按当时的规矩，学徒不交学费，也没有工资。师傅做到哪，学徒跟到哪。

学木工之前，他也考虑过许多行当。泥水工、剃头匠、篾匠、厨师、屠夫……那个年代的乡村少年，大多依着父母之命或机缘巧合，择一而从之。而钟彦鹏从小就喜欢玩木头，不乏兴趣的指引。最重要的，木工比其他行当更赚钱，又比寒耕暑耘更轻松，无风吹日晒之虞，无披星戴月之迫。

遇见师傅李美光，是不幸之中的幸运。李美光是当时全县技术数一数二的木工，他手把手教给钟彦鹏的，是全套传统木工技艺。师傅做活计，无须一枚铁钉，榫卯相合，天衣无缝。他的业务并非打制木器用具，而是以围屋和祠堂的木构件营造修复为主。

师傅是一个严格的人，方位、尺寸、样式，一丝不苟，完全以风水先生的设计为准，不会有丝毫出入。

刚入行，钟彦鹏就被师傅带进了围屋。他们常常在一幢围屋里住下，一修，就是几个月。在那里，他感到身心安妥，每日的光阴，就像一对对排列整齐的木窗格，规律而庄重。

这段经历，为钟彦鹏一生从事古建修复埋下了灵魂的种子。

十九岁，钟彦鹏出师，开启单干的日子。那期间，恰好是围屋被破坏得最厉害的时候。一个从围屋和祠堂修建入行的木工，一时没了生计。他灵机一动，改做泥水工。三年学徒，他常常和泥水匠共事，早已将他们的一招一式看在眼里、记在心里。自学起来，得心应手。"泥水比较简单，有点文化基础，知道点线面就会做了。"面对我的惊讶，钟彦鹏倒了一杯功夫茶，不无得意地说，"围屋不让修，我就帮人建房子，做了十多年，生意很好。"

细致，耐心，做工漂亮，钟彦鹏在里仁镇乃至整个龙南县积攒下了相当不错的人脉和信用。

就在钟彦鹏如鱼得水当着泥水工，以为一辈子就这么过下去的时候，时势又一次发生了巨大翻转。

每一个大事件的发生，最终几乎都将映现到社会的神经末梢——老百姓身上。钟彦鹏发现，找他修复围屋的人渐渐多了起来。客家人对围屋有着血浓于水的情感，他们始终相信，围屋和宗祠是祖宗留下的产业，是一个家族永久的风水场，年年岁岁，荫护着子孙后代。

钟彦鹏是欢喜的，又可以做回老本行了。修复围屋，吃住全包，工价远比做泥工高，凭他的技术，养活全家人不成问题，何乐而不为。

没想到这一做，就是一生。直到同行的工匠们一个个"弃暗投明”，最后剩下他，日复一日，守着围屋打转转，守成唯一的赣南围屋营造技艺国家级非遗传承人。

神秘的木工代码

每一名工匠，几乎都有过一段无奈的入行史。李明华亦然。

李明华是上过高中的，在里仁中学。从初中开始教他的班主任，为了让他坚持到恢复高考，悄悄将他的年龄改小了两岁。可是他坚持不下去了，父亲生病，七个兄弟姐妹的大家庭，太多的困难等着他一起去扛。短短两个月的高中生活之后，他黯然离场。

“我愧对老师。”李明华说。他坐在一张长条凳上，清瘦、挺直、诚恳、少言，四十多年过去，他的气质和声息越来越接近于一株良木。我们不知道，如果命运重来，人间会不会少了一位优秀的木工，多出一位大学生。

再后来，钨矿招工，他原本有机会招进去的。可父母超生，又没有去成。也许，做工、赚钱贴补家用，是他唯一的宿命。

师傅吴洪海原是父亲的师兄，李明华按照从前的习惯，仍叫他大伯。其实，李明华的木工手艺大多是师爷爷教的。师傅在村里做会计，不被允许外出搞副业，李明华就在师傅家待着。师爷爷在家带孩子，得空就教李明华做木工。有人上门请他们做嫁妆或订制家具，师爷爷就一边教，一边放手让他做。

师爷爷喜欢他虚心诚恳，脑瓜子灵活，常常和四邻八舍得意地夸赞：“我祖传三代，没带过这么好的徒弟。”一年后，李明华已经可以独立带徒了。彼时，他年方十六。

学木工，有大木和小木之分。小木精细复杂，大木相对简单。

小木做好了，大木就水到渠成。师爷爷教的做家具，是小木。师傅家具房子都做，是小木和大木结合。当然，也少不得泥工活。李明华学的，是最古老的传统木工技艺，榫卯结构。传统的老师傅，瞧不上钉钉子的。李明华敲了敲我们围坐的桌子："这就是老款式，上上下下没有一颗钉子。"

师傅有言："第一学做人，第二学手艺。"木工是出门行走的人，得到业主的信任比什么都重要。李明华就在全南县的一个业主家收获了信任和爱情——岳母家有五个如花似玉的待嫁女儿，在刨花和木屑激扬的清香里，他和其中的一个对上了眼神，结成了良缘。

他将正厅的几件旧家具指给我看："这些结婚时的柜子、橱子，都是我自己打的。"半个世纪过去，家具表面的红色油漆已然斑驳，但仍可见实木的结实、做工的精细与整体的坚固。尤其是，其间镶嵌的木雕装饰，梅兰竹菊、龙凤呈祥，雕刻得惟妙惟肖，精巧细腻。

那时候，他并不知道，师爷爷教给他的传统木工技艺，最终会成为少数人掌握的秘密。

二〇一八年一月，李明华被派往北京大学考古文博学院民居营造研修班学习。和他同班的有建筑设计专家，有雕刻彩绘艺术家，有大学教授。和他们相比，李明华不懂电脑绘图，不懂 3D 打印，不懂全站测量仪，心中充满了自卑。

有一天，故宫博物院古建修缮中心主任李永革为他们授课。他拿出了一份清代故宫的局部图纸，要大家计算出面积。二十七位来自全国各地的同学，除李明华外全都蒙了。李明华举手，走上讲台，轻轻松松写出答案。他还贴心地将代码与阿拉伯数字一一对应，让大家都能看懂。

原来，图纸上的尺寸代码，和师爷爷祖传的全国通用清代木工代码一模一样，李明华从小就熟记在心[①]。

李永革教授见状，微笑颔首。这古老的代码，只有极少像李明华这样的传统老木工或老裁缝懂了。

一年的集中学习，李明华收获了一份骄傲，也留下了落伍的喟叹："我要是年轻十岁就好了。小时候学的东西都能记住，现在的技术太先进了，学了也会很快忘记。"第一次，李明华将自己置于全国的建筑设计平台，看到了时代扬弃之无情，也更加体会到传统的价值。

他想起从前，每个村庄都有一两个木匠，每个木匠师傅一年年都带出了徒弟。围绕在这一行当里讨生活的人，多如牛毛。可是现在呢？那些曾经和他一起拿着斧头与墨斗走乡串户的同行，大多已丢了老本行，改辕易辙了。

他又何尝没经受过考验呢？二十世纪九十年代初，实木结构的房子慢慢就没市场了。李明华去广州的家具厂做木工，一位李姓同事拉他一起去开货车。他说："做木工累死累活，挣的钱少，还不如去开车，钱来得快。"犹豫的时候，他就想起老师傅常常念叨的箴言——外行生意不要做，内行生意不要丢。"师傅教的道理，很多是学校学不到的。"他抬起了清瘦的下巴，意味深长地说。

一次次外出打工，李明华做过家具，进过工程队，修过隧道，建过机场，造过宾馆酒店，始终没有脱离木工和装潢业。他总是随身携带着陪伴了几十年的木工工具：刨子、锯子、凿子、木锉、锤子……他使用着它们，看护着它们，抚触着它们，像一个慈爱的父亲，

---

① 这份木工代码即苏州码，从前建造故宫的工匠大多是江南人，故使用的是代代相传的苏州码。苏州码一到十的写法是：〡、〢、〣、乄、〥、〦、〧、〨、文、十。

将满腔的热忱倾注于自己心爱的孩子。

一项拒绝创新的事业

譬如大浪淘沙。时空移易中，许多人和事在路上渐渐散佚，历经风雨淘洗留在原处的，总是坚如磐石不离不弃的少数。

与其说钟彦鹏和李明华选择了围屋，不如说围屋选择了他们。是的，熟练掌握传统木工技艺，又懂泥工，还有谁比他们更适合围屋修缮？

二〇一七年以来，赣南客家围屋保护条例和抢救性保护维修方案接二连三地出台，政府对围屋修缮资金的投入也逐年增加。钟彦鹏和李明华的工作便愈加接近于扑火队员，紧锣密鼓地四处奔赴。

钟彦鹏是李明华的表叔。有很多年，他们只是循着自己的人生轨迹各自奔忙，并无太多交集。直到二〇〇三年，钟彦鹏将李明华一把拽进了古建修复行业。他知道，像李明华这样的人不多了。他还知道，李明华对沙坝围有着无法割舍的感情。

几十年的木工生涯，从青葱少年到儿孙绕膝，他们的坚持早已不仅仅是为了谋生。正如李明华所言："再长的命，钱也赚不完。"

他们持守着一份文物修复的理念：围屋，只能修旧如旧，拒绝任何创新。尺寸，断不可更改。配方，要按照老祖宗传下来的。材料、数据和比例，多一分不行，少一分也不行。

他们还掌握着一个鲜为人知的神秘配方：将石灰、黄泥、沙子作为主料混合，加入适量的红糖、蛋清、糯米浆，搅拌均匀，每天浇水使其发酵。如此浸泡半个月后，再将大小均匀的鹅卵石拌入其中，配以熬制好的桐油，一道完美的三合土材料便可用于围屋墙体夯筑了。这时必须立即开工，切不可延误时机。在一次次大锤的击打和一声声号子的喊叫中，墙体被一寸寸抬高。最坚固厚实的围屋外墙，可达一米多厚。

这是时间和人力的长久累积，需要技术，需要耐心，需要一股子坚持到底的劲头。这土法夯筑的墙体，无论时光如何流转，只要不被人为损坏，将一直不开裂缝，固若金汤，用铜墙铁壁来形容也不为过。

一切，都来自师傅们一代代的手口相传。力学的原理，工艺的精湛，就蕴含在这不可更改的传承之中。

古人的智慧多么深邃，以至让钟彦鹏一次次感叹："从前的人真是聪明，比我们要聪明多了。"

譬如围屋的排水系统，比现代的还要好。围屋天井的下水道，连着主人家的池塘和水田，正所谓"肥水不流外人田"。一口池塘，就是围屋的净化池。客家人在池塘里养甲鱼或别的什么鱼，让它们一天天在下水道里钻进钻出，沟渠便得到了疏通，排水便保证了顺畅。

没有围屋图纸时，钟彦鹏和李明华就挖开旧基，找到老线路，根据原有的尺寸进行修复。每一幢围屋，都出自风水先生的精心设计。从前的风水先生，还是高明的绘图师。泥木工与风水先生既相互合作，又各有分工。他们彼此尊重，互不僭越。

李明华自不懂得设计，但他懂得牢牢地守着老规矩做事。比如祠堂是围屋的核心部位，代表着家族姓氏、祖上荣光，房梁、立柱等地方决不可随意改动。更换主梁，要按民俗拣好日子动工。传统风俗包含着太多讲究，即便如龙南、全南、定南这些紧挨的客家县市，也各有差别。按主家和风水先生的要求做，是一个匠人永恒的准则。

作为一名优秀的木工，他会遇到许多木雕件的修复。每一件雕花工艺，都藏着一份美好的期冀和寓意。至于为何是这种雕花，为何要如此搭配，他知道得并不详尽。唯一能做的，就是凭借精湛的手艺，照着原有的样子，将雕花做得精美而细致。

在这项守旧的事业里，小聪明一点也使不上，使了就坏了。钟彦鹏和李明华常常自嘲："只有愚笨的人，才能在这一行做下去。"

每一道工序，都显得漫长而低效。闭锁的围门、高高的门槛，使得所有的材料都必须肩挑人扛才能运进围屋。艰辛的劳力付出，让大多数人望而生畏，招募工人，是一日比一日难了。

从前，人们以耕种为主，在重负中寻求温饱。如今，现代科技将多数人从体力劳动中解放出来，比做木工轻松的职业比比皆是。时代的前行，五花八门的选择，裹挟着人们匆匆的脚步。

在一幢正在修复的围屋内，李明华带着几名工人更换一根橡梁。此时是清晨，围屋内的光线仍算不得明亮，地上、墙上的物品纷乱杂陈。他们需要小心翼翼地将屋顶的瓦片清开，瓦橡子撬开，再将笨重的旧橡梁慢慢放下来，又把新橡梁吊上去，安装好，最后钉好瓦橡子，盖好瓦。等到忙活完这些，直起身子看看天井，不觉天色已暗，一天的光阴就这样悄悄溜走了。

每修复一座围屋，李明华都要搬着铺盖卷住进去。这一住，少则几个月，多则一两年。一砖一瓦、一斗一拱，都要耐着性子一分一毫地磨。进去的时候，一屋子的肮脏破烂；离开的时候，是满眼的清爽干净。

然而一些老百姓却并不买账。当生存的危机远去，他们想要的，是良好的通风和采光，舒适的自来水和卫生间，现代的豪华吊顶装潢……

现实需求和文物保护，成为一个不可调和的矛盾。一年一年，钟彦鹏和李明华固守着不变的传统，也承受着难以言说的委屈、孤独与哀愁。

一条线连接着两个世界

自二〇〇三年政府启动围屋修复，二十年过去，全市三百多座围屋，仅修复了五十余座。尽管二〇二二年加快了进度，一年便修缮了三十一座，但围屋衰朽的速度和浩大繁复的修复工程量，仍然让人感觉到时间的紧迫。

人的一生有几个二十年？一转眼，钟彦鹏七十二岁，李明华六十一岁（加上高中班主任为他改小的两岁，其实他已经六十三岁）。即便眼下身子骨硬朗，谁也无法确知，他们还能再坚持多少年。

营造技艺的传承，成为围屋修复及保护最大的难点和痛点。

钟彦鹏带过好些个徒弟，其中有他的儿子和侄子。他曾经是想将这门技艺当成家族事业来传承的，他带着两个年轻人，手把手地教，心贴心地传。唯一没料到的是，时代的变化竟如此之快，快到年轻人纷纷从传统的手工艺行当中飞走，去追寻新的梦想。

侄子去政府部门当了一名司机，穿着笔挺的西装，出入于城乡机关。有时候钟彦鹏工地上缺人手，想请他来帮忙，得到的回答几乎都是没时间。再往后，钟彦鹏就不曾开过这个口了。儿子乘着改革的东风创办了企业，经营着自己的小家庭，与传统的泥木工技术活渐行渐远。

脏、累、苦，是他们逃离工地最实在的理由。是啊，那些老房子一拆开，经年的灰垢就扑簌簌地落，落得人一头、一脸，一身，和着汗水，每一个毛孔都像有虫子在蠕动。那种难受，只有亲身体验过的人才知道。

　　承建了围屋修复工程的钟彦鹏，常常为找不到人做事而着急上火。有的时候，第二天就要现场检查，为了赶工期，需要整夜整夜地加班。请一个工人加晚班，工价六百元，不然没人做。

　　普通的建筑都用上了现代机械施工，而围屋修复依然是纯体力劳动。拆下来的废料，一担一担地挑出围门，需要使用的材料，一担一担地挑进围门，挑上楼去。围屋内部多为木结构，几百年过去，一些木楼板和木架子衰朽腐烂，挑着重担走在上面，一不小心，木头断裂，工人就会从两三米的高处摔下。谁也不愿意看到事故，可这样的事故还是发生了好几次。五十岁以下的工人可以买保险，五十岁以上的连保险都买不到。然而出现在围屋修复工地上的身影，大多是两鬓斑白没有其他谋生之道的中老年人。

　　每一天，钟彦鹏都过得提心吊胆。

　　这些年，是李明华一直站在钟彦鹏身边，做他最信任的技术指导，最得力的左膀右臂。他像一只不停转动的陀螺，管理、施工、技术、采购、预算、后勤，什么都做。特别累的时候，他也动过离开的念头，却又一次次在矛盾挣扎中留下。

　　李明华带过七个徒弟，无一例外都改行了。有的做生意，有的修车，有的开车。当生活条件变好，人们再也不用为钱而拼命了。更何况，他们改行后，赚的钱比做泥木工还要多。谁愿意甘冒风险，一辈子和刀斧、墨斗、泥巴、灰土为伍？他的两个儿子没有一个继承了父业，眼看下一辈过上了轻松体面的日子，他能说什么呢，唯有默默地祝福。

　　长期跟着李明华一起修缮围屋的，是他师兄的一个徒弟，四十多岁，整个工地就数他最年轻。李明华有意培养他接班，眼下活计不是很让人满意，只能慢慢来。如今，多数会做木工的不会做泥工，会做泥工的又不会做木工。便是木工，大多也只会使用工厂制好的现成板材拼接。一根原木怎么砍，一把刨子怎么使，一对榫卯怎么合，都需要长期的言传身教和实践摸索。

我一度天真地想，是否可以将围屋营造技艺的要领描述记录下来，作为固定的文字传承，让更多人学习。钟彦鹏和李明华无不将头摇得像拨浪鼓："没法讲，讲不清楚。只能到工地现场，做到哪，教到哪。"

前几年，一家旅游开发公司找上门来，请李明华去做工程总顾问。他们要在龙南建造仿古围屋，内设酒店、演艺大厅，集小吃、观光、民宿于一体，让外地的游客一站式体验围屋生活。

李明华却不以为意，这样的仿古围屋，除了外观和布局做成围屋的样子，其余全部采用现代建筑技术。在他心目中，任何仿制建筑，都无法替代真正的传统围屋。客家人几百年的沧桑记忆，绵延数代的殷殷乡愁，岂是仿古围屋所能承载？

无论何时、何地，面对何人，他总是实话实说："看围屋，还得去老围。"

但是，谁又能阻挡时代前行的步伐呢？现代文明与传统文化的矛盾，从来就没有一个两全其美的答案。

偶尔，会有研究古建筑的大学生找上门来，请教一些传统技艺的细节，为毕业论文作准备。这其中，不乏清华大学土木工程系的研究生。李明华看着他们，像看着雨后新冒的春笋，眼里净是期待和慈祥。

可是他又心知肚明，他和他们终究是两条道上的人。他们往更宽阔的天地越走越远，而他则停留在原地，固守着被人们称为老古董的东西，一天天老去。

他记得刚入行时，师爷爷拿出一个墨斗，双方各执线于一端，轻轻一弹，一条直线落在木头之上。闭上眼睛，那条又细又黑又长的线总是浮现于脑海，仿佛连接着两个幽深的世界。

擂 茶 记

手

一双手从什么时候开始，具有了老树皮的属性？它们骨节粗大、青筋突起、皮肤粗糙，在春天的微寒中泛着隐隐的红，仿佛接纳过时间加持的所有沧桑。

这是一双女人的手。女人有五十出头了吧，笑得没拘没束、没心没肺，笑得让你开始怀疑方才目睹的所谓"沧桑"。一只银镯子在左手腕上闪着亮光，照耀着她生活中应有的恬静和满足。

来的都是客，显然，女人深谙待客之道。

在她手边的茶桌上，茶叶青翠，鲜葱碧绿，细盐如白雪，茶油若黄金，糯米、芝麻、黄豆、花生圆滚滚地卧在盘子里，一块虎头虎脑的生姜，躺在竹笸箩上。

它们，是制作全南擂茶的主要材料。擂一钵擂茶，是女人的拿手好戏。

"鲜茶叶，要去掉硬梗和粗叶脉；长的和有筋络的作料，都要横着切碎，不然擂起来费劲，筋不容易断。"一把菜刀在她手上轻快地起落，像弹奏一支欢快的四步舞曲。

当她开始动作的时候，我注意到这双手不一样的属性：素净、灵活、有力。

一只陶瓷擂钵被捧在了这双手中。黑而亮，拙朴又粗粝。这样的土钵，烧制方法简单，不追求任何花样和美观，是早先农村最常见的食器。从泥土中来，又紧紧地契合着在泥土中讨生活的日子。

擂钵的内壁，是细密的沟壑与纹路，刀锋般生硬尖利。若非如此，便失去了擂的意义。

从前，女人曾吃过这锋利的亏，不小心伸手一触摸，便是一个划破的血口子。自然，那时候，女人的手还是鲜嫩的，擂钵也不那么听她的手使唤。

但是现在，这只擂钵在女人的手中服服帖帖，从一只龇牙咧嘴的猛兽变成了一只乖乖的小猫。

先前备好的作料，一一投进了擂钵。女人挽起袖子，用右手握住了一根擂杆，开始环绕着擂钵内壁春捣、研磨。她用双腿夹住擂钵，左手摁着钵沿，右手的力度在不断加大，速度在不断加快，随着作料的变碎变软，我的眼前出现一个圆，两个圆，三个圆……数不尽的无数个圆。后来，所有的圆又重合在一起，幻化成一道绿色的弧线，一串流动的音符。

她的右手背青筋和骨节都鼓突了起来，右手臂上肌肉也鼓胀了起来。多么粗壮、多么结实的肌肉啊，如果不是亲眼所见，怎么能相信，这是一个女人的手。

这根高约五十厘米的擂杆，究竟与这双手相伴了多少年呢？作为油茶树干的其中一段，它因木质坚硬、纹路紧致、耐磨经用而被嗜茶人选中，世世代代地做了客家人的擂杵。每一种生长在大地上的草木，都有它们的宿命和走向，不是吗？

当它进入女人的生活，成为她日子里不可或缺的一部分，它便被女人日日抚触、抓握，渐渐地去除了初时的生涩、粗糙，增添了旧物的光滑、温润，也饱蘸了女人的气息和灵魂。甚至，可以说它已经成为她的第三只手。

三月，桃江水正泛着粼光，油菜花的顶冠上还剩余一抹金黄。在这幢老旧的二层平房院落里，枇杷刚挂上小小的青果，菜畦里的葱和蒜，正迎着春风站得挺直。

半小时过去了，屋子里的女人还在没完没了地重复着磨、捣、搅、翻的动作。那双手，不累吗？

我接过了擂钵和擂杵，以学习和尝试的名义。几分钟以后，手臂酸胀，那根小小的擂杵竟似有千钧重。看似无比简单的动作，于我却笨拙如斯。原来，力度大小、速度快慢均有讲究，擂茶也是一门技术活。

曰：力小不易碎料，力大容易伤钵；过慢有损质感，过快味难鲜透。

女人将工具夺了过去，逆着擂钵内壁的沟纹走向，继续进行着旋转式研磨。她笑言："刚嫁到龙源坝来时，我也和你一样生疏。"接受、顺应、超越，几十年光阴在擂钵中慢慢研磨着。我知道，这双手打开了少女的谜题，握住了此后的命运，它们抱紧了生活，也开创了属于她的岁月。

这双手有的是耐心，千百次地循环往复，日复一日地枯燥研磨，只为一钵清香四溢的擂茶。

擂，是一个动词。在我有限的见识里，擂茶是唯一以动词命名的茶。我想,对一钵擂茶而言,所有的韵味和内涵,便都在这一个"擂"字上了。

那双手终于停止了舂捣,是十几分钟以后了。那些条状的块状的柱状的食物,通通捣成了泥状。钵底的茶泥,细腻、柔和、色如翡翠。女人一手提来烧开的滚水,倒入擂钵,以擂杵不停搅动,再滴入少量茶油,香气便弥漫在了屋子里。

女人举起了捞勺。那竹制的捞勺想必也有年头了吧,光溜溜的,黑中透着红,透着亮,也不知舀过多少次擂茶,招待过多少客人。

我的碗里,于是荡漾着一团氤氲的抹茶绿。茶叶的味道、葱的味道、生姜的味道、芝麻花生豆子的味道,清香、浓香、甜香、醇香……一齐袭击了味蕾,欲一一辨别,却不能够。只是觉得口腔里充盈着舒适、顺滑之感,只想将之囫囵裹入肚腹。

一钵擂茶,能兑六斤水。一桌人,很快就分而食之。喝,是几分钟的事。擂,却是那双手近一个小时无数次重复动作的结果。

过程之慢和饮用之快,成为手工擂茶永远无法协调的矛盾,也成为多数人将它抛诸身后的理由。

擂茶,是慢工出细活。过日子,又何尝不是如此?

我端详着那双承载了岁月风霜的手,想:她是把那失去的圆润和光泽,全都给了这一钵擂茶吧。

哦,忘了说。这双手的主人,名叫黄娥娇。国家级非物质文化遗产——赣南客家擂茶制作技艺省级传承人。

声　音

"食茶啰——"

声音悠长,声音搅动着隐隐的兴奋,声音还逗引着空空如也的肚腹，发出一串串咕噜咕噜的叫唤声。

男人至今仍记得这声音，像乳母的呼唤那样亲切、那样熟悉，牵动着许多人激动的心跳，吸引着许多人支起了耳朵、挪移了脚步、蠕动了馋虫。

声音出自一位专司擂茶之职的老年妇人喉腔。这声音，作为一种历史性的纪念，回荡在二十世纪六七十年代的旷野中。

大集体，生产队。出工时间，田间地头排布着握住锄头埋首农事的人，赶着耕牛犁地的人，晃悠着畚箕挑粪的人……"食茶啰——"这日日晌午准时送达的喜讯般的声音，多么像久雨之后的日色，拨动着百十双眼睛里的亮光。

于是，妇人的擂茶挑子前，便聚满了放下农具的人。每人一只粗瓷碗，谁也不讲究，谁也不推让，这温热的擂茶啊，不啻人间美味，端起就入口，喝了还想喝。

饥饿、困乏、机械劳作、生产队长的吆喝与催促，容易让人陷入麻木境地。唯有这食擂茶的美好时光，止了渴、解了乏、充了饥、抗了饿，脸上有了活泛之色。

那时候，龙源坝镇上的人们还没有接触过"饮料"这个词语。但擂茶是他们的饮料，有时候，又是他们的主食。擂茶中的糯米、黄豆，都是耐饱的好东西呀。

彼时的擂茶作料并不丰富，还细分着等级。家庭人口和经济状况，决定着一家人可以下什么料，吃什么等级的擂茶。最简单的是葱子茶，一把葱擂碎，加点食盐，浇上滚汤，也喝得有滋有味。再不济，揪上一把野菜擂了，热乎乎地烫着唇舌，也暖着肠胃。

其实，只要能吃的东西，他们都可以丢进擂钵，捣烂冲服。田螺菜、鱼腥草、艾叶、薄荷叶、金不换、紫苏叶……饱了口福，还是土法的药饮和保健品。穷有穷的活法，底层人有底层人的小小满足。

事实上，龙源坝人的心中揣着一个度量衡，只有放足八种以上材料的才能叫作擂茶，才能端得上大雅之堂，才能作为上品招待贵客。那些葱子茶、野菜茶、药草茶，充其量只是底层民众的权宜之茶。当然，也别小看了那些药草。去湿，去热，去燥，去寒，缺医少药的年头，一年四季，少不得它们。

苦中作乐，困境中求生存嘛。当现实不如自己所愿，改变更是奢望的时候，客家人向来都选择隐忍、适应，牢牢守住少量的欢乐和希望。毕竟，活着才是最重要的事。

那时候，男人还只是一个男孩。在他的记事里，大集体不允许种花生，芝麻更是没见过，于是儿时的味蕾中，这两样最为浓香馥郁的作料是缺失的。

从六七岁开始，男孩就会做擂茶了。娭佬（全南客家话，指妈妈）的声音总是那样温柔，那样笃定："七伢仔，去，擂钵擂茶来。"

"哎——"一声欢快的答应，男孩就颠颠地奔进了厨房。

童年时，男孩并不觉生活有多苦。要说苦，全家谁也没有娭佬苦。娭佬出生在汕头，九岁那年，家乡"乱日本"，她被父母卖到了全南。从海边的渔村到内陆的山区，娭佬活了下来，成了一个爱吃擂茶、善做擂茶的客家妇女。可是她的亲人呢，早已音信全无。

他们一家，是全南县人口最多的大家庭。十二个孩子，像一条藤上结出的瓜，咕噜噜从娭佬身上滚落地，没有一个夭折的。娭佬究竟有多苦呢，男人形容不出来。光是喂饱这十二张嘴，张罗这十二个细伢仔、细妹子的穿衣，便足够娭佬起早贪黑、脚不点地了吧。

男孩排行老七，上头还有哥哥，有姐姐，按说许多事轮不着年幼的他操心，可是他早熟，内心里总是有一个声音在说话："要替娭佬分忧，要让娭佬高兴。"

娭佬喜欢食擂茶，他就围着擂钵打转转，看她怎么擂。也许是天赋异禀，也许是心诚则灵。小小年纪，男孩就成了一个做擂茶的小能手。自然，也成了娭佬的好帮手。

擂茶，是苦日子里最悠长的滋味，是劳作之后最暖心的慰藉，是欢声笑语的催化剂，是家庭温馨的黏合剂。

龙源坝人，没有不吃擂茶的。龙源坝的女人，没有不会做擂茶的。客家人，男主外，女主内，厨房里的活计，都由女人家操持。玩转擂钵和擂杵的男孩，成了龙源坝少有的一个另类。

等擂钵里添进了花生和芝麻，男孩已是一个青年了。二十世纪七十年代末，人们聆听到了拨乱反正的声音，改革开放的声音，大地醒来的声音……那声音真是平地一声雷啊，打破了长久的沉闷，穿透了时代的巨网。

然后，市场哗然打开，人们有了往擂茶里自由添加作料的权利。嗯，将八种材料都备齐了，那才是他们心中真正的擂茶。食擂茶的时候，桌面上还增添了烫皮、花生、瓜子、南瓜干……舌尖上翻搅的滋味，是越来越丰富，越来越熨帖。

一首童谣重新在龙源坝流传开来："走东家，串西家。喝擂茶，笑哈哈。来来往往结亲家。"这是欢乐的声音，自由的声音，久违的声音。

当男人坐在我面前，再次饶有兴致地念诵这首童谣时，他的声音已不再清脆，不再甜润。不经意回头看看，此时他的人生履历表中，竟写就了五十多年的擂茶制作史。

对了，这个年过花甲仍精力旺盛的男人，名叫廖永传，是赣南客家擂茶制作技艺的国家级传承人。

故 事

蓝布衣、冬头帕、平绒鞋。客家女人端坐在围屋的厅堂前，就像端坐在时光的潜流中。

一张木方桌，几把旧竹椅，一地青色的、褐色的鹅卵石光滑锃亮，如同一颗颗眼睛，捕捉着天井上飘飘忽忽的白云朵。

故事就这样开始了："从前，我们的祖先，从中原一路向南，走啊，走啊，就走到了南方的深山老林……"

每一个客家人的血脉中，都生长着相似的来处。迁徙，奔逃，翻越山峦，蹚过河流，避开兵匪、虫兽，克服路途险阻，拼了命地奔赴那吉凶未卜的远方。

自然，其中有一拨人来到了全南，来到了桃江边上。

再后来，远方成了故乡；与世隔绝的叠嶂之地，成了四面通达的栖居家园。

故事有赖于口耳相传或依稀笔墨，流传至今。一群人，若干个姓氏，在那遥远又切近、凶险又安全之地播下了种，扎下了根。一切，近乎神迹。

是时候让擂茶出场了。

须知那荒无人烟、环境恶劣的山区，并非人们想象中的世外桃源。活着，还有无以计数的考验，等待着客家先人。

《太平圣惠方》卷四五有言："夫江东、岭南之地卑湿，春夏之间，气毒弥盛，又山水湿蒸，致多瘴毒、风湿之气，从地而起，易于伤人。"

祛湿、辟瘴，应对水土不服带来的种种恶疾，成为先人生存之紧急要务。

他们嗅到了植物的芬芳。作为"五岭之要冲、闽粤之咽喉"的赣南，植被茂密，物种繁多，从来不缺乏天然的药草。

在中原，将青草药擂烂冲服，是一种被广泛沿用的药饮法。汉魏的粥茶，唐宋的点茶，药食同源的文化，业已源远流长。他们携带着古老的文明和火种，将一种抵御病痛的方式融进了南方的生活。只是，从干爽平地来到湿热山区，他们面临的困难、采用的草药、制作的方法，注定要发生变化。

适者生存，是人类的最高智慧。

茶叶、生姜、小葱、艾叶、薄荷、陈皮、鱼腥草……每一种，都是可食可药之材。一次次摸索与改进，一回回尝试和认定，擂茶，终于在流变中生成了南方的模样。再后来，在解除肉身之困的同时，它更多地满足了口腹之欲，进入了客家人的饮食日常。

直到擂茶被写进《全南县志》："县北寨下至陂头一带，每适喜事请客备擂茶待客，即把茶叶、姜、葱、盐、芝麻或炒花生、炒黄豆等置擂钵擂成茶泥，加香油，冲滚开水即成。该茶香醇可口，别有风味。"

何止全南呢？在广东的揭西、普宁、陆河、清远、英德、海丰、陆丰、惠来、五华，在湖南的安化、桃江、桃源、常德、益阳，在广西的黄姚、公会、八步，在台湾的新竹、苗栗，在福建的将乐、泰宁、宁化，在江西的赣县、石城、兴国、于都、瑞金……擂茶如同千丝万缕的根系填充了客家人，乃至畲家人、土家人的生活。

广布的擂茶习俗，又依照各地的实际情形，发生了五花八门的变化。茶叶可干可湿，用料可生可熟，味道可咸可甜，加入的食材早已是不拘一格。

若将目光投向如前所述的广袤地域，故事又为擂茶增添了别样的滋味："公元四十一年盛夏，东汉伏波将军马援奉命南征五溪蛮，途经乌头村（今桃源县）时，军中染上瘟疫，将士病倒数百人。当地一老妪见状，献出了祖传的擂茶秘方，为将士们治病。将士们每日当茶饮用，染病的逐渐痊愈，健康的避免了瘟疫传染，于是三军疾消病除，取得了征蛮大捷。"

类似的故事，常常被更换了时空和主人公，被不同的人讲述着。有时候，故事发生在三国，地点可以是湘中，也可以是江南，或者武陵壶头山。带兵的人有诸葛亮，有刘备，也有张飞，献茶人或为老婆婆，或是土郎中。总之，无一例外，饮下擂茶后，染疾者病毒消退，元气回升，擂茶从此便盛名远播。

故事的滋味，至今仍值得细细品咂。它们包含着继承了中国最古老茶道的自豪，也有对擂茶文化的自信。故事的讲述人会拍着胸脯告诉你："我就是吃擂茶长大的，身体好着呢。有点小病小痛的，从来不看医生，喝几碗擂茶就好了。"

自北而南，客家人征服了生存的困境，物竞天择地活了下来，还能用亲身尝试过的擂茶治病救人，他们有理由骄傲。且不说历史上对蛮夷的征服和形形色色的征战义或不义，至少故事中有善，有对外来病弱者的真情扶助，这是故事的可爱处。

尤其是，当故事经由一个客家女人的口中涓涓流出，那携带着中原古音的客家方言里，便充盈了母性的光辉。

我在故事中想象袅袅升腾的热气，想象充满屋宇的植物清香，想象人们在氤氲的草木气味中生老病死，悲喜交加。那一钵擂茶，让多少相爱的人在舌尖上相互辨认。

那时候我还没有意识到，讲故事的人，最终会让自己走进故事，做了其中的一个主人公。

二〇一四年四月，她挎着简易的行囊，随同文化局分管领导奔赴北京，为着申报国家级非遗项目。

一个小县城文化馆的难处，总让人羞于言说。她住最便宜的小旅馆，不敢点菜吃饭，三餐以简易小食充饥。幸而，一个习惯于喝擂茶的人，早已将素朴视为生活的哲学。

当她像叙述一个遥远又切近的故事那样深情地描摹擂茶的前世今生时，专家们都为之动容了。是啊，她的眼中有泪，就像对他们托付自己挚爱的孩子。

没有人知道，那些天她的老母亲正生病住院，她是从陪侍的病床边抽身的。

天可怜见，她的故事拥有了一个美好的结局：赣南客家擂茶制作技艺成功进入国家级非物质文化遗产项目名录。

那是她半生的心愿。

现在，这位名叫方贤芬的故事讲述者就坐在我面前。她已华发丛生，曾经的全南县文化馆副馆长，退了休，卸了任，还藏着一肚子与擂茶有关的故事。

围　屋

一树桃花，掩映着一幢古朴精致的围屋。石砌的墙，石质的门窗，石头铺的路，坚硬的质地与内核，与三月的春风和花朵形成鲜明对照。

围屋有个好听的名字——雅凤围。从前的乡绅，多有风雅之人，咬文嚼字，讲究。

自然，讲究里不能少了风水。围屋坐落在雅溪古村的涓涓溪流之畔，屋后的凤凰山终年浓荫蔽日、四季常青。

跨过高高的门槛，一双大脚踏在青青的石板上，黄娥娇的眼睛里便有了幽深的内容，仿佛正沿着时光的隧道回溯，重新进入命运的前半程。

从金龙镇嫁到龙源坝镇，黄娥娇就住进了雅凤围。这幢围屋，建于清光绪年间。如果不是因为土改，穷人分了地主的房产，她们一家想都不敢想，这固若金汤、戒备森严的屋子，竟成了朝夕相伴的家。

围屋，是客家人的家园，也是堡垒，与客家人的生息兴衰休戚与共。进入南方后，他们伐木架桥，依山筑屋。他们需要延续宗族血脉，还需要抵御兵匪贼寇，保障生命安全。

这坚固的围屋，将客家人在这片土地上的立锥过往，彰显得无比艰难，又无比顽强。事实上，能建得起围屋的多是大户人家，其中亦不乏举全族之力，举几十年之力而成者。

从某种意义上说，围屋和擂茶一样，是客家人为适应现实困境而创造，并延续至今的珍贵遗存。

在雅溪村，有一首歌谣几乎人人会念："家家擂茶声，户户茶飘香。擂茶食中宝，胜过人参汤。"可见擂茶之风盛极。

果然，住进了围屋的黄娥娇，第一天便遇见了擂茶。新婚之日，街坊邻居和亲朋好友拥进了属于她的那间幽暗小屋，举着粗瓷碗，喝下家婆精心准备的"结婚擂茶"，也留下热情洋溢的祝福。

第三天，还是和擂茶有关。新娘子要请村里的妇女前来喝"三朝擂茶"，让姑娌姑姊们和过门的媳妇结结实实地认下亲，以期和睦相处，互相照应。

在围屋里扎下了根的黄娥娇，并没有踏进地主老财家媳妇那种娇娘般的生活。分到的房屋，一到四楼各一间。一层厨房，二层仓库，三层四层居住，逼仄得很。

那时候她怎么会知道呢，一个女人的活着，也会渐渐变得像石头一般坚硬，一般删繁就简。

此刻，她正领着我走进那间曾经属于她的屋子。黑漆漆的木楼梯、木地板，踩上去咯吱咯吱地响。屋内光线暗淡，一扇狭长的窗户（也许还是射击孔），透进来一缕天光。循着光望出去，厚墙外是伸手不能及的绿叶和春光。

站在三楼的回廊往下看，一口老水井，蓄着深不见底的水。一汪清波如处子的眼眸，静静地凝视着被天井框住的那片天。

有许多年，黄娥娇便在这口井中汲水洗菜、做饭、洗衣，或洗去田间劳作后一身的泥浆。

她面临的难处还有不少：家公家婆年迈，小叔子痴呆，分得的八亩田地需要下苦力方能换来全家食粮。生活，从婚姻伊始便给她以磨砺，给她以粗糙的饭食和艰辛的日常。

唯有擂茶，是她日复一日辛劳过后的慰藉。

季节轮转，农时总是不等人。她和丈夫是干重活、挑重担的顶梁柱。每一天从田间收回身子，走进围屋内部那扇黑沉沉的门，都要累得一屁股跌坐下来。那时候，慈祥的家婆就端出了擂茶。

那种饥饿之后感受食物滑过唇齿、舌尖，进入肠胃的舒畅，是无法用语言形容的。植物的香气令人心安，饥渴困乏亦于瞬间被抚慰。接受、习惯并爱上擂茶，黄娥娇只用了一小段光阴。

再后来，家婆去世，做擂茶的人便是她自己了。那些耳濡目染的动作，从生涩到娴熟，她的日常生活，早已和擂茶密不可分。

每一天，去井中取水，烧开，浇在青绿的茶泥上，看着丈夫大口大口地喝下，发出满足的吞咽声，是她反复温习的功课。

而她的双臂肌肉，也在长久的劳作和擂杆声中，变得越来越结实，越来越坚硬。

"逢山开路，遇水架桥。"客家的女人多半是这样，继承了祖上的坚韧和乐观。她们似乎进入了一种与迁徙者跋山涉水相同的节奏，抛下所有的期待和幻想，只管一步一步地蹚过去，活下去。

我站在那间并不宽敞的屋子里，想象日月每天透过天井洒下光芒，并不慷慨地斜照进来，想象她在这围屋里生儿育女，耗尽了力气之后被人扶坐起来，喝下一碗恢复体力的擂茶。

然而在方贤芬的描述中，现实的剧情却远远超乎我的想象："她很能干的，生孩子都是自己接生。"

哦，我无法想象，一个女人，躺在昏暗的围屋里，忍下阵痛，忍下初产的恐惧，在孩子呱呱坠地之后，自己拿起剪刀，剪下那一条连着子宫和新生儿的脐带。又挣扎着爬起来，自己把孩子洗干净，用旧衣服包好。

是的，我无法想象，一个女人怎么会有一头牛那样的体力？记忆中，我在医院诞下女儿，元气几乎用光，连续几天无法起身，即便最简单的说话，都只剩下微弱的气声。

好在，黄娥娇那三个由自己接生的女儿，都在这围屋里健健康康地长大了。而她们曾经的窘迫光景，也在一程一程的前行中发生着变化。

二〇〇八年，黄娥娇一家从围屋里搬出来。她在新的居所旁边郑重地栽下了两棵茶树。那是雅溪村人的习惯，如今也是她无法割舍的习惯。新鲜的茶叶摘了又长，长了又摘，擂茶便四季不断。

抚摸着围屋厚重的石壁，黄娥娇的神情里仍有不舍。二十多年，她熟悉着围屋的体温和呼吸，也顺应了那稍许暗淡的晨昏。一切都是那么缓慢、从容，是那种任凭地老天荒也不能改变的节奏。

就像她做擂茶那样，无论多少人翘首盼望，她总是不紧不慢地擂着。急也没法，擂茶就是一个字——慢，喝擂茶，就要经得起等待。

作为赣南客家擂茶制作技艺省级传承人，她需要抱着那个日日相伴的擂钵，从村子里走出，走遍大半个中国，走向远方，去见识形形色色的人……

只不过，当她将目光从那口天井里移出，看见一个更大的世界时，依然是那个素朴的旧人。

譬如有一次，擂茶展位前来了一位领导模样的人，起先很有风度地排队候着，左等右等，终于等得发了脾气，面色阴沉地扔下杯子走人。

黄娥娇不急不恼。她才不管来者何人呢，先来后到，守着这规矩，才对得住众人。

来的都是客，并无高低和贵贱。她固守着客家人的处事准则，宛若几百年岿然不动的围屋。

味　道

我愿意想象这样一幅热闹的画面——

一群人端坐旧屋，各自手捧一个擂钵，有节奏地擂动青青的茶料。一位年过花甲的男人，穿梭在笃笃的捣杵声中，像一尾自在的鱼，游进了涟漪荡漾的桃江。

这是廖永传理想余生的模样。

这一生，他都在执迷于唤醒并保留下记忆中的味道。童年，擂茶，悠长的呼唤。味蕾的记忆早已沁入灵魂，那样持久，那样深刻。依靠五花八门的食物和光阴的力量，远不能达到淡化或抹去的作用。

无论走到哪里，他都要将擂茶三件宝——擂钵、擂杵和捞勺带在身边。恰如许多资深爱茶人士，行李箱里总是少不得茶具。

一得空闲，他便摆开了阵势，慢悠悠地擂一钵擂茶。假使少了这一道茶，无论这一日三餐，席间多少人间美味，于他都是味蕾上的虚掷。

他喜欢请别人品尝擂茶，还喜欢在征服他人的味蕾和肠胃之后，心满意足地注视着饮者的表情。偶尔，会在他乡遇到故知。他们咂吧着嘴，仿佛勾起了无尽的回忆，感慨地说一声："就是这个味。"

那必是廖永传最欢喜的时刻。仿佛听见了生命中的一种应答，所有的执拗和坚守便都有了意义。那时候，他的目光便恍惚切换到了若干年前，看见于召唤声中拥进一扇木门，围住一张圆桌的乡亲们。

我是懂得的。自童年起，故乡麦菜岭的饮食习惯为我的一生种下了味觉的基因。清明的艾米粿、端午的碱水粽、中秋的芝麻饼、重阳的炸薯包、腊月的黄元米粿，还有一年四季养在瓮中的酸汤、石磨里流出的白色米浆……祖母气定神闲地烹调，在村庄里吆喝老老少少共同来食的场景，长久地映现在此后远离故土的光阴里。

直到今天，我仍常去城市的小吃店，四处寻找从前的味道。偶尔得之，心中仿若高挂着一轮彩虹。而有些店家为了省时，以面粉替换了米浆，总让我有一种无处安放的失落，怎么也消散不去。

人类对味道的追寻，必绕不过故乡、童年的魂牵梦萦。在食物丰盛的今天，我们仍然听见许多人不停地感慨："茄子、辣椒、米粉、面条、西瓜、荸荠、鸡蛋、猪油……都不是小时候的那个味了。"

是人们的嘴巴变刁了，还是现代生产方式使食物的味道改变了？也许，二者兼而有之。

广义而言，改变是一种趋势，是以一己之力无法逆转的阔大潮流。

而廖永传，偏偏要做一个逆潮流而行的时光对抗者。

二〇一九年，廖永传抱着擂茶三件宝，一头扎进了老家。他发誓要将全南擂茶制作成产品，让那些遍寻"那个味"而不得的人都能喝上原汁原味的擂茶。他需要用一种产品，以及后半生的光阴，来成全对童年味道的信念与执守。

本已空下来的老家旧宅，便改成了加工厂。几万元的设备运了进来，有包装机、炒货机、洗姜脱皮机、破碎机。唯独手工擂制，无论如何不能依赖机器。他觉得，那就不是那个味了。

请进加工厂的帮工们，都是乡邻。不为别的，只因能做手工擂茶。

千百年来，擂茶一直流行于乡间，属于小范围的即时性美食，擂茶与远方和大众之间隔着山重水复的距离。廖永传执意要构建的，却是一个被擂茶味道充盈的理想远方。

在老屋的一隅安静地坐下来，他便打开了话匣子。这是一个矛盾的复合体，话语中有焦灼，又有看淡一切的从容。他时而摊开双手，时而掐灭手中的烟头。一个人，与擂茶亲密纠缠了大半生，岂是一两句话能够捋清？

他的生命中环绕着葱的味道、姜的味道、芝麻的味道、草木的味道、山茶油的味道，那是他手持一根擂杆，走过童年，踏入暮年，在时光中悠悠打转的味道。

往回看，对于味道的眷恋以及有可能的失守，他的心里藏着隐隐的痛。除了像唐·吉诃德那样，继续沿着那条忠于理想的道路行走，他似乎已别无所愿。

说到擂茶的时候，他的眼睛里便映现出无边的葱绿，绿的山川、绿的田园、绿的擂茶……

与其说他在讲述擂茶，不如说他在召唤乡愁。

终究有人成了擂茶的忠实信徒。他们在廖永传的指导下，置办下整套的擂茶工具，在房前屋后种上茶树，过起了以擂茶养生的慢生活。

即便对初识者如我，廖永传仍愿意絮絮倾吐大半生总结出的擂茶调理经：

咽喉不舒服，就加薄荷或紫苏；春天肠胃不好，就加鱼腥草；秋天泻痢，就加马齿苋；感到油腻时，就加油麦菜；生姜勿去皮，便不易上火……在他的经验里，自然万物相辅相生，四季生长的植物，无一不包含天理。

童年物资匮乏的痛，仿佛还盘绕在他心头。加工厂里生产的每一罐茶泥，都下足了标配的八种食材作料。廖永传认定，这样的擂茶才称得上正宗，才能喝出乡愁的味道。

纯手工的制作，永远是缓慢而低效的。这就注定了加工厂的产量不会很高，也注定了人工的成本永远高于物料的成本。

几年过去，擂茶依然是小众的。廖永传的加工厂，经常是半停产状态。至于他理想中的广阔土壤，也许遥遥无期，也许就在不远的将来。

我站在屋子中央，看着阳光从木窗格间照进来，形成一道尘埃飞舞的斜线。没有帮工，没有热热闹闹的擂杆声，几台铁青色的机器被塑料薄膜包裹着，陷入了沉默。

不经意间瞥见他眼中的落寞，这个六十多岁的男人，竟让我心中生了不忍。

如今，再也不用担心配不齐花生和芝麻了。只是村庄里做手工擂茶的人却日渐稀缺。老人们一茬一茬地老去，再往后，他还能招到灵活使用擂杆的帮工吗？

市面上，饮料五花八门，无处不在地充斥着人们的生活日常：香精、色素、防腐剂，牛奶、豆浆、奶茶、雪碧、可乐、加多宝、果汁……它们正在悄悄地改变着全南人的饮食习惯。新一代的孩子，早已兴高采烈地接受了那些颜色鲜艳、口感香甜、味道浓重的食物。

总是这样，短暂的热闹之后，清冷的日子就来了。廖永传站在空空荡荡的老宅场院里，背影被暮色拉长。然而这不影响他在接到一个小小的订单后，又一次欢快地穿梭其中，听捣杆声此起彼伏地响起。

在古希腊神话中，西西弗斯正将一块巨石推上山顶，看着它滚下山去。再推，再滚。周而复始，永无止境。

时　间

密密麻麻的绿色藤蔓纠缠在一起。成为加工厂的老屋，无论房檐还是屋顶上，皆爬满了百香果。

屋檐下，坐着两个玩手机的孩子。这是二十一世纪的童年，没有悠长的呼唤食擂茶声，也不再有反复念诵的童谣。

时间无时无刻不在成就一些东西，也无时无刻不在带走一些东西。

廖永传原本是打算将老屋打造成一个幸福晚年后花园的。他的屋后有一座小山，他在山上和院子里种上了枇杷、杨梅、百香果，还种上了蓝莓、菠萝蜜、开心果。

时间总会在季节里如期结出果实。他说，退休后就不去县城生活了，在这里陶冶情操。

黄娥娇的生命节奏几乎与之相似。自从丈夫中风偏瘫后，他们一家就退居乡间，买了几间别人撇下的老屋，重新过上了与土地为邻的恬淡日子。

许多人感叹，男人原来是打香火龙的精壮汉子，会开拖拉机，冬天只穿一条长裤，身体结实得像块石头。是的，男人曾经还是个出色的厨师，颠勺炒菜，帮乡邻们操持红白喜事。但是现在，他成了终日不能停药的病人。有什么办法呢，人人都逃不开时间这把无情的刀。

细细打量，时间还在廖永传和黄娥娇的脸上，刻下了深深的纹路。一转眼，就有了孙辈，就听到了衰老慌慌张张的声音。

想当年，擂茶进入他们的生命，并成为朝夕相伴后最执着的守望。如今，将走向何方？多少人知道擂茶好喝，也想喝，却不愿意再抱着擂钵进入那缓慢而低效的劳动。这，几乎成了一个悖论。

就在龙源坝镇，许多人家里已经找不出一个擂钵了。环境的改变，医药的发达，使得人们不再畏惧祖先面对的那些暗疾。客家人最传统的待客之道，似乎也与人们的生活渐行渐远。

难道，中国茶文化中的"活化石"，最终就要成为只活在史书中的真"化石"？

"对于非遗保护来说，最大的遗憾莫过于人亡艺绝。说到底，整个非遗保护，就是与时间赛跑。"全南县文化馆馆长刘军伟说。

于是，作为传承人的廖永传和黄娥娇，又不得不时常从恬淡的乡村生活中抽身，去与时间赛跑。

全南县将非遗文化学习列为小学生必修课，自然，擂茶首当其冲。孩子们都是自愿报名的，可以动手操作，还可以一饱口福，这种课，学生都喜欢。

两位传承人常常心生疑惑，这是一种表演，还是一种现实？曾经是家家户户擂杵声，一家人言传身授，潜移默化就会了，如今竟需要手把手教。

但是演着演着，就入戏了。仿佛在这擂杵声中，又回到了童年，回到了青年，回到了精力充沛的过去。

其实，他们更想告诉孩子们的是，擂一钵好茶和为人的道理是一样的。需要耐心，需要诚恳，需要经得起等待。

而这一代的孩子，更多是与分数和升学周旋着，他们可以随时买上一瓶可口的饮料，分分钟灌进喉腔，但是没有机会慢吞吞地消磨时光。他们的节奏是快的，快点起床、快点吃饭、快点写作业……他们也在和时间赛跑，仿佛只有一个"快"字，才能为他们的未来保驾护航。

一次擂茶课，相当于在极速跑道上奔跑时，偶尔慢下来看一朵云那样获得身心休憩。

他们是兴奋的。学着大人的样子，细致备料，投入擂钵，转动擂杵，每一道程序，都充满了乐趣，充满了仪式感。以致，出现小小的躁动和争抢，需要轮流体验才行。

孩子们更喜欢创意，糯米味的、韭菜味的、油麦菜味的……在家里，他们往往被剥夺了动手的权利，他们唯一的任务就是学习，学习，再学习。能喝到自己亲手制作的擂茶，那种成功的喜悦是无以言表的。

其实，在孩子们稚嫩的小手七手八脚擂捣之后，廖永传和黄娥娇每一次都要做最后的深加工。他们不能容忍一钵擂茶不细腻、不完美。

那也是他们操习了一生的擂茶动作最精彩的演示。

他们游刃有余的把握，不急不缓的回旋，多么像一个稳操胜券的将领。一柄擂杵在茶罐的齿纹间游走，仿佛在荡开一条又一条的秘密通道。这时候，他们往往就微闭了双目，似乎无比享受这过程。以致于满心急切的孩子们也屏住了呼吸，如同期待大戏高潮之后的落幕。

他们就这么擂呀，擂呀，直到所有的原材料都接近透明，直到仿佛把自己的生命也擂成了一个圆，擂成了一个道场。仔细想想，几十年长长久久的光阴，不都是这么在耐心研磨中度过的吗？

在他们心中，擂茶是有生命的茶，会呼吸的茶。擂这个动作，早已融入了生命的韵律和节奏中。他们多想将这种感受传递给孩子们，可是，那些微妙的东西终究要用一生的实践来习得。浅尝辄止的孩子们，如何能够轻易体悟？

他们还想告诉孩子们很多很多。比如，客家人曾将擂茶视为最好的待客之茶；比如，那些和湿气、瘴气斗争过的祖先；比如，那些亮在围屋里的日月星辰和灯火；再比如，到哪儿才能找到一只上好的擂钵、一根结实的擂杵……

他们见惯了汽车的飞驰、人群的拥挤和世间奔涌而来的快。只有这擂茶是慢的，滋味独特的。与其说他们在传承和保存古老原始的茶饮文化，不如说他们在对抗着时间的一去不返。

　　时间中，总有一些传统源远流长，永不消逝，也总有许多新生事物如雨后春笋，破土而出。至于往后，眼前这些兴趣盎然的孩子，将继承还是抛弃这门来自远古的手艺，他们不知道答案。不知道，就让一切交给未知，交给时间吧。

　　春天的花开过，所有人都会等待结果。季节还在时序中轮回，桃江只管不舍昼夜地流。